DANS LE VENTRE DES FILLES

TIPHAINE DUMONTIER

DANS LE VENTRE DES FILLES

BERNARD GRASSET
PARIS

Photo de la bande : JF Paga.

ISBN 978-2-246-84065-7

À JB
À mes enfants

« La vie mérite uniquement d'être vécue parce que nous espérons qu'elle ira en s'améliorant et que nous finirons toutes par rentrer chez nous saines et sauves. »

Deborah Levy, Sous l'eau

« Claire Rayner : — Vous savez, je me souviens maintenant que, du temps où je faisais mes études de sage-femme, j'avais remarqué que, très souvent, la première question qu'une mère pose au moment de la naissance de son enfant n'est pas : "Est-ce un garçon ou une fille ?" mais : "Est-ce qu'il va bien ?", "Est-il normal ?". Cela m'intriguait, à l'époque. Et cela m'intéresse encore plus aujourd'hui. Je ne peux pas m'empêcher de me demander pourquoi une mère aurait peur d'avoir un enfant anormal. C'est pourtant une crainte très courante, n'est-ce pas ? Celle de produire un (DWW : Oui.)… monstre ou un être qui ne soit pas cent pour cent normal. […]

Donald W. Winnicott : — … si le bébé a vraiment quelque chose, elle doit affronter une période très difficile durant laquelle elle se sent responsable de ce qui est arrivé, dans la mesure où dans son esprit l'idée du bébé et sa grossesse elle-même étaient intimement liées. Tout le temps que le bébé était dans son ventre. Deux choses tout à fait distinctes, en réalité. Mais il est facile de les associer s'il s'avère que l'enfant n'est pas tout à fait normal… »

Donald W. Winnicott et Claire Rayner,
entretien radiophonique in *Conseils aux parents*

PREMIÈRE PARTIE

L'enquête

1

Vous voyez ce que je vois ? demande le médecin avec un sourire complice.

Pour le moment, tout ce que je vois, c'est mon ventre badigeonné de gel transparent aux nuances de vert, et mes chaussettes à pois rouges que j'ai gardées parce qu'il fait un froid glacial dans ce cabinet. Je viens de remarquer qu'elles sont légèrement mouillées au bout, et je me demande ce qui m'a pris ce matin de mettre ces chaussettes ridicules et des baskets qui prennent l'eau. Pierre se tient debout à mes côtés, une main posée sur mes jambes, les yeux sur l'écran. C'est bizarre qu'on ne lui ait pas offert de tabouret, mais il n'y en a qu'un et le médecin est assis dessus. J'imagine que Pierre évite de poser le regard sur mon pubis, dont les poils s'imprègnent peu à peu de gel collant. Je déteste me retrouver ainsi la chatte à l'air – c'est l'expression qui me vient à l'esprit – et je ne comprends pas pourquoi on m'a demandé d'ôter ma culotte alors que pour le moment l'échographie se passe bien au-dessus de l'élastique. Mais je me dis que c'est pour la bonne cause. Au moins ce médecin, un quadragénaire aux yeux tombants qui lui donnent un faux air de Peter Sellers, a l'air plus sympathique que le vieux barbon qui m'avait suivie pour ma première grossesse, et qui me défendait de lui poser des questions pendant l'examen.

À présent je regarde l'écran. Comme prévu, un bébé s'y agite, dans sa poche en forme de cacahuète. Ah, te voilà, toi. C'est mignon, ces minuscules gambettes qui gigotent. Je me rappelle l'émotion ressentie la première fois. Est-ce aussi fort ? Oui, sans doute. J'essaie de deviner si c'est une fille ou un garçon, d'avoir une intuition. Pour mon premier, j'étais persuadée que c'était une fille, mais en fait c'était Arthur.

Tout en mesurant la solennité de l'instant, je m'aperçois que j'ai hâte que l'échographie se termine. J'ai faim.

Le téléphone sonne. À mon grand étonnement, Peter Sellers lâche la manette, ôte ses gants en latex, se lève, l'air gauche : Je suis vraiment désolé, j'attends une livraison importante de matériel, il faut que je réponde. Pierre et moi nous regardons avec un petit sourire, ce n'est peut-être pas le meilleur moment mais tant pis. Puis nous regardons de nouveau l'écran. Il y a un truc bizarre.

Je prends une grande inspiration. Oh, fait Pierre.

Il y en a deux, dis-je.

Je comprends à présent la question du médecin – Vous voyez ce que je vois ? Pierre et moi sommes sur le point d'éclater de rire mais nous hésitons parce que pour le moment ni l'un ni l'autre ne sait si c'est vraiment drôle.

Je ne peux pas y croire. Des jumeaux. Mince. C'est bien ou c'est pas bien ? Enfin maintenant c'est comme ça. Mais surtout, comment ça se fait que je n'aie pas vu immédiatement qu'il y en avait deux ?

J'observe l'écran. En plein milieu gigote un bébé, et puis, tout en haut, sur la gauche, le deuxième. Il est plus petit que l'autre, tellement petit que je ne l'ai pas aperçu tout de suite. Désolée bébé, je n'ai pas fait exprès de ne pas te voir. Je suis contente que tu sois là.

Peter Sellers dit au téléphone : 26A79, cabinet de radiologie, quatrième étage porte de droite après l'ascenseur.

Tu as vu, c'est bizarre, le deuxième paraît nettement plus petit, je dis à Pierre. Pierre ne répond rien. Même la poche dans laquelle se trouve le deuxième paraît beaucoup plus petite. On dirait qu'il y a un vrai bébé et une réplique miniature.

Le gel sur mon ventre durcit et se craquelle. J'ai froid aux jambes et aux pieds dans mes chaussettes mouillées. Je voudrais que Peter Sellers revienne, qu'il reprenne son ton jovial pour s'exclamer avec un grand sourire : Ah, vous ne vous y attendiez pas, hein ! Il y a des jumeaux dans la famille ?

Mais lorsque le médecin réapparaît, son visage est fermé. Ses yeux tombants lui donnent maintenant un air trop sérieux, presque dur. Je lui souris : Bon, ça y est, on a compris votre question, on a vu qu'il y en avait deux. Il élude, embarrassé : Ah oui, bien. Je suis désolé pour ce contretemps, nous allons reprendre l'examen. Pierre et moi plaisantons. Moi : C'est de ta faute, c'est toi qui as parlé de jumeaux, et maintenant voilà. Pierre : Comme j'en voulais quatre de toute façon, c'est bien, ça te fera une grossesse en moins. Moi : Ne compte pas sur moi pour un quatrième après des jumeaux, je te le dis tout de suite. Nos petites blagues rebondissent dans le vide. Pendant ce temps-là, Peter Sellers a empoigné la sonde, m'a aspergé encore une fois le ventre d'une petite montagne de gelée verte qu'il écrase comme si de rien n'était, comme si rien de spécial n'avait eu lieu en son absence. Il a dû nous entendre nous réjouir, il pourrait quand même dire quelque chose. Mais il est peut-être simplement gêné d'avoir interrompu l'examen pour sa livraison de matériel.

Non. Je sais, et pour une fois mon intuition ne me trompe pas, qu'il y a un truc qui cloche avec le deuxième bébé. Je pressens aussi que le médecin l'a vu tout de suite, peut-être juste après nous avoir lancé son *Vous voyez ce que je vois ?* Petite phrase qu'il se repent sûrement d'avoir prononcée si vite. Je demande, faussement naïve : Pourquoi il est plus petit, celui du haut ? Le médecin répond : Pour le moment je prends seulement les mesures du fœtus A, celui qui est en bas. Ok, il va donc nous faire attendre jusqu'à la fin… Je sens grandir en moi la colère et l'humiliation, et j'ai envie de lui balancer : Écoutez, nous savons tous les trois que quelque chose ne va pas, pouvons-nous jouer cartes sur table ? Mais, après tout, peut-être que tout ça n'est qu'un effet de mon anxiété. Peut-être que s'il ne dit rien, c'est que tout va bien.

Peter Sellers finit par annoncer que le fœtus A lui paraît à ce stade tout à fait normal et bien portant, ce que je traduis par *L'autre n'est ni normal ni bien portant.* Pierre fait alors d'une voix bizarre : Si ça ne vous dérange pas je vais aller m'asseoir, et je le vois se diriger lentement vers un fauteuil placé à l'autre bout de la pièce, devant le bureau. Il est pâle comme un linge. Pierre, ça ne va pas ? Si si ça va, ne t'inquiète pas, je m'assois juste un instant. Ce n'est que beaucoup plus tard qu'il m'apprendra qu'il a complètement perdu la vue à ce moment-là – une sorte de cécité brutale, complète – et qu'il a avancé à tâtons jusqu'au fauteuil.

Me voilà seule avec Peter Sellers, qui examine à présent le fœtus B dans un grand silence ponctué de soupirs et des cliquetis de la machine. J'ai les yeux rivés sur l'écran. Est-ce vraiment un bébé ? Et si c'était juste un de ces fœtus que parfois, du temps d'avant les échographies, on retrouvait accrochés au placenta après l'accouchement ? Est-ce qu'il a un cœur qui bat, lui aussi ? Oui, j'imagine que oui, sinon le médecin ne s'embêterait pas à prendre toutes ces mesures… Je ne comprends rien à ce que je vois, mais mon regard, sans fin, est attiré vers l'écran, comme si j'attendais une révélation et que j'allais brusquement réaliser quelque chose à force de le scruter de toutes mes forces.

Soudain le minuscule fœtus, jusque-là parfaitement immobile, se met à remuer vigoureusement. Mon Dieu, il bouge comme un vrai bébé, comme un bébé normal. Les deux agitent à présent les bras et les jambes, et j'aurais envie de m'écrier : Comme ils sont mignons…

Mais c'est trop, et je cesse de regarder. J'attends que ça se passe. La sonde continue de sillonner mon ventre, en long et en large. Je vois le gel qui s'étale de plus en plus, et derrière, les poils de mon pubis devenus visqueux se dresser de manière incongrue. Si seulement j'avais pu garder ma culotte. Ça me fait penser à la scène de *Breakfast at Tiffany's* où Audrey Hepburn se remet du rouge à lèvres pour lire la lettre de rupture de son amant, expliquant qu'il y a des lettres qu'on ne peut pas lire sans rouge à lèvres. Je me dis qu'il y a des situations qu'on ne devrait pas avoir à vivre sans culotte.

Peter Sellers retire enfin sa manette et me tend un papier absorbant. J'essuie mon ventre, et ce geste me rappelle vaguement celui où on enlève du sperme après l'amour. J'ai honte d'avoir ce genre de pensée qui s'entrechoque avec mon angoisse. Je me rhabille le plus rapidement possible en maudissant mes choix vestimentaires, un vieux jean et un T-shirt informe qui me donnent l'air d'une gamine. Si j'avais mis une tenue plus classe, je me sentirais peut-être plus armée pour affronter la mauvaise nouvelle.

Pierre et moi attendons sagement sur nos sièges, comme deux écoliers pris en faute dans le bureau du directeur, pendant que le médecin, assis à son bureau, les sourcils froncés, rédige son compte rendu en tapant nerveusement sur le clavier de son ordinateur. Je remarque qu'il a des poils sur toutes les phalanges, avec au milieu une grosse alliance qui brille.

Peter Sellers se tourne enfin vers nous, s'éclaircit la voix : D'après mes mesures, j'estime l'âge gestationnel à onze semaines et un jour, ce qui nous fait un début de grossesse le 19 août. Cette date fait immédiatement monter en moi une bouffée d'été, de soleil et d'insouciance. Quel contraste avec ce jour lugubre d'octobre et sa petite pluie opiniâtre qui m'a trempé les chaussettes. Le médecin poursuit : Il s'agit d'une grossesse gémellaire bichoriale biamniotique. Ça signifie qu'il y a deux embryons qui se développent dans deux sacs gestationnels distincts, avec deux couronnes trophoblastiques. J'écoute à peine, je suis restée bloquée au 19 août parce que je réalise que ce n'est pas possible, Pierre et moi n'étions pas ensemble. J'en fais part à Peter Sellers, qui marmonne : Enfin, c'est à plus ou moins cinq jours. Je me tourne vers Pierre : J'étais en vacances chez ma mère avec Arthur. Pour moi c'est important, et je voudrais bien que personne ici ne croie que j'ai trompé mon mec. Mais le médecin s'en fiche, il enchaîne tandis que je réfléchis aux deux possibilités autour du 19 août, soit c'était avant que je parte soit après, au retour, et je nous revois, Pierre et moi, heureux, au lit, en train de faire des trucs sexuels, si bien que je n'arrive pas à écouter vraiment Peter Sellers, qui donne maintenant les mesures des fœtus en millimètres. Ça me perturbe d'avoir toutes ces images en tête alors que je sais qu'il va nous annoncer quelque chose de grave, et puis comment est-il possible qu'un orgasme génial – parce que je me rappelle maintenant, la deuxième fois, c'était hyper long et hyper fort – puisse aboutir à une situation aussi merdique que celle-là, nous deux devant ce médecin taciturne qui tourne autour du pot : L'un des fœtus, celui que j'ai appelé le fœtus A, est sain et présente un développement normal.

Allez, Peter, accouche, parle-nous du deuxième bébé. L'autre, le fœtus B, présente une malformation… Nous y voilà.

Aussi improbable que cela puisse paraître, on sonne à l'interphone à ce moment-là. Ça tombe mal, grommelle Peter Sellers en se levant, c'est ma livraison. Il regarde sa montre, hausse ses sourcils épais : Je leur avais pourtant dit de venir à midi… Je suis vraiment désolé, je vais devoir vous demander de patienter un moment en salle d'attente.

Nous nous levons docilement. J'ai la tête vide, seulement occupée par le mot *malformation* qui semble se cogner en résonnant contre les parois de mon crâne. Sur le seuil de la salle d'attente, le médecin annonce à sa prochaine patiente qu'il ne la prendra pas ce matin, une urgence, vous comprenez, revenez à treize heures trente. La dame proteste, comment ça, à treize heures trente, mais je ne peux pas. Deux hommes suants déboulent sur le palier en portant un énorme paquet de la taille d'un réfrigérateur, et le médecin leur indique la direction à suivre tout en répondant à la dame : Je suis désolé, il faut absolument que je reparle à ce couple. Je m'attends presque à trouver dans la salle d'attente ce couple dont il parle, sauf que ce couple c'est nous. La dame nous jette un regard en biais. Est-ce qu'elle nous en veut, est-ce qu'elle nous plaint ? J'ai presque envie de lui dire, pour m'excuser, que mon fœtus a une malformation, mais ça paraît tellement affreux que ça ne peut pas être vrai.

Je me rassois exactement à la place où, une heure plus tôt, j'ai feuilleté des magazines people avec Pierre. C'est donc comme ça, quand la vie bascule. Voilà ce que ça fait, après l'avoir lu mille fois dans les romans. Une minute on est là, à s'affliger des photos volées des stars – qui ça intéresse, vraiment ? – et juste après on vous dit : Il y a deux fœtus et le fœtus B a une malformation.

Avec Pierre nous ne parlons pas, nous ne nous regardons pas. Pierre m'a simplement pris la main. La sienne est fébrile, chaude. La mienne est moite et glacée. J'ai des nausées, des remontées acides et une grosse envie de pleurer, mais j'ai encore l'espoir que le médecin nous dise que ce n'est pas grave, que c'est juste un problème bénin. Or, ce serait idiot de pleurer pour un problème bénin.

Peter Sellers nous fait entrer avec des gestes cérémonieux, il est désolé, encore, vraiment. Je vois bien qu'il est gêné. Donc, reprend-il en s'éclaircissant la gorge, chez le fœtus A, on observe un développement tout à fait normal. Le fœtus B, en revanche, présente une malformation.

C'est une sorte de hernie ombilicale, une malformation rare de la paroi abdominale qui n'est pas bien refermée. Ça s'appelle une omphalocèle.

Un temps, pour que nous absorbions l'information, j'imagine.

Il poursuit : Cette malformation s'opère à la naissance, et en général les résultats sont bons. C'est une opération qui se fait couramment, je ne dirais pas que c'est une opération de routine, mais presque. Bon, d'accord, fait Pierre. Je ne sais pas si Pierre pense comme moi que bon, si c'est une malformation qui s'opère bien à la naissance, ça pourrait être pire. Mais alors pourquoi ce ton sinistre ? Je demande : Et il y a des séquelles ? Peter Sellers répond : Eh bien, non, ils font ça très bien maintenant, on vit tout à fait normalement après. On se regarde avec Pierre et là encore, peut-être qu'on pense la même chose : Ok, donc où est le problème ? Ça ne paraît pas si grave que ça.

Mais chez le fœtus B, en plus de cette hernie ombilicale, j'ai noté un retard de croissance important et un manque de liquide amniotique.

À partir de là, j'essaie de suivre ce que dit le médecin mais les mots deviennent comme des petits nuages opaques que je tente d'attraper au vol pour les examiner et qu'ils retrouvent leur transparence, sauf que tout va beaucoup trop vite. La voix poursuit : D'après ce que je vois, cela signifie qu'il ne va peut-être pas pouvoir évoluer normalement. Vous voulez dire qu'il va arrêter de se développer ? demande Pierre. Ça arrive parfois, s'il n'est pas viable, il est probable qu'il s'élimine naturellement. C'est comme une fausse couche, si vous voulez. Mais s'il y en a un autre, dis-je, je ne comprends pas… Je vais donc avoir un bébé mort dans mon ventre pendant que l'autre va continuer à grandir ? Le médecin répond : Comme il y a un autre fœtus, dans ces cas-là, oui, le fœtus demeure dans l'utérus. Mais il peut aussi très bien continuer à évoluer, et parfois on est obligé d'arrêter la croissance d'un fœtus s'il met en danger le développement de l'autre. Attendez, comment pourrait-il gêner le développement de l'autre, il est si petit, il prend si peu de place… Le médecin élude : Je ne peux pas vous affirmer avec certitude ce qui va se passer, parce qu'on n'en sait rien. Il soupire. Je sais que je le mets dans l'embarras avec mes questions, mais je décide de ne pas m'arrêter là, parce que ça ne m'arrive presque jamais de ne pas comprendre ce qu'on me dit, que cela m'épouvante, et qu'il n'avait qu'à nous parler pendant l'échographie au lieu de nous dire tout ça maintenant : Et s'il continue à grandir, ce bébé, il va mourir à la naissance, c'est ça ? Parce que franchement, je vous le dis tout de suite, je ne me sens vraiment pas capable de vivre ça. Je me demande un instant si je ne vais pas fondre en larmes mais non, je suis plutôt en colère. Écoutez, fait Peter Sellers en abandonnant soudain sa retenue, d'une voix claire où je décèle de la compassion, pour le moment, je vous le redis, on ne sait pas ce qui va se passer. Je sais que ce n'est pas évident, mais désormais il vaut mieux que vous oubliiez toutes vos conceptions judéo-chrétiennes de la vie et de la mort.

Il y a un moment de silence.

Qu'est-ce qu'on doit faire maintenant ? demande Pierre. En général, pour recueillir rapidement des informations sur le fœtus, on procède à une biopsie du trophoblaste. Le trophoblaste, c'est le nom que prendra ensuite le placenta. Cela donne le même genre d'informations qu'une amniocentèse, mais l'avantage c'est que ça peut être réalisé plus tôt dans la grossesse. Vous vous êtes déjà inscrite à la maternité ? J'acquiesce et donne le nom d'une clinique publique réputée pour ses accouchements naturels et son respect de l'enfant et de la mère. Très bien, allez là-bas cet après-midi. Mais ils ne font sans doute pas ça, j'imagine, les biopsies du… Je n'arrive pas à retenir le mot. Trophoblaste, complète le médecin. Il est possible qu'ils vous orientent vers l'hôpital voisin qui a une maternité de niveau 3. Mais si vous êtes inscrits à cette maternité, il vaut mieux d'abord vous y rendre. Ils vous diront quoi faire.

L'entretien se conclut là-dessus. Nous sommes déjà debout lorsque Pierre, qui par son travail est un homme de chiffres, demande : Je sais qu'on ne sait pas encore grand-chose sur ce bébé, mais est-ce que vous pourriez nous donner votre pronostic ? Peter Sellers soupire : C'est difficile. D'après mon expérience, je dirais que ce fœtus a huit chances sur dix de ne pas arriver à terme. Mais je peux me tromper. On ne peut pas se prononcer avec certitude dans ce genre de cas. Je murmure : Alors ça nous laisse deux chances. Le médecin, un peu surpris, lève ses sourcils épais : Oui, c'est vrai, ça fait deux chances sur dix.

Bizarrement, ça me paraît énorme. Pendant un court instant j'ai l'impression très forte, presque magique, que ce bébé se situe miraculeusement dans les deux petits points qui le séparent d'une mort annoncée.

Le médecin nous raccompagne à la porte : Allez à la maternité, mais d'abord promettez-moi une chose, c'est d'aller déjeuner, d'accord ? Il ajoute pour finir : Je suis vraiment désolé de vous avoir annoncé cette mauvaise nouvelle, de manière très inconfortable en plus. Avec cette livraison de matériel en plein milieu… Ça tombait vraiment mal.

2

Nous errons dans les rues détrempées et sinistres du quartier de l'Horloge, sans savoir où aller, grelottant sous la pluie au milieu des passants. Aucun de nous n'arrive à parler de ce qui s'est passé. Nous bifurquons vers les Halles, alors en travaux. Brusquement, au coin de la rue du Cygne, je repense au minuscule bébé qui gigotait, mais qui ne remuera peut-être plus, et j'éclate en sanglots. Oh non ne pleure pas, sinon moi aussi je vais pleurer, dit Pierre avec un mince sourire. Je crois qu'il va dire un truc drôle pour me consoler, comme il en a l'habitude, mais en fait il se met lui aussi à sangloter bruyamment contre mon épaule. Si Pierre pleure, n'est-ce pas la preuve que quelque chose d'épouvantable vient de se produire ?

Attablés dans un restaurant bruyant, nous trouvons enfin la force de reparler du rendez-vous. Si j'ai bien compris, on a deux chances sur dix d'avoir vraiment des jumeaux, dis-je au moment où la serveuse arrive – le club poulet c'est pour ? Je me retrouve ensuite dans une posture absurde, impossible : parler de fœtus mort dans mon ventre en mangeant des frites. Le fœtus ne meurt pas dans ton ventre, corrige Pierre, rappelle-toi les paroles du médecin : Désormais vous oubliez toutes vos conceptions judéo-chrétiennes de la vie et de la mort.

Je n'ai aucun souvenir de cette phrase.

La maternité me fait l'effet d'un lieu étrange, désert, inamical. Quand je m'y étais inscrite en ligne deux mois plus tôt, j'avais en tête une clinique pimpante, où les femmes pouvaient accoucher sans douleur, dans la position qu'elles souhaitaient, avec leur sage-femme personnelle. Mais en fait ça ressemble à Lariboisière, où est né Arthur, en un peu moins décrépit. La nuit tombe brutalement derrière les baies vitrées pendant que nous attendons un temps infini. Personne ne vient nous voir, et bien que nous ayons réglé d'avance la consultation au secrétariat, je finis par me demander si quelqu'un est au courant de notre présence. Nous passons plusieurs coups de fil à la crèche pour prévenir Arthur de notre retard.

Une jeune médecin arrive enfin, l'air pressé, ne nous fait pas asseoir, ne comprend même pas pourquoi nous sommes là. Mais il faut aller dans une maternité de niveau 3, ici on ne s'occupe pas des grossesses gémellaires avec complication, on ne réalise pas de biopsie du trophoblaste. Puis, devant notre air éperdu, la fille accepte de jeter un coup d'œil au compte rendu de l'écho et assène cette phrase qui me hantera longtemps : Avec ce que je vois écrit là, je ne sais même pas si on va vous la proposer, la biopsie.

La médecin fait ensuite la seule chose dont elle est capable : elle part téléphoner pour obtenir une consultation avec un médecin de l'hôpital voisin. Elle revient, nous tend fièrement la feuille où elle a calligraphié les horaires du rendez-vous d'une écriture ronde, presque enfantine. Vous y serez, n'est-ce pas ? Parce que normalement ça ne s'obtient pas comme ça, les rendez-vous, ils sont débordés. Et c'est avec le chef de l'unité de diagnostic prénatal en personne. On comprend qu'elle voudrait qu'on la remercie, alors on lui dit merci, oui, bien sûr qu'on y sera. En sortant je lance simplement à Pierre : Je voudrais rentrer chez nous avant d'aller à la crèche, pour changer de chaussettes.

Lorsque je pénètre dans notre appartement, je ressens une sorte de vertige. On dirait que quelqu'un s'est amusé à déplacer chaque meuble, chaque étagère, chaque pan de mur, de presque rien, un millimètre ou deux, mais suffisamment pour donner aux lieux un air si étrange que je me mets à douter d'avoir un jour vécu là. Je regarde intensément les bibelots, les vases sur la cheminée, les jouets éparpillés sur le parquet : pris séparément, en eux-mêmes, je les reconnais, mais l'impression générale demeure celle d'un ensemble incohérent. Même les livres de la bibliothèque, sagement rangés par ordre alphabétique, ont perdu leur rassurante familiarité. J'ai beau me dire *Pourtant ils sont à toi, tu as lu tous ces livres, ou presque,* rien n'y fait, je suis envahie par cette pensée glaçante : Je voudrais rentrer chez moi, alors que j'y suis déjà.

Seule bouffée de réconfort, le chat, qui plisse paresseusement ses yeux dorés, et dont je caresse avec application le pelage tigré en me répétant : Ce n'est rien, c'est juste l'inquiétante étrangeté, l'irruption de l'inconnu dans le familier ou quelque chose comme ça, je ne me rappelle plus exactement ce que dit Freud. Ça doit être le choc. Ça va passer.

Ça n'est jamais passé.

Après avoir enfilé une paire de chaussettes sèches, j'appelle ma mère. Je me promets de ne pas flancher, pour ne pas trop l'inquiéter, mais c'est raté, au bout de deux phrases je fonds en larmes. Ma mère essaie de me rassurer, mais je perçois trop son inquiétude à elle, alors ça ne marche qu'à moitié. En raccrochant, je m'en veux terriblement de lui avoir annoncé une mauvaise nouvelle quelques semaines à peine après le décès de ma grand-mère. Quel enchaînement malheureux. Je nous revois le jour de l'enterrement, toute la famille réunie pour un dernier adieu à celle qui était partie depuis quelque temps déjà. Mes cousins qui me proposent du vin, et qui, face à mes refus répétés, devinent ma grossesse et ne tardent pas à me féliciter. Mon grand-père, l'œil humide, qui lève son verre à la santé du bébé à venir. Et moi, émue, ignorante du drame qui se tramait déjà dans mon ventre.

Je me résous ensuite à appeler mon père, comme on se débarrasse d'une corvée. Là encore, surtout ne pas pleurer, mon père déteste les larmes – dans ces cas-là il n'essaie même pas de me réconforter, on sent juste qu'il a envie de raccrocher et c'est pire que tout. Cette fois-ci, j'arrive à garder la tête froide en m'en tenant à un exposé rapide de la situation. Mon père ne sait pas quoi dire à part proposer d'appeler un confrère médecin, quelqu'un qui pourrait me donner plus d'infos… Bon, je vois bien qu'il essaie de m'aider, et je réponds merci, ça ira, j'ai déjà rendez-vous dans deux jours avec le professeur Ferrand, le chef du pôle de diagnostic prénatal d'un grand hôpital pédiatrique. Je crois qu'en disant cela, je le vexe un peu.

À la crèche, Arthur, occupé à jouer aux cubes avec son meilleur ami, nous accueille avec une indifférence joyeuse. Oh, regarde, il y a papa *et* maman, ce soir, dit la puéricultrice, tu en as de la chance. Oui, c'est un peu spécial aujourd'hui, marmonne Pierre, mal à l'aise.

J'écoute le babillage d'Arthur le cœur serré tandis que nous rentrons ensemble sous la pluie, qui accroche de petites sphères dorées autour des lampadaires. Qu'est-ce qu'on va bien pouvoir lui dire ? Moi qui me faisais une joie de lui annoncer qu'il allait être grand frère. Je voulais attendre d'être sûre que tout aille bien… Quelle ironie. Quand j'ai appris que j'étais enceinte de lui, j'étais tellement heureuse que j'avais eu envie de le dire à la terre entière. J'avais appelé ma mère, triomphante. Tu es enceinte de combien ? Je ne sais pas, maman, je viens de faire le test. De trois, quatre semaines peut-être. Oh, mais tu sais, d'habitude on attend un peu avant de le dire, m'avait répondu ma mère, effarée, avant d'ajouter : Les bébés, ça ne tient pas toujours au début. Le lendemain, j'avais eu un minuscule saignement, et je m'étais précipitée aux urgences de Lariboisière, affolée à l'idée que j'allais perdre le bébé. Une jeune femme m'avait examinée, m'avait fait une écho, m'avait montré une tache minuscule sur l'écran : Il est là, votre bébé, vous le voyez ? C'est tout petit petit mais il est là, rassurez-vous. Le saignement était bénin. Elle avait conclu en souriant : On est toujours très angoissée pour son premier. Après ça va mieux, vous verrez.

Arthur joue dans son bain, et pendant que les petites voitures roulent autour de la baignoire, je roule sans fin dans ma tête des phrases que je ne prononcerai pas. Impossible de me décider pour *J'attends deux bébés.* Et s'il n'y en avait qu'un ? *J'attends deux bébés mais il y en a un qui a un problème, alors peut-être qu'il n'y en aura qu'un.* Trop cruel. Je ne peux quand même pas dire *J'attends* un *bébé*, ce serait un mensonge. J'ai même la sensation que ce serait prendre le risque de tuer le deuxième fœtus par la parole. Alors je ne dis rien. Je sais vaguement que je commets une erreur, qu'Arthur doit sentir que quelque chose ne va pas, mais je décide d'attendre d'en savoir plus. J'emmitoufle Arthur dans sa serviette à capuche pour notre traditionnelle séance de grimaces devant le miroir, et je suis soulagée de le voir éclater de rire comme d'habitude. Je me force à rire, moi aussi, même si je sais qu'au fond de moi je ne suis plus tout à fait celle qui se reflète dans la glace embuée.

Pendant que je me déshabille pour me mettre au lit, Pierre est sur son ordi, l'air concentré. Je sais qu'il a dû taper sur Internet les mots trouvés dans le compte rendu, *omphalocèle, oligoamnios, retard de croissance.* Alors, ça donne quoi ? Pierre hausse les épaules : Pas grand-chose, mais si tu veux un conseil, ne regarde pas les images. À ce point-là ? Pierre grimace. Je me glisse sous la couette, feuillette un instant mon *Guide de la future maman heureuse*, sachant bien que je n'y trouverai rien qui me concerne. J'y lis seulement que « l'oligoamnios est un signe alarmant pour la suite de la grossesse ». Sans blague.

Tout à coup, sur le lit, à côté du chat roulé en boule, il y a deux bébés allongés sur le drap bleu. Ce sont deux bébés identiques et en bonne santé. Ça ne dure qu'une seconde, et puis tout disparaît.

Je me demande ce que j'ai vu. Est-ce que mon esprit, échaudé par l'angoisse, n'a trouvé que ce moyen pour me transmettre un peu d'espoir ? Après tout, on ne sait jamais, même si c'est peu probable, il est *possible* que tout finisse bien. Je ne dis rien à Pierre, toujours plongé dans son ordi. J'essaie de me raisonner : Ça doit être le trop-plein d'émotions. On ne va pas se mettre à avoir des visions maintenant, ok ? Ça va tout compliquer. On va faire confiance à la médecine. Et on verra bien ce qu'on nous dira lundi.

3

Lundi matin. J'attends dans un endroit qui ressemble à un hall de gare, vaste et haut de plafond, avec des portes automatiques à l'entrée, des ascenseurs dans un coin et quelques sièges inconfortables disposés dans une sorte d'espace en U. Au mur, une feuille A4 accrochée avec du scotch précise en caractères Arial 24 : *Messieurs, merci de laisser les places assises aux femmes enceintes.* À côté de moi, Pierre, absorbé par son téléphone. Je tiens sur mes genoux un livre dont j'ai relu dix fois le même paragraphe sans rien comprendre, mon esprit butant sans cesse sur la pensée du fœtus malformé qui se développe dans mon ventre aux côtés du fœtus sain. J'ai beau chasser cette image dès qu'elle se présente, elle revient inlassablement, comme un caillou dans ma chaussure.

Je déplie et redéplie nerveusement la feuille donnée par la médecin pressée pour vérifier une énième fois la date et l'heure. Pourquoi c'est si long ? Peut-être qu'elle a cru obtenir un rendez-vous mais qu'elle a mal compris. Je sens que mes aisselles se mettent peu à peu à suinter l'âcre sueur de la peur, celle des concours où l'on attend dans des couloirs glauques en espérant piocher le bon sujet. C'était bien la peine de mettre une tenue élégante si c'est pour tout gâcher avec une odeur de transpiration.

C'est presque drôle d'attendre si longtemps après avoir eu si peur d'être en retard. Pierre et moi n'avions pas anticipé le fait que nous n'arriverions pas à trouver l'entrée de l'hôpital. Nous avons pris la mauvaise rue. Un panneau nous a aiguillés vers les urgences obstétricales, un lieu parfaitement désert donnant sur des portes closes. En désespoir de cause, nous avons fini par emprunter un escalier réservé au personnel pour déboucher dans ce hall, où une secrétaire revêche nous a d'abord refoulés avant de nous envoyer au cinquième étage remplir des formulaires d'admission. J'ai regardé ma montre, et dans l'ascenseur, pour essayer de me détendre, Pierre a évoqué cet album d'*Astérix* où ils passent sans fin d'un guichet à un autre. Heureusement, la secrétaire du cinquième s'est montrée beaucoup plus aimable que l'autre, et j'ai senti mon angoisse refluer – j'étais déjà en train d'imaginer le grand professeur refusant de nous recevoir car nous avions plus d'un quart d'heure de retard.

On prononce mon nom, ce qui met fin à mes angoisses existentielles : on m'attend, des gens savent que je suis là. Nous suivons une jeune femme blonde en tenue rose pâle. Comme je n'ai pas encore appris à déchiffrer les codes vestimentaires du personnel médical, j'ignore si elle est médecin, infirmière, sage-femme, aide-soignante. Elle ne s'est pas présentée, a simplement dit : Le professeur va vous recevoir.

Nous pénétrons dans une pièce juste assez grande pour abriter deux sièges et un bureau, derrière lequel nous attend celui que je suppose être le professeur Ferrand. La quarantaine, les cheveux bruns coiffés d'une mèche souple, la chemise bleue sous la blouse, il a une tête à faire du bateau l'été dans le golfe du Morbihan. Pourquoi venons-nous le voir ? Sa voix est douce, le débit tranquille. Nous racontons la première écho catastrophique, le rendez-vous à la maternité d'à côté. Pas d'empathie, les questions se poursuivent sur un ton neutre. Est-ce une première grossesse ? Non, nous avons un fils de bientôt deux ans. Comment s'appelle-t-il ? Arthur. Il note. Son lieu de naissance ? Lariboisière. À l'époque, j'avais trouvé très romantique l'idée d'accoucher dans cet hôpital du XIXe siècle – l'hôpital de *L'Assommoir* – dont la construction s'est achevée grâce au legs d'une comtesse philanthrope qui lui a donné son nom. Puis j'avais légèrement déchanté.

L'accouchement a eu lieu à terme ? Oui. Sans complications ? Son cœur a un peu ralenti à la fin, on a dû l'aider à sortir. La péridurale n'est passée que d'un côté, alors quand on m'a remis une dose ça m'a complètement anesthésiée et je ne sentais plus rien. Le professeur Ferrand ne note pas – ça doit être tellement banal. Pourtant moi je ne sais toujours pas trop quoi faire de la déception ressentie ce jour-là. Je me rappelle les sages-femmes qui s'impatientaient – Votre bébé il commence à fatiguer là madame, allez on recommence, poussez – et mon impression de vague échec quand l'obstétricien est arrivé en s'adressant uniquement aux jeunes gens en blouse qui se pressaient derrière mes jambes écartées pour l'observer pratiquer une épisiotomie sans me demander mon avis. D'autres grossesses, des fausses couches ? demande le professeur. Non, et j'ajoute rapidement, parce que je sais que c'est la question suivante : J'ai avorté une fois. En quelle année ? 1997. La méthode ? Aspiration. À mon grand soulagement, je n'ai droit à aucun commentaire. À Lariboisière j'étais suivie par un maïeuticien – un *sage-femme homme*, comme on disait avec Pierre – et lorsque je lui avais dit : J'ai subi un avortement, il avait répondu avec un petit sourire goguenard : Subi, subi, enfin vous l'aviez choisi, non ?

Le professeur Ferrand continue ses questions. Professions ? Responsable d'études dans l'audiovisuel, professeure de français. Cette grossesse gémellaire, est-elle spontanée ou avez-vous suivi un traitement ? Spontanée. Y a-t-il des cas de grossesses gémellaires dans la famille ? Je réponds en premier : Non, pas de mon côté. Je laisse Pierre poursuivre : Ma grand-mère paternelle est une jumelle, qui a eu elle-même des jumelles, et j'ai deux cousines du côté de ma mère qui ont des jumeaux. Et dans votre famille à vous, rien ? redemande le professeur, presque amusé. Chez moi, rien. Contrairement à Pierre qui a eu des amis jumeaux et jumelles, je n'en ai même jamais eu dans mon entourage. Les jumeaux n'ont jamais représenté ni un fantasme ni une possibilité à laquelle j'aurais pu me préparer. C'était quelque chose qui arrivait aux autres. Pour moi, les jumeaux n'existaient pas.

Le professeur se plonge dans le compte rendu de Peter Sellers. Grand silence.

Bien, dit-il en posant le document, je vais vous refaire une écho. Il nous invite à le suivre dans la salle d'examen contiguë, où je commence à me déshabiller. Il n'y a pas de paravent, mais il y a au moins un tabouret pour Pierre. Pendant que le professeur et la jeune femme allument des lampes et des appareils, j'ôte à regret ma jolie tenue, préparée avec soin, comme on se dépouille de son armure. Jusqu'au dernier moment, je garde ma culotte, on ne sait jamais, mais la jeune femme en rose me jette un coup d'œil et dit : La culotte aussi s'il vous plaît. Je m'exécute sans oser lui répondre qu'on peut bien me mettre du produit dessus, je m'en fiche, c'est juste une Petit Bateau.

Le professeur Ferrand me met du gel sur le ventre en appuyant fort sur le tube, et ça fait un bruit dégoûtant. Valérie, tu es sûre que ça marche ? demande-t-il à la jeune femme en rose qui n'a pas du tout une tête à s'appeler Valérie. Elle essaie de régler l'appareil, éteint, rallume. Ils ne devaient pas nous réparer ça ? râle le professeur. Puis, à nous : C'est embêtant. Nous allons devoir passer à côté. Malheureusement, c'est une salle stérile, monsieur ne pourra pas nous accompagner. Je me lève, fesses nues, en essuyant mon ventre enduit de gel avec un papier. Ça m'ennuie que Pierre ne puisse pas assister à l'écho, j'ai peur de ne rien comprendre si on me fait part d'une information importante. J'ai presque envie de demander : Et s'il enlève tous ses vêtements lui aussi ? Mais bien sûr je suis trop stressée pour plaisanter.

Dans l'autre salle la jeune femme en rose a allumé tous les appareils, le matériel fonctionne. Le professeur Ferrand peut commencer. Un grand silence se fait. J'essaie de respirer calmement, malgré cette espèce de pointe qui s'enfonce dans mon plexus. Je ne peux pas voir l'écran, et tant mieux. Je ne sais pas trop ce que je ressentirais si je devais en plus voir les fœtus s'agiter sous mes yeux.

Le professeur se tient tout proche de moi, et une odeur fraîche, citronnée, parvient jusqu'à mes narines. Son parfum, sans doute, peut-être son savon. Il s'y mêle aussi une note plus mentholée, celle de son after-shave ou de sa crème hydratante, à moins que ce ne soit son dentifrice. Comme cette intimité soudaine est étrange, avec cet homme que je ne connais pas, et devant qui je suis étendue presque nue… J'essaie de me rappeler qu'il est médecin, qu'il fait juste son travail, mais je me sens mal. Parce que j'ai peur de ce que va révéler l'écho, bien sûr, mais aussi, ça me revient à présent, parce que son parfum me rappelle celui d'un ancien amant… Oui, je revois le jeune homme doux mais maladroit qui une fois, lors de nos ébats, m'avait donné par inadvertance un coup de genou dans l'œil. J'avais ri et pleuré en même temps, c'était si comique même si ça faisait un mal de chien. J'en avais parlé à mon psy de l'époque, un petit homme sévère qui ne manifestait jamais le moindre intérêt pour ma personne, mais qui là, pour une fois, s'était non seulement penché vers moi pour admirer mon œil violacé, mais s'était mis à me poser tout un tas de questions gênantes sur mon amant. C'est mon voisin, enfin, c'est juste un plan cul, avais-je répliqué, énervée, on ne va pas passer toute la séance là-dessus. Apparemment, si, ça c'était intéressant. Cette séance aurait été une bonne occasion de mettre fin à cette thérapie inepte, mais bien sûr j'étais restée sagement allongée sur le divan. Tout comme je reste là, sagement allongée sous la sonde que le grand professeur promène sur mon ventre nu. Si seulement il daignait me parler.

Je l'étudie à la dérobée : il ne me plaît pas – je ne suis pas attirée par les hommes plus vieux que moi – mais c'est ce qu'on appelle un bel homme. Est-ce que c'est une sorte de docteur Ross, dans *Urgences*, de gentil play-boy célibataire qui fait souffrir les femmes sans le vouloir ? Bof, il a plutôt l'air du genre marié avec quatre enfants – *Je vous présente Anne-Sophie, mon épouse*, une jolie blonde un peu effacée qui porte des perles et des chandails pastel. Je me demande comment il est au lit. Doux, suave, comme sa voix ? Ou bien passionné, voire brutal, en dépit des apparences ? Est-ce que les gynécologues-obstétriciens font de meilleurs amants ? Peut-être sont-ils au contraire des hommes qui croient tout savoir sur le sexe des femmes et du coup font n'importe quoi. Je me souviens de tous ces séducteurs qui se prenaient pour des experts. La plupart se révélaient tristement décevants au lit, alors que des mecs au profil plus discret, mais attentionnés et à l'écoute, obtenaient des résultats bien plus intéressants. Ne jamais se fier aux apparences.

Je soupire en regardant la lampe au-dessus de moi. Mais pourquoi je me mets à penser à mes histoires de cul… Mon Dieu, j'espère que le professeur ne lit pas dans mes pensées, parce que je me revois soudain nue dans une cage d'escalier avec ce type dont j'étais follement amoureuse. À chaque étage, nous avions ôté l'un de nos vêtements. Sur le palier du sixième une vieille dame avait brusquement ouvert sa porte, et nous avions patiemment attendu qu'elle la referme, lui recouvrant pudiquement mon corps du sien, long et maigre, moi pouffant de rire contre son épaule. Malgré mon fou rire d'alors, je ne retiens à présent que le côté dégradant de la scène. Bientôt, c'est terrible, tandis que le professeur respire si près de moi en malaxant mon ventre humide, je ne parviens plus à endiguer le flot de pensées sexuelles qui m'assaille. Je me remémore malgré moi d'autres épisodes du passé, plus ou moins sulfureux, toujours honteux. C'est parce que tu es une mauvaise fille, chante une petite voix perverse dans mon esprit. Tout ceci, ce qui t'arrive, le coup du bébé malformé, est une punition orchestrée par la Providence pour toutes ces choses que tu as faites. On pourrait te prendre pour une jeune mère irréprochable, mais tu as été aussi cette fille qui aimait séduire et qui couchait avec des hommes comme ça, pour voir. Ou pour prendre ta revanche sur ceux qui t'avaient salie, ceux qui avaient profité de toi, de ton état d'ébriété, de ton jeune âge et de leur ascendant. Peut-être qu'il faut en payer le prix un jour. Toujours la même histoire, celle de ces femmes de mauvaise vie des romans du XIXe qui ne connaissent aucune maternité heureuse, Fantine, Madame Bovary, Nana, Tess d'Urberville. Ah, ce passage où l'on amène à Tess son nourrisson au milieu des champs, pour qu'elle l'allaite – cet enfant du viol, qui finit par mourir. Et le mien, va-t-il mourir lui aussi par ma faute ?

Je roule la tête de l'autre côté en soupirant. Tu racontes n'importe quoi. Tu lis trop de romans. Il n'y a pas de Providence. Tu n'as rien fait de mal. Tu es juste en train de te torturer pour je ne sais quelle raison. Calme-toi et respire.

J'ai alors une pensée pour l'autre bébé, le premier, celui qui va bien. Et je me trouve horrible parce que depuis le début de la journée je n'ai pas pensé à lui une seule fois.

4

Le professeur Ferrand attend que je sois rhabillée, face à lui, Pierre à mes côtés, pour nous livrer les résultats de son expertise. Il commence par faire les mêmes observations générales que Peter Sellers : grossesse gémellaire bichoriale biamniotique, âge gestationnel de onze semaines et quatre jours. J'essaie de deviner s'il s'agit du préambule à l'annonce d'une catastrophe, mais je trouve son ton direct, assuré. Est-ce parce qu'il a l'habitude, qu'il voit des cas bien plus graves tous les jours ? Je confirme le diagnostic d'omphalocèle sur J2, dit-il tranquillement. Il explique : L'omphalocèle est une malformation abdominale, un défaut de fermeture. Les parois abdominales se sont mal soudées, et certains organes se développent à l'extérieur du ventre. Je visualise quelque chose de dégoulinant, qui me fait penser au mot *éviscéré*. Il enchaîne : Ça fait comme une petite boule protégée par une membrane, et d'après ce que j'ai vu à l'écho l'omphalocèle abriterait les intestins et une partie du foie. Ses mains forment une sphère pour mimer la petite boule sur le ventre du bébé, et je remarque qu'il porte comme Peter Sellers une alliance dorée et renflée. Il poursuit avec des informations telles que l'incidence de la malformation qui varie selon les données, un bébé sur huit cents, un sur mille. Pierre hoche la tête, il a dû tomber sur les mêmes chiffres sur Internet. Le professeur évoque le traitement : Ça s'opère très bien à la naissance, on incise et on referme, et dans la plupart des cas il n'y a pas de séquelles. Il marque une pause, puis reprend : Ce que vous devez savoir cependant, c'est que deux scénarios se profilent. Soit c'est une malformation isolée, ça s'opère et c'est assez simple. Soit l'omphalocèle est associée à d'autres malformations, par exemple des pathologies cardiaques. Dans ces cas-là, c'est souvent le signe d'un syndrome lié à une anomalie chromosomique, comme une trisomie. Pierre intervient : La trisomie 21 ? J'ai à peine le temps de me demander si je garderais un bébé trisomique avec des problèmes cardiaques – après tout, les femmes de ma génération ont été élevées dans l'idée qu'un enfant trisomique c'était la malédiction ultime et que seules les catholiques les gardaient – que j'entends Ferrand répondre : Non, pas la trisomie 21, avec l'omphalocèle c'est en général la trisomie 13 ou la trisomie 18. Il parle toujours sur un ton tranquille, comme si tout le monde était au courant qu'il existait des tas de trisomies différentes. Je demande d'une voix étranglée : Ça fait quoi, ces trisomies-là ? Ferrand hésite : C'est vraiment… compliqué. Ça entraîne des handicaps majeurs, à la fois physiques et mentaux, et l'espérance de vie est très, très limitée, quand le fœtus n'arrête pas spontanément son développement *in utero*. Je commence à paniquer intérieurement et je demande si la clarté nucale… Non, la clarté nucale était normale à l'examen, répond Ferrand. Mais je dois aussi vous avertir qu'avec l'omphalocèle il peut s'agir d'autres syndromes, comme celui de Wiedemann-Beckwith par exemple.

Bien sûr je suis incapable de retenir le nom du syndrome, je ne sais même plus le nom de l'examen dont Peter Sellers nous a parlé, ça commence à faire beaucoup trop d'infos, et je sens à présent une espèce de petite épée tranchante chatouiller le fond de ma gorge pour chercher à s'y enfoncer. Ferrand continue posément : En fonction de ce que l'on découvre lors du suivi en anténatal, et selon ce que vous déciderez, on pourra organiser le cas échéant une IMG, une interruption médicale de grossesse, pour le fœtus malade.

Il y a un moment de silence, pendant lequel mon esprit se vide de tout ce qu'il y a autour de moi.

Vertige, hantise du bébé mort dans le ventre.

Choisir, la mort dans l'âme, d'arrêter la croissance du bébé.

Prendre cette décision. Prononcer les mots : *J'ai choisi de ne pas le garder*.

Se trouver hypocrite de ne pas dire simplement : *Je ne veux pas de cet enfant*.

Continuer à vivre avec cette décision prise, avec dans mon ventre le petit amas de cellules qui ne grossirait plus, à côté de l'autre.

Puis tout se brouille : je n'arrive pas du tout à me représenter face à un choix pareil.

Le professeur Ferrand nous demande si nous avons des questions. Je commence : C'est donc possible de réaliser une IMG, comme vous dites, alors qu'il y a un autre fœtus ? Oui, il est tout à fait possible de réaliser un avortement sélectif. Les choses sont un petit peu plus compliquées quand il y a deux fœtus parce que cela comporte toujours des risques pour le fœtus sain, mais on sait le faire. Il faut juste faire attention à ne pas se tromper de jumeau, évidemment.

Ok, dis-je, en évitant soigneusement la question *Parce que c'est déjà arrivé qu'on se trompe de jumeau ?* Je voudrais savoir d'où ça vient, cette malformation, l'omphalocèle ? Il y a une raison à son apparition ? Ferrand secoue la tête : Pour le moment on l'ignore. Cela se produit probablement à cause d'une information qui est mal donnée à un moment de la scission des cellules du fœtus, et le ventre ne se referme pas. Je hoche la tête en pensant : Bon, au moins je n'y suis pour rien, ce n'est pas quelque chose que j'ai mangé ou bu, mais au fond de moi je n'arrive pas à me sentir totalement innocente. Pierre demande à son tour : Vous avez dit qu'il y avait deux scénarios possibles, soit la malformation est isolée, soit elle est associée à d'autres choses. Quel est le pourcentage qu'il y ait autre chose en plus de l'omphalocèle ? Ah, vous voulez des chiffres, dit Ferrand, comme si la question l'ennuyait. J'ai envie de lui dire que oui, on veut des chiffres, parce que c'est rassurant, à sa manière, un chiffre. C'est à peu près cinquante-cinquante, répond Ferrand en se renfonçant dans son fauteuil. Dans la moitié des cas environ, la malformation est complètement isolée. C'est pour cela que l'on va continuer à explorer. Si vous êtes d'accord, on va programmer un examen qui permettra de recueillir des données sur les chromosomes des bébés. Une biopsie du trophoblaste, fait Pierre, qui, lui, a retenu l'expression. Exactement, répond Ferrand. Vous savez ce dont il s'agit ? Absolument pas, dis-je. Ça consiste à prélever un tout petit peu de tissu de ce qui va devenir le placenta. Comme les villosités qui entourent l'embryon sont issues de la division de la cellule-œuf, elles contiennent les mêmes chromosomes, donc les mêmes données génétiques que toutes les autres cellules. On peut donc établir un caryotype à partir de ces cellules. Mais pour ça il faut que les conditions soient bonnes. Comme il y a un autre fœtus, il faut que l'on soit sûr de prélever les bonnes cellules, vous comprenez. Ensuite, en fonction des résultats, on avisera.

Le professeur commence à taper son compte rendu. Il a eu beau parler de trisomie, d'un syndrome au nom inquiétant digne d'un épisode de *Dr. House*, et même d'interruption de grossesse, je ressens un étrange apaisement. Peut-être parce que les paroles de la médecin pressée, à la maternité, résonnaient encore dans ma tête : *Avec ce que je vois écrit là je ne sais même pas si on va vous la proposer, la biopsie.* Je crois que j'avais terriblement peur que le professeur nous dise qu'il n'y avait plus qu'à avorter ou à attendre la mort *in utero* du fœtus malade. Je repense soudain au retard de croissance et à l'oligoamnios évoqués par Peter Sellers. Pourquoi Ferrand n'en a-t-il pas parlé ? Bien que j'aie peur de le déranger maintenant que le moment des questions est passé, je lui demande s'il a noté un manque de liquide amniotique. Le professeur me répond d'un ton léger : Ah oui, c'est vrai, il y avait noté « oligoamnios » dans le rapport. Non, je n'ai pas observé d'oligoamnios aujourd'hui. Peut-être que la poche était un peu comprimée ce jour-là, ça arrive parfois. Et pour le retard de croissance ? Il revérifie ses notes, lit ses propres mesures : Longueur crânio-caudale 45,1 pour J1 et 39,5 millimètres pour J2, il y a en effet un décalage entre les deux jumeaux, mais pour moi ce n'est pas significatif. Il évoque la possibilité que ces bébés n'aient pas été conçus le même jour, ce qui expliquerait qu'il y en ait un plus petit. C'est possible, ça ? s'étonne Pierre. Apparemment ça l'est, Ferrand nous apprend que ça s'appelle la superfétation. Dans ma tête, je revisualise les deux moments possibles autour du 19 août. Ça voudrait dire que nous aurions conçu deux bébés à dix jours d'écart ? Voilà qui est original. Je demande : Pas le même jour, ok, mais combien de jours d'intervalle ? Le professeur fait : Quatre ou cinq jours maximum. Je secoue la tête en pensant : Non, ça ne colle pas.

Il y a encore un moment de silence, pendant lequel Ferrand finit de taper son compte rendu. Puis il marmonne : Ah, ce logiciel, comment on fait déjà… Il appelle : Valérie ? Pour programmer une BT, je dois cliquer sur quoi ? La jeune femme en rose arrive et s'ensuit une petite saynète comique où elle montre au professeur, visiblement pour la vingtième fois, comment utiliser le logiciel de rendez-vous sur l'ordinateur. Ferrand soupire en se renfonçant dans son fauteuil, abandonnant la partie à la jeune femme qui se moque gentiment de lui, ce n'est pas très compliqué, on clique là, et là, et voilà. Son téléphone de l'hôpital se met à sonner. Une urgence, désolé, il doit filer. Et pour l'écho cœur, Valérie, j'en parlerai demain au staff, on va programmer ça. À nous : On vous envoie tout ça, et on se revoit bientôt pour la biopsie.

Nous voilà de nouveau dans le hall de gare. J'ai l'esprit confus. Je sais juste qu'il me faut quitter cet endroit afin de pouvoir démêler ce qui vient de se passer. Or nous perdons encore un bon quart d'heure à trouver la sortie. Comme si l'hôpital m'avait prise dans ses griffes, et refusait désormais de me lâcher.

5

Après ça il faut continuer à vivre, reprendre le fil de l'existence là où on l'avait laissé. Mais c'est une vie étrange, une vie en surface, où je m'efforce d'oublier que je suis enceinte, parce que dès que j'y pense j'éprouve un frisson d'épouvante, comme si je tombais dans un puits glacé.

Après quelques jours de vacances chez ma mère, je retourne travailler au lycée. Novice dans l'enseignement, je m'estime heureuse de pouvoir gérer à peu près deux de mes classes sur trois. Je déjeune avec des collègues, j'anime l'atelier théâtre, j'assiste aux conseils de classe, où je donne mon avis sur les élèves comme si je m'y connaissais. Mais le stress m'empêche souvent de dormir et me fait ensuite oublier le cours sur Baudelaire préparé la veille, m'obligeant à le refaire rapidement de tête dans le métro. Je redoute chaque heure avec mes premières difficiles, et il n'est pas rare qu'à la récré je me précipite aux toilettes pour y vider honteusement mes entrailles, en espérant que personne ne sentira l'odeur infecte de ma peur. J'emprunte des métros bondés sans demander qu'on me cède une place parce que mon ventre ne se voit pas et que j'ai peur que l'on refuse. J'offre toutes mes pièces aux mendiants dans l'espoir secret et inavouable que le destin verra que je suis quelqu'un de bien qui ne mérite pas son malheur. Chaque soir, petite bulle de douceur, je retrouve Arthur à la crèche. Je lui donne son bain et son repas, je lui lis l'histoire avant de dormir, ce sont des moments heureux.

Je vais à un dîner entre amis, à un repas de famille chez Clémence, ma sœur aînée, autant d'occasions festives qui se révèlent plus des épreuves qu'autre chose. Pourtant je n'arrive pas à dire non, comme si la solitude était à fuir, et que j'allais réussir à m'amuser. Mais parmi les autres je suis toujours ramenée à ma condition de femme enceinte, interdite d'alcool et de certains aliments. Et puis, comme tout le monde évite le sujet de ma grossesse une fois que Pierre et moi avons fait part de l'essentiel, j'ai plutôt l'impression d'être atteinte d'une maladie qui m'obligerait à un régime particulier, et la fausseté de la situation me perturbe.

Je vis engluée dans un présent immobile, sans bébé à imaginer, et à la fois tendue tout entière vers la biopsie à venir, dans laquelle je place tous mes espoirs. Durant cette période, et le plus longtemps possible, je continuerai à porter les mêmes vêtements, délaissant simplement les plus serrés. J'achèterai aussi des habits chers et parfaitement inadéquats, des robes en soie fragiles, d'étroits pulls en cachemire, un manteau que je ne pourrai bientôt plus boutonner. Des vêtements-fantasmes, qui me servent à fuir ma propre existence, à vivre celle d'une autre.

Au fil des jours, je m'habitue à cette sensation d'oppression que j'éprouve en permanence sous le sternum et qui me rappelle que quelque chose dysfonctionne en moi. À force, j'ai fini par imaginer une sorte de petite boule qui s'agripperait à mon plexus, avec ses piquants, comme les noiraudes des films d'Hayao Miyazaki. Dans *Mon voisin Totoro*, le papa explique à ses filles que pour chasser ces boules de suie inoffensives, il suffit simplement de rire très fort. Mais je sais que je suis désormais incapable de rire très fort. Alors ma noiraude reste là, logée près de mon cœur.

Le jour de la biopsie, rien ne se déroule comme prévu. Dans la salle d'attente, je découvre en relisant machinalement ma convocation que j'ai en réalité rendez-vous pour une échographie cardiaque avec un médecin inconnu. Stupeur. Je n'ai pas souvenir qu'on m'ait parlé d'une échographie. Affolée, je me rends à l'accueil, où une secrétaire se contente de m'indiquer une autre salle d'attente. Mais, soit qu'elle n'ait pas été claire, soit que décidément je ne comprenne plus rien à rien, il me faut un long moment pour m'apercevoir que je ne suis toujours pas au bon endroit – je me disais bien, aussi, que tous ces posters de Winnie l'Ourson quand on n'est pas sûre de garder son bébé, c'était un peu de mauvais goût.

Lorsque Pierre me rejoint, je suis au bord de la crise d'angoisse, paniquée à l'idée qu'on m'ait déjà appelée pour l'écho, et que j'aie pu louper *deux* examens au lieu d'un seul. Je finis par comprendre que la biopsie aurait dû avoir lieu trois jours plus tôt, et que j'ai manqué le rendez-vous. Parmi les nombreux papiers de l'hôpital reçus par la Poste, il y avait en effet plusieurs convocations, et j'ai absurdement pensé que la deuxième annulait la première. Pourquoi ? Aucune idée. Je suis probablement devenue idiote. Quand on a toujours fait confiance à son intelligence, voire qu'on s'est longtemps crue un peu au-dessus de la moyenne, il n'est pas facile d'admettre qu'on a perdu ses capacités, mais je ne vois pas d'autre explication.

À mon grand soulagement, un jeune médecin ne tarde pas à venir me chercher. Il nous fait entrer dans une salle d'examen, nous demande ce qu'a donné la biopsie du trophoblaste, si on a eu les résultats. Me voyant incapable de répondre, Pierre prend charitablement le relais : Apparemment il y a eu une petite confusion, on pensait que c'était aujourd'hui. Non, aujourd'hui on va regarder le cœur des fœtus, répond tranquillement l'autre médecin, un vieux en pantalon à velours côtelé qui a une grosse voix de père Noël. Et pour la biopsie ? demande Pierre. On va vous la reprogrammer, répond simplement le jeune en s'installant devant l'appareil d'échographie. Personne n'a l'air de m'en vouloir. Encore une fois, je dois enlever ma culotte, mais je m'en fous un peu, du moment que personne ne croit que je suis une folle qui oublie ses rendez-vous.

Les deux médecins se parlent entre eux au-dessus de mon ventre pendant un bon moment comme si je n'étais pas là. Apparemment ils vérifient le *septum auriculaire*, la *cinétique des valves aortiques et pulmonaires*, l'*anneau mitral* et l'*anneau tricuspide*, le *départ de l'aorte* – termes que je lirai plus tard dans le compte rendu qu'ils nous enverront. Pendant ce temps, je suis envahie par une crainte nouvelle : que fait-on si on découvre que le fœtus a une anomalie cardiaque ? Pour penser à autre chose je me concentre sur la lampe au-dessus de moi, dont l'éclat est peu éblouissant. La marque, ALPUS, y est inscrite en lettres capitales, sur le bord en haut, et la plaque de verre bosselée qui protège l'ampoule forme de minuscules cristaux de lumière arc-en-ciel. Je tourne la tête un instant, mais quand je regarde de nouveau la lampe, je lis cette fois-ci AURUS. Les caractères que je croyais stylisés et bizarrement enchevêtrés sont en fait droits et nets. Allons bon, revoilà l'inquiétante étrangeté. C'est comme dans *À la recherche du temps perdu*, quand le narrateur croit lire la signature d'Albertine en bas d'une lettre, alors qu'il s'agit de celle de Gilberte – méprise qui le pousse à croire qu'Albertine est encore en vie. Faut-il y voir un rapport avec ma situation ? Albertine est morte donc le deuxième bébé va mourir ? Je me sermonne : Arrête de chercher des signes. Les signes, ça va quand la vie est belle, on s'amuse à déchiffrer le monde à travers des images et des présages et c'est poétique, ça donne de l'épaisseur au réel, mais quand la vie prend un tour tragique, si on se met à traquer le moindre signe avec angoisse, n'est-ce pas un peu le début de la folie ? Et d'ailleurs qu'est-ce qu'on en a à foutre, de cette lampe à la con ?

Bon, il m'a l'air parfait ce cœur, fait soudain le père Noël. Le cœur de quel fœtus ? Je suis persuadée qu'on parle du jumeau sain. Eh bien, de J2, c'est celui qu'on nous a demandé de vérifier. Mais on va regarder le cœur de l'autre aussi. Un instant après, les médecins nous annoncent avec satisfaction qu'il n'y a aucune anomalie de l'architecture cardiaque ni de la fonction ventriculaire chez J1 et J2. Comme j'ignorais qu'on était capable de poser ce genre de diagnostic sur des cœurs gros comme des têtes d'épingle, j'ai presque envie de leur demander s'ils ne sont pas un peu trop sûrs d'eux, mais évidemment je m'en tiens à des remerciements polis.

Je suis en train de me rhabiller, quand tout à coup j'entends résonner les premières notes d'une chanson de Radiohead. Je ne comprends pas d'où ça vient – pendant deux secondes ma vie devient un film dont j'entends la bande originale – et puis quelqu'un fait Allô, parce qu'en fait c'est la sonnerie du portable du jeune médecin. Malgré ma volonté d'écarter les signes et de m'en tenir au diagnostic médical et à la science, il est difficile à ce moment-là de ne pas y voir un message d'espoir. *No alarms and no surprises* – c'est le refrain de la chanson –, ça pourrait quand même dire que tout ira bien.

Quelle idée de faire d'une si belle chanson une sonnerie de téléphone, dit Pierre en sortant, pour me faire rire. Soulagée ? Oui, mais encore un peu secouée par cette histoire de biopsie ratée. Je propose à Pierre de boire un café avant qu'il ne reparte au boulot. Comme il a peu de temps, nous optons pour la cafétéria de l'hôpital.

Couleurs criardes, éclairage cru, écœurante odeur de viennoiserie réchauffée – j'ignore encore, en voyant Pierre me sourire par-dessus son gobelet, que je deviendrai une habituée de l'endroit. Que ce lieu, pourtant peu accueillant au premier abord, aura des airs de refuge, d'abri pendant la tempête.

6

Quelques jours plus tard, je suis de retour à l'hôpital pour la fameuse biopsie. J'ai dû de nouveau remplir une autorisation d'absence au lycée, mal à l'aise, mais la secrétaire n'a pas fait de commentaires. En revanche, un élève m'a carrément demandé en plein cours pourquoi j'étais tout le temps absente. Je me suis énervée, l'élève s'est lui aussi énervé, ce qui lui a valu une exclusion de cours et une convocation chez le CPE, et à moi une nuit d'insomnie à ruminer ma mauvaise gestion de la situation.

Lorsqu'on m'appelle, Pierre se lève pour m'accompagner, mais il se fait immédiatement refouler par la jeune femme en rose dont j'ai oublié le prénom : l'examen a lieu en chambre stérile. Je dis à Pierre de ne pas m'attendre puisque nous n'aurons pas les résultats le jour même. Alors nous nous quittons là, dans le hall, et j'envie Pierre de pouvoir partir. Autant pendant ma première grossesse je me sentais privilégiée de porter notre enfant, et parfois triste pour lui qu'il ne connaisse pas l'émotion de sentir le bébé bouger en lui, autant là j'aimerais vraiment pouvoir lui refiler mon utérus.

Le professeur Ferrand commence par vérifier la position des fœtus à l'échographie. Je l'entends soupirer, et j'imagine immédiatement que quelque chose ne va pas. Il ne dit rien, évidemment. De temps en temps, je lui jette un regard, mais il est tellement près que cela me semble inconvenant. Au bout de dix minutes il repose sa manette, se recule sur son tabouret, et m'annonce platement : Malheureusement, la position des fœtus ne permet pas de s'assurer à cent pour cent de la fiabilité des résultats. Si l'on prélève au mauvais endroit, le risque est de mélanger les données des deux fœtus et de fournir un caryotype illisible.

J'appelle Pierre en sortant : On n'a pas pu me faire la biopsie. Je lui parle de l'amniocentèse que Ferrand m'a proposée. Apparemment on pourra faire un truc qui s'appelle un FISH et qui permet de n'étudier que certains chromosomes. On obtient les résultats très rapidement, en vingt-quatre heures, mais ça ne sera possible que dans deux semaines. Pierre résume : Bon, donc on doit encore attendre, mais après ce sera rapide. J'essaie moi aussi de prendre les choses du bon côté, malgré mon affreuse déception : Oui, et puis on ne m'a pas annoncé de mauvaise nouvelle, c'est déjà ça. En plus, tu ne vas jamais me croire, mais j'ai trouvé la sortie de l'hôpital du premier coup.

L'attente me ronge. Je ne sais pas quoi dire à ma famille, ou aux amies que j'ai prévenues, à qui j'avais annoncé que je serais sans doute bientôt fixée sur le sort du deuxième bébé. Alors je n'appelle pas. Je me sens très seule. Au lycée je me suis confiée à quelques collègues, mais je ne les connais pas très bien. Et puis tout le monde a sa vie, ses problèmes. Ma copine Lou prépare l'agrèg', entre ses cours au collège et sa petite fille de trois ans. Tristan, mon ami architecte, est comme toujours submergé de travail. Pareil pour Sophie, mon amie d'enfance, qui vit loin et que je ne vois pas souvent. Je suis tentée parfois de recontacter d'autres copines moins proches, mais je n'ai pas la force de leur annoncer ça, la grossesse et la malformation, et d'enchaîner ensuite avec une conversation normale. Je trouve que j'ai de la chance de pouvoir déjeuner de temps en temps avec Eva, une amie récemment rentrée de l'étranger, enceinte de huit mois. Le sujet pourrait la rebuter, or elle est pratiquement la seule à oser me poser des questions directes sur ma grossesse.

Un soir, Tristan me propose de m'emmener à une fête donnée par l'un des clients de son agence. La réception, thème Années folles, se déroule dans un immense appartement au rez-de-chaussée, que l'on atteint après avoir traversé plusieurs petites cours mystérieuses. J'apprends que notre hôte réalise des décors pour des opéras et des châteaux, et en pénétrant dans les lieux j'ai du mal à savoir ce qui est réel et ce qui ne l'est pas. Incroyable, nous voilà chez les Guermantes, dis-je à Tristan, qui pour l'occasion s'est fait une jolie moustache qui lui donne des airs de Proust sur la photo où il tient une raquette. Moi je porte une robe en soie gris perle, une de ces robes achetées récemment qui ne m'iront plus d'ici quelques semaines et seront trop fragiles pour une mère de jeunes enfants, mais peu importe. Lorsqu'un serveur en livrée me demande ce qui me ferait plaisir, je réponds : Un verre de vin rouge. Je guette la réaction de Tristan, mais il fait simplement : La même chose. Nous trinquons. Saisissant une partie de notre conversation, une jeune femme très Louise Brooks, carré de cheveux noirs et bandeau lamé orné de plumes, se penche vers moi avec un sourire : Vous avez bien raison de vous faire plaisir. Moi j'ai une amie qui buvait de temps en temps pendant sa grossesse et tout s'est très bien passé. Elle s'éloigne, et je dis à Tristan en haussant les épaules, faussement légère : Bon, pour moi, on peut dire que le mal est fait. Après ça, nous essayons de discuter de choses et d'autres, et j'ai beau faire durer le plus longtemps possible mon verre en le savourant à petites gorgées, celui-ci se vide impitoyablement. Il deviendrait très tentant d'en commander un autre, voire de se mêler à la foule sur la piste. Pouvoir goûter de nouveau à ce présent à l'état pur, à cette forme d'extase, tendue entre la musique et la pulsation des corps… Mais c'est impossible. Pas avec *ça* dans mon ventre. La grossesse fait de moi une créature hybride, mi-femme mi-future mère, et j'ai trop conscience que je ne suis plus entièrement moi-même, qu'il y a deux autres êtres en moi. Si seulement il était possible de se séparer ne serait-ce qu'un instant de ce ventre encombrant, et de le déposer au vestiaire comme nos manteaux d'hiver… Au bout d'un moment, je finis par reposer mon verre de jus trop sucré, et je regarde Tristan d'un air malheureux en désignant la fête, les gens qui s'amusent : Tristan comprend, propose de me raccompagner à pied, et nous marchons longtemps à travers les rues désertes, dans le froid de l'automne, sous quelques étoiles tremblotantes.

Je comprends qu'il vaut mieux désormais fuir les fêtes. J'essaie de me plonger dans le travail. Comme je pressens que je serai souvent absente, je ne voudrais pas, en plus, avoir à me reprocher de donner de mauvais cours. Je me concentre sur mes deux classes de premières, qui ont le bac de français à préparer, mais j'aime aussi peaufiner le programme de seconde. J'ai du mal à me faire respecter, je manque encore d'autorité mais je crois que les élèves, quoique toujours très agités, commencent doucement à apprécier les textes que je leur propose.

En préparant mes séances, je tombe sur une courte nouvelle de Maupassant que je ne connaissais pas. C'est le procès d'une domestique, Rosalie Prudent, violée par le neveu de ses maîtres et accusée d'infanticide. On a retrouvé le corps du nouveau-né, mais aussi le trousseau qu'elle avait commencé à préparer pour l'enfant à naître. Tout porte à croire qu'elle avait donc choisi d'accueillir le bébé. Alors pourquoi cet acte terrible ? Le juge l'interroge, Rosalie explique. Les douleurs qui la reprennent alors qu'elle vient d'accoucher. Il y en a un deuxième. Elle qui ne gagne que vingt francs par jour ! Elle ne pourra pas élever les deux. Elle pose le deuxième bébé sur le lit, à côté du premier. Elle ne peut pas choisir. Elle les étouffe tous les deux sous un oreiller. La nouvelle se termine par la phrase « La fille Rosalie Prudent fut acquittée ».

Pendant un instant j'imagine faire étudier la nouvelle en classe. Ce serait intéressant, on pourrait débattre. Certains décideraient sans doute de condamner Rosalie Prudent. Je mettrais en avant l'humanité de Maupassant, toute contenue dans cette dernière phrase. Mais ensuite je me dis : Tu es folle, quelle horreur… Et si tu te mets à pleurer devant les élèves ?

Au moment de dormir, l'histoire me hante encore. Un détail revient sans cesse à mon esprit : Rosalie Prudent n'a pas enterré les bébés ensemble, mais dans deux petites tombes séparées, solitaires. Elle craignait que les petits morts ne parlent entre eux et ne l'accusent.

Le jour de l'amniocentèse, je m'attends à retrouver le professeur Ferrand, mais c'est une femme blonde d'une quarantaine d'années qui m'accueille. Elle a un visage avenant aux joues roses et rondes. Je suis la docteure Marie Delormeau, c'est moi qui vais réaliser l'examen, dit-elle en me serrant chaleureusement la main. Comment vous sentez-vous ? Je suis d'abord vaguement déçue que ça ne soit pas Ferrand – malgré ses manières curieuses, ce mélange d'indifférence et de professionnalisme, je m'étais attachée à lui – avant de me demander si je n'y gagne pas au change. Je crois que depuis le début la docteure Delormeau est la seule personne qui ait pris la peine de me demander comment j'allais.

Elle me fait signer un consentement à la réalisation de l'amniocentèse, car cet acte, m'explique-t-elle, peut entraîner des fausses couches. Désolée, je suis obligée de vous exposer les risques, ajoute-t-elle avec un sourire compatissant, mais ne vous inquiétez pas, c'est très rare, seulement un pour cent des cas. J'ai envie de lui avouer que tout ce qui m'importe depuis des semaines c'est de savoir si je vais devoir garder dans mon ventre un fœtus mort à côté d'un fœtus sain, alors le risque de fausse couche, il n'y a pas la place pour ça dans mon esprit.

Je me déshabille, je m'installe sur la table, et je m'apprête à supporter un long moment de silence angoissé. Je suis surprise d'entendre Marie Delormeau m'expliquer tous ses gestes au fur et à mesure. C'est la première fois qu'on me parle pendant un examen, même si les médecins de l'écho cardiaque avaient fini par nous donner des infos un peu avant la fin. Mon esprit n'est pas en roue libre, je suis davantage connectée à ce qui se passe en moi, bien que je m'efforce de ne rien ressentir de trop précis. Les bébés se présentent bien, assure Marie Delormeau, on va pouvoir procéder au prélèvement. Au moment où elle s'apprête à enfoncer l'aiguille dans mon ventre, elle me recommande de ne pas m'inquiéter et de prendre une profonde inspiration. Elle conclut : Tout s'est très bien passé. Est-ce que quelqu'un vient vous chercher ? demande-t-elle pendant que je me rhabille. Non, mon mari ne peut plus venir à tous les rendez-vous. Vous rentrez comment ? En métro. Un taxi ? suggère-t-elle. Ou prenez le bus, ça vous évitera les escaliers. Elle s'assure que je n'ai rien de prévu pour les heures à venir : Vous avez eu une amniocentèse, vous devez vous allonger et vous reposer.

En sortant je me sens moins oppressée que d'habitude, comme si la petite boule dans ma poitrine avait légèrement relâché son étreinte. Je marche jusqu'à l'arrêt de bus, convaincue que d'ici deux jours j'aurai tous les éléments en main pour prendre une décision avisée. L'enquête progresse. Oui, c'est ça, c'est un peu comme une enquête, comme dans un épisode de *Dr. House*. Je suis persuadée que l'on va découvrir précisément ce dont souffre mon deuxième bébé, et qu'à ce moment-là, je saurai exactement quoi faire.

7

Pierre m'accompagne pour les résultats de l'amniocentèse. La jeune femme en rose nous annonce que le professeur Ferrand va nous recevoir bientôt mais qu'il a un peu de retard ce matin, elle va donc commencer par m'examiner. Nous nous regardons avec Pierre. Un peu de retard, sans blague. Ça fait plus de deux heures que nous attendons. Deux heures à faire semblant de ne pas angoisser en essayant de lire, avant de renoncer pour naviguer sur des sites de décoration intérieure. En ce moment, il n'y a que ça qui m'apaise : m'imaginer vivre ailleurs, dans de grandes pièces immaculées et baignées de soleil, où tout est bien rangé, avec des frigos pastel et des jouets en bois.

En la suivant dans le couloir, je remarque que la jeune femme en rose boite dans ses Crocs. Est-ce qu'elle a toujours boité ? S'est-elle fait mal au pied ? Pour une raison que j'ignore, cela m'intrigue. Elle déplie un rouleau de papier sur la table d'examen pendant que je me déshabille, puis elle me demande de m'allonger en plaçant les fesses là, au bord, les pieds dans les étriers. Je m'exécute avec l'impression ridicule d'être une petite fille sur un manège de chevaux de bois – *Mets bien tes pieds là pour ne pas tomber* – sauf que je ne suis pas une petite fille, et que j'ai la chatte à l'air. Je déteste que Pierre assiste à tout ce cirque, même s'il détourne pudiquement le regard.

La jeune femme palpe et mesure mon ventre avec des gestes doux et précis. En observant mes pieds dans les étriers, je pense soudain à Louise de La Vallière, la première maîtresse de Louis XIV, qui boitait paraît-il. L'histoire dit que c'est à cause de son royal amant que les femmes doivent donner naissance dans cette position absurde et contre nature. Louis XIV, caché derrière une tenture, avait demandé à l'obstétricien qu'on installe la parturiente sur le dos, immobile, pour qu'il puisse profiter du spectacle. Celui-ci a ensuite rédigé un traité vantant les mérites de cette position. N'y a-t-il pas un côté grotesque à se retrouver, des siècles plus tard, à accoucher ainsi ?

Louise de La Vallière mesure à présent mon col en introduisant délicatement ses doigts dans mon vagin. Le col est bien fermé, déclare-t-elle en retirant son gant. Pas de contractions ? Non. Mais ça tiraille un peu. Je commence à raconter que j'ai parfois la peau qui se tend, mais quelqu'un l'appelle depuis le couloir – Ferrand-Louis XIV, enfin prêt à nous recevoir après notre attente interminable dans l'antichambre. Elle revient pour me demander rapidement pendant que je me rhabille : Vous avez fait la bandelette urinaire ? La quoi ? Elle m'explique qu'avant chaque rendez-vous, il faudra que je me rende aux toilettes pour uriner dans un gobelet et le laisser au box des infirmières. Les toilettes se situent au bout du couloir à gauche, encore à gauche, puis à droite. S'il n'y a personne il faut juste attendre, parfois les infirmières sont occupées. Je hoche la tête en sachant déjà que je n'ai absolument rien retenu de ses instructions, mais il y a plus important : nous allons enfin savoir si le deuxième fœtus est normal.

Nous nous asseyons dans le bureau. Ferrand n'y est pas. Pierre me prend la main. Je m'aperçois qu'à force d'essayer de ne penser à rien, j'ai oublié d'envisager vraiment le pire. Or, il faut toujours imaginer le pire pour éviter qu'il ne se produise. Vite, pour conjurer le sort, je me dis : Le deuxième bébé est atteint d'une pathologie létale et il va mourir *in utero* – ou il ne va pas mourir mais je vais devoir choisir l'interruption médicale de grossesse parce que sinon j'aurai un enfant handicapé qui mourra à la naissance – ou bien il est handicapé et je ne saurai pas quelle décision prendre entre le supprimer et le garder et ce sera pire que tout. Voilà, c'est fait. J'ai conjuré le sort. Mais est-ce que ça suffira ?

Ferrand entre, s'assoit à son bureau : On vous a appris les résultats, alors ? Nous nous regardons, interloqués : Euh, non. Ferrand sourit : Ah, on ne vous a pas dit ? Eh bien, le caryotype est normal pour les deux fœtus. Nous bafouillons : Merci, ok, super, tant mieux. Et nous poussons un grand soupir de soulagement, le premier depuis très longtemps. Je me demande pourquoi Louise de La Vallière ne nous a pas annoncé la bonne nouvelle immédiatement, si elle était censée le faire, si au contraire elle attendait que ce soit Ferrand qui fasse le job, mais peu importe puisque je vais pouvoir garder mes deux bébés. Je vais avoir des jumeaux. Deux bébés supplémentaires. Trois enfants en tout. Notre appart' est beaucoup trop petit pour trois enfants, mais si ce n'est que ça, on va gérer.

Ferrand pose les coudes sur son bureau, joint tous les doigts de ses mains, toussote, et, d'un ton professoral, il poursuit : Certes, le risque d'aneuploïdie est écarté, mais cela n'élimine pas toutes les autres anomalies possibles. Avec une omphalocèle, il y a parfois d'autres malformations. On a déjà éliminé les pathologies cardiaques, qui sont fréquentes, ça c'est bien. Je vous avais aussi parlé d'autres syndromes je crois, comme Wiedemann-Beckwith. On va donc surveiller l'évolution des deux fœtus au moyen d'une échographie mensuelle. Il faudrait faire la première écho morphologique, disons… dans quinze jours.

Bien, me dis-je. Une échographie mensuelle pour vérifier que tout va bien, et on sera pleinement rassurés. Je ne me suis pas sentie aussi légère depuis des semaines.

Les échographies sont à réaliser dans le privé, on ne les fait pas à l'hôpital, continue Ferrand, qui commence à expliquer pourquoi – et c'est une bonne question après tout, pourquoi on devrait payer pour ces examens, mais en réalité ils ne sont pas obligatoires donc la Sécu… Pas de problème, coupe Pierre, vous avez des noms à nous conseiller ? Eh bien, vous pouvez retourner voir le médecin que vous aviez vu, répond Ferrand, ou bien je peux vous indiquer des personnes de confiance, c'est comme vous préférez.

Je me remémore le jour baudelairien, la mine embarrassée et les yeux tristes de Peter Sellers, la livraison de matériel au mauvais moment… Je ne sais pas si j'aurai la force de retourner là-bas. C'est un très bon médecin, à mon avis, reprend Ferrand, ce qu'il a vu tout de suite n'était pas facile à détecter. J'ai envie d'ajouter qu'il nous a aussi fait peur avec un oligoamnios et un retard de croissance qui n'existaient pas, mais je ne dis rien. Sinon, je peux vous recommander ma collègue, Marie Delormeau, qui fait partie de l'équipe de diagnostic prénatal, ici, à l'hôpital, suggère Ferrand. Elle est excellente. J'interviens : Je crois que c'est elle qui a réalisé mon amniocentèse. Tout à fait, dit Ferrand en regardant mon dossier, vous la connaissez donc. Son cabinet est dans le Ve arrondissement, je crois. Elle est super, n'est-ce pas ? Oui, je veux bien ses coordonnées, dis-je.

Ferrand à présent sourit, me regarde dans les yeux, et de sa voix suave dit : Au fait, vous ne m'avez pas demandé… vous voulez connaître le sexe ? À mon grand désespoir, je me méprends d'abord sur le sens de sa question, et je rougis – quelle idiote je fais. Je regarde Pierre et je comprends que lui non plus n'avait pas anticipé la possibilité de savoir si vite le sexe des bébés. Nous étions tellement préoccupés par le nombre de chromosomes. Je suis presque sur le point de refuser, de peur que ça fasse trop d'émotions si j'apprends par exemple que ce sont deux garçons, ce qui m'en ferait trois et qui ne serait pas grave en soi, car si ce sont deux garçons alors je serai celle qui élèvera des garçons féministes, mais ça voudrait dire jamais de fille – parce que trois enfants ça ira merci –, or j'aimerais vraiment avoir une fille. Bien sûr, au point où nous en sommes, je ne peux pas faire la difficile, déjà mes deux bébés sont normaux, à partir de là je prendrai les choses comme elles sont. Dans ce tourbillon de pensées j'entends Pierre qui me demande : Tu en penses quoi ? et qui dit à Ferrand : Oui, moi j'aimerais bien, mais seulement si ma compagne est d'accord. Je vois dans son regard qu'il en a vraiment envie, qu'il est impatient de savoir, alors je dis : Oui, oui, je suis d'accord.

Ferrand annonce alors en souriant : Ce sont deux petites filles.

8

Deux petites filles. Trois petits mots qui ont transformé les anonymes fœtus A et fœtus B, les prosaïques J1 et J2, en deux petites filles, concrètes, existantes.

Lentement, je m'habitue à l'idée. Je regarde mon ventre sous la douche, dans les miroirs, en m'habillant, en me déshabillant. On ne devine rien, à peine une petite bosse qui m'empêche de fermer le dernier bouton de mes jeans, et pourtant, ça semble incroyable, à l'intérieur il y a deux petites filles, d'environ dix centimètres.

Je pense à elles, de plus en plus souvent, sans oser trop encore, en les effleurant du bout de l'esprit, comme je le fais du bout des doigts. Un poème de Victor Hugo me revient en mémoire, que je me récite par cœur, en secret :

Dans le frais clair-obscur du soir charmant qui tombe, L'une pareille au cygne et l'autre à la colombe, Belles, et toutes deux joyeuses, ô douceur !

Je me répète mentalement : Il y en a une qui va bien, et l'autre qui a un petit problème, qui devra se faire opérer à la naissance. Et après tout ira bien.

À la mi-décembre, lorsque leur image apparaît sur le moniteur du cabinet d'échographie de Marie Delormeau, c'est la première fois que je les revois depuis ce jour funeste d'octobre. Elles sont toujours au même endroit, l'une au-dessus de l'autre, la petite en haut et la grande en bas. *Voyez, la grande sœur et la petite sœur...* Tout ce temps passé à craindre que la plus petite... Non, elle est bien là, remuante. Et, même si ce n'est pas exactement le mot, je pense : vivante.

Marie Delormeau énumère chaque élément qu'elle mesure, pour la jumelle A puis pour la jumelle B, cerveau, visage, rachis, poumons, cœur, appareil digestif, appareil urinaire, organes génitaux, membres. Puis elle examine l'omphalocèle, qui fait 22 millimètres de diamètre, et qui renferme probablement les intestins et une partie du foie. De retour derrière son bureau, elle nous fait une synthèse de ce qu'elle a noté et qu'elle partagera au staff, la réunion d'équipe de l'hôpital : l'omphalocèle est de taille moyenne – ce qui est meilleur en termes de pronostic qu'une petite omphalocèle, plus souvent associée à d'autres malformations, et qu'une géante, plus difficile à opérer – et les reins seront à recontrôler dans un mois car l'un des deux reins est difficile à voir – il est peut-être en position pelvienne à cause de l'omphalocèle qui attire à soi certains organes dans l'abdomen. Pour le reste, tout est normal. L'entretien se conclut sur une note joyeuse, avec l'impression des visages des bébés en 3D. La jumelle A a le menton sur la main et semble sourire : on dirait qu'elle pose pour la photo. La jumelle B, les deux petits poings levés devant elle, paraît se préparer à boxer. Je me dis que c'est bien, cette attitude de guerrière, qu'elle en aura besoin pour affronter ce qui l'attend à sa naissance.

J'entre dans ce que j'appellerai par la suite la parenthèse enchantée. J'attrape une angine au début des vacances de Noël, mais c'est plutôt une bénédiction car mon médecin traitant, inquiet pour moi depuis le début – j'écume son cabinet à cause des otites d'Arthur et le tiens chaque fois au courant des derniers rebondissements de l'enquête –, m'invite à ne pas reprendre le travail après les vacances. Je ressens un immense soulagement. Bien sûr j'ai l'impression d'abandonner mes élèves – la plupart m'ont félicitée pour ma grossesse, ce qui m'a surprise et émue – mais je vais enfin pouvoir me reposer. Fini les insomnies et les longs trajets debout dans le métro malgré la sciatique. Pourtant la sensation de la petite boule noire au creux du thorax refuse de disparaître. Sans doute, me dis-je, parce qu'il n'est pas facile de se débarrasser du jour au lendemain de son angoisse, quand on a vécu si longtemps avec.

J'essaie de retrouver mes marques, ma vie d'avant, la joie éprouvée les premières semaines, lorsque j'anticipais l'arrivée de mon deuxième enfant. Il va falloir complètement remodeler l'appartement de l'inquiétante étrangeté pour accueillir deux bébés et non pas un, mais à force de consulter tous ces sites internet, je ne doute pas de mes capacités en matière d'aménagement et de décoration.

Le destin en décide autrement. Le destin, ça tient parfois à une porte cochère que l'on retient pour une voisine qui déménage, un dimanche matin. Ce jour-là je m'apprête à aller au marché, j'attends Pierre et Arthur qui tardent, sans prêter vraiment attention au camion devant la porte, aux meubles entassés dans la cour. Puis une femme arrive, les bras chargés, je lui tiens donc la porte, lui lance une parole d'encouragement convenue, nous commençons à discuter, et soudain : Vous seriez intéressée par notre appartement ? demande-t-elle en avisant mon gros ventre. Nous le visitons sur-le-champ. Il est plus clair que le nôtre, mieux agencé, et surtout beaucoup plus grand. Nous contactons le syndic de l'immeuble, et en un rien de temps l'affaire est bouclée.

Je n'ose y croire. Mille fois, je me rejoue le scénario de la matinée : si nous n'avions pas décidé d'aller au marché, si Arthur ne nous avait pas fait perdre un temps fou en refusant de mettre son manteau, si je n'avais pas engagé la conversation avec la voisine que je connaissais à peine. Un nouvel appartement servi sur un plateau d'argent, sans avoir à lever le petit doigt ? La chance tourne. J'en viendrais presque à croire que quelqu'un là-haut a eu pitié de moi.

Ma mère arrive à Paris au début des vacances, et nous passons un après-midi à nous balader pour acheter nos derniers cadeaux de Noël. J'en profite pour faire un tour dans une braderie de vêtements pour enfants. Je choisis quelques vêtements pour Arthur, puis je m'attarde au rayon nouveau-nés, sans oser rien toucher. C'est plus fort que moi, j'ai peur d'attirer le mauvais sort. Je finis quand même par fouiller dans un panier contenant des petits chaussons et j'en sors une paire bleue à grosses fleurs roses. Je pourrais n'en prendre qu'une seule, comme ça, si jamais… J'hésite avec une rouge, ornée de camélias rose pâle, mon regard allant de l'une à l'autre. Mais si je n'en prends qu'une, est-ce que le destin croira que je suis prête à n'accueillir qu'une seule fille ? Je repose les chaussons, puis je les reprends. Il faudrait que j'arrête de me torturer comme ça, je vais devenir folle. Et si jamais on découvre à nouveau quelque chose d'alarmant chez le deuxième bébé ? J'aurais alors la preuve, matérialisée dans ces chaussons achetés en double, qu'à un moment je me croyais à l'abri.

Oh que c'est mignon, s'écrie soudain ma mère pardessus mon épaule, au moment où je m'apprête à abandonner une énième fois les chaussons. D'une main elle me prend les deux paires et dit : C'est moi qui te les offre, ce sera mon premier cadeau pour tes jumelles. J'ai envie de lui dire que non, pas encore, c'est trop tôt, mais après tout c'est sa décision, pourquoi le destin la punirait, elle ? Sur le trajet du retour j'ai beau être très fatiguée – la sciatique me pince plus que jamais – je me sens heureuse : posséder deux paires de petits chaussons rend les choses plus concrètes, moins floues, moins dangereuses.

Comme pour conjurer définitivement le mauvais sort, je retourne dans la boutique de jouets où j'avais acheté une peluche pour mon futur bébé, lorsque je venais juste de découvrir que j'étais enceinte. Je choisis le même objet, un lapin duveteux avec de grandes oreilles et des petites ailes, mais dans une couleur différente, rose vif. Vous attendez une petite fille, fait la vendeuse avec un clin d'œil, en lorgnant mon ventre qui s'est mis récemment à poindre. Je corrige en souriant : *Deux* petites filles. Mais un seul lapin, ça doit paraître étrange, alors j'explique : J'avais déjà acheté un lapin, quand je ne savais pas encore.

Et puis arrive Noël. Le soir du réveillon, nous dînons avec ma mère, mes sœurs et mes beaux-frères autour d'une grande table illuminée de bougies. Pierre, ma petite sœur Manon et ma mère ont confectionné un délicieux repas avec dinde aux marrons et bûche. Il y a même une petite maison en pain d'épice décorée de sucre. L'atmosphère est festive, animée. Arthur, seul petit enfant de la famille, est couvert de cadeaux et s'endort avant de les avoir tous déballés. Je montre fièrement les photos en 3D de mes petites filles à ma mère et mes sœurs, et je réalise en les écoutant me faire part de leur soulagement qu'elles se sont beaucoup inquiétées pour moi, plus que je ne le pensais. J'aurais aimé qu'elles me le disent, moi qui ai souvent eu l'impression qu'elles sous-estimaient la gravité de la situation. Clémence, qui envisage de faire un bébé bientôt, me glisse même que je l'ai énormément stressée avec mes histoires. Elle a une collègue enceinte qui rencontre aussi des soucis et qui lui en parle tous les jours, alors ça faisait beaucoup à gérer pour elle. Même si je trouve sa façon de me présenter les choses franchement maladroite, en un sens je comprends ma sœur aînée. Je sais qu'on se ressemble beaucoup, notamment dans l'angoisse – alors parfois ça fait comme les aimants : il suffit qu'on soit mal positionnées, un peu trop préoccupées, et au lieu de s'attirer et de se comprendre, on se repousse et on s'éloigne.

C'est drôle comme on ne perçoit pas du tout les choses comme elles sont, au sein de sa propre famille, alors que l'on se côtoie depuis toujours. Le lendemain, au déjeuner, je repère des tensions, des non-dits, que je mets sur le compte de la petite gueule de bois des uns et des autres. Ce n'est pas ça. Le 26, ma mère vient prendre le thé chez moi, et rapidement je comprends que quelque chose ne va pas. Ma mère boit une gorgée de thé fumant, repose sa tasse en tremblant, et m'annonce qu'elle a un cancer du sein.

Elle a mal remis la tasse sur la soucoupe, qui restera légèrement penchée pendant le reste de l'entretien, puisqu'elle ne touchera plus à son thé.

C'est son deuxième cancer, le sein gauche cette fois-ci. Après avoir précisé qu'il s'agit hélas d'une forme agressive appelée triple négatif, ma mère m'apprend que par une affreuse ironie du sort c'est le jour de ma première écho qu'elle a eu les résultats de sa biopsie.

Je bois mon thé à petites gorgées en écoutant ma mère, et en me répétant : Je ne peux pas y croire, pas maintenant. Dans l'*Iliade*, Achille dit à Priam : « Les dieux ont destiné les misérables mortels à vivre pleins de tristesse, et, seuls, ils n'ont point de soucis. Deux tonneaux sont au seuil de Zeus, et l'un contient les maux, et l'autre les biens. Et le foudroyant Zeus, mêlant ce qu'il donne, envoie tantôt le mal et tantôt le bien. » Puis les deux hommes sanglotent ensemble, l'un pleurant le fils mort, l'autre le père qu'il ne reverra pas.

Mais moi, je ne verse pas une larme. Je ne peux pas. Au fond de moi, je suis en colère. Je me sens injustement accablée par le destin. Le sort peut-il se montrer si cruel ? Moi qui ai craint pendant tout ce temps de devoir pleurer une enfant avortée, il faudrait maintenant me préparer à pleurer une mère ? J'aurais voulu rendre l'appartement offert sur un plateau d'argent.

Tout le monde est déjà au courant, mes sœurs et leurs conjoints, et Pierre, à qui ma mère l'a annoncé lorsqu'ils préparaient le repas ensemble. Tout en sachant que ma réaction est puérile, je me sens offensée d'avoir été tenue à l'écart. Et puis ma mère conclut par ces mots : Je ne te le dis que maintenant, parce qu'après tout ce que tu as traversé, je ne voulais pas te gâcher Noël.

9

6 janvier. Retour à l'hôpital. Debout dans un couloir, devant le box des infirmières, j'attends que l'on me fasse signe d'entrer pour que je puisse y déposer mon échantillon d'urine. Comme j'ai beaucoup trop rempli le gobelet en plastique, non sans m'être au préalable copieusement pissé sur la main, j'ai l'impression que tous les gens qui passent me regardent. Je voudrais adopter une posture nonchalante, comme si je tenais un thé à la menthe – après tout, c'est jaune et c'est chaud –, mais je sais que personne n'est dupe, et ça m'énerve. Essayez donc d'avoir l'air détendu avec un gobelet rempli de votre propre pisse entre les mains.

Pourquoi suis-je si nerveuse ? Je dois voir Ferrand pour un *rendez-vous de suivi*. Je ne sais pas de quoi il s'agit. De mon côté, comme convenu avec mon médecin traitant, je vais lui demander de me signer mon arrêt de travail. J'aurais bien aimé ne pas avoir à gérer ça avec Ferrand, mais il était plus judicieux, rapport au trou de la Sécu, de faire débuter mon congé après les vacances de Noël.

Désolée, il y en a peut-être un peu trop, dis-je à l'infirmière qui procède au test d'urine en parlant avec sa collègue comme si je n'étais pas là. Jusqu'à ce que je monte sur la balance : Dites donc, faudrait faire attention, vous avez pris quatre kilos depuis la dernière fois. Je réponds qu'il y a eu les fêtes, et puis bon, je n'avais presque rien pris au début… Je voudrais ajouter que c'est aussi une drôle d'idée de se peser avec ses chaussures, mais elle me coupe la parole : Quatre kilos c'est beaucoup, madame, votre ventre est déjà gros pour vingt et une semaines. Pendant deux secondes je me demande si elle plaisante. Euh, il y en a deux, c'est peut-être pour ça ? Je souris mais j'espère vaguement à ce moment-là qu'elle se renverse un peu de pisse sur les mains en attrapant la bandelette urinaire. Ah, c'est une grossesse gémellaire, grommelle l'infirmière. Elle reporte les résultats du test dans une machine, d'où sort un petit papier qui ressemble à un ticket de caisse. Elle me le tend en disant : Vous donnez ça à la sage-femme de l'anténatal. Mais quand même, faites attention à votre prise de poids.

Connasse. Je regagne la salle d'attente où je patiente encore une heure en faisant défiler Pinterest sur mon téléphone. Je n'ai pas apporté de livre – j'ai complètement renoncé à essayer de lire, à présent. Dans les librairies rien ne m'intéresse. J'ai essayé une ou deux fois de me replonger dans mes auteurs favoris, cherchant du réconfort, n'éprouvant à la place qu'une étrange déception. Proust, Montaigne, Cortázar – tous des hommes, avec leur vécu d'homme… Comment pourraient-ils comprendre ce que je traverse ? Ce vertige éprouvé à l'idée de porter en moi, dans ma propre chair, la possibilité de la vie et de la mort, ou bien la hantise d'abriter une enfant malformée, un monstre. Ou encore la crainte, sans doute infondée, mais dont je n'arrive pas à me débarrasser totalement, de n'avoir à offrir à la petite créature qu'une vie de souffrance, et le poids au creux du cœur de se sentir responsable de ce malheur éventuel. La culpabilité, aussi, quasi permanente, de ne pas réussir à se réjouir de l'arrivée de l'autre bébé, la petite fille en bonne santé. Il m'aurait fallu trouver des œuvres organiques, écrites par des femmes, qui auraient plongé à l'intérieur des corps autant que des âmes, mais à l'époque je n'en connaissais pas. C'est presque avec surprise que je me suis aperçue que la plupart des écrivaines que je lisais et chérissais – Woolf, Austen, Beauvoir – n'avaient pas eu d'enfant.

Entrez, entrez, dit Ferrand sans me regarder, en soulevant à peu près tous les papiers qui se trouvent sur son bureau. Pourquoi je n'ai pas le dossier de la patiente ? fait-il à la petite jeune fille en blouse blanche qui est venue me chercher.

Il est juste là, derrière vous, répond la fille en indiquant un chariot encombré de chemises en carton orange. Ferrand pioche des documents dans une pochette, les examine, les commente pour lui ou pour moi, je ne sais pas trop. J'attends, immobile, sur ma chaise inconfortable. J'ai mis une robe en laine achetée l'an dernier et maintenant que j'ai pas mal de ventre je m'aperçois qu'une fois assise la robe est un peu courte. J'essaie de croiser les jambes, mais ça compresse trop ma vessie et ça me fait des cuisses énormes. Mon regard tombe ensuite sur mes bottines tout abîmées : ça ne va pas du tout. Pourquoi n'ai-je jamais les bonnes chaussures ? Il me faudrait des chaussures d'adulte.

Ferrand, voyant que j'ai le petit ticket du test urinaire dans les mains, me fait signe de le lui donner, l'examine, puis poursuit avec des questions me concernant : antécédents familiaux, médicaux, allergies éventuelles. C'est donc un rendez-vous pour moi, la femme enceinte, puisqu'on a établi que l'omphalocèle était échographiquement isolée, ainsi que Ferrand vient de le rappeler. Pas de contractions ? demande-t-il. Je secoue la tête en silence, même si j'ai parfois des doutes lorsque mon ventre devient lourd comme une pierre, mais j'imagine que s'il s'agissait de contractions je le saurais. Ferrand enchaîne : Autre chose ? Je m'entends répondre : Je ne dors pas très bien – euphémisme pour dire que mes nuits excèdent rarement six heures d'affilée. J'ai aussi une sciatique, qui fait que j'ai du mal à marcher, ou à porter des choses lourdes. Vous portez des choses lourdes au travail ? Euh non, je porte mon fils de deux ans. Je dois avoir l'air débile. Vous faites quoi déjà dans la vie ? Je suis prof de français. Ah, beau métier, commente Ferrand rapidement. Justement, je devais reprendre hier, mais… C'est affreux, je ne sais pas comment continuer. Je bredouille : C'est très loin, j'ai plus d'une heure de trajet en métro, et avec la sciatique, et la neige en plus… Je sais que je présente mal les choses, mais il devrait comprendre à présent. Je poursuis vaillamment : Enfin bref, j'ai déjà prévenu le lycée, et en fait je voulais savoir si vous seriez d'accord pour me faire un arrêt de travail. Ferrand hausse les sourcils : Ah, si je comprends bien vous vous êtes arrêtée toute seule.

Je sens mes joues qui chauffent, et je bafouille que non, ce n'est pas ça, j'ai vu mon médecin traitant avant les vacances qui m'a dit de vous demander. Je me trouve pathétique. Où est l'argumentaire que j'avais soigneusement préparé dans ma tête, bon sang ? Ferrand me coupe et, d'un ton indifférent, comme si cette question était de peu d'importance, lâche : Oui, bon, je vais vous le signer, votre arrêt. Il prend un bloc de papier et griffonne rapidement un truc avant de détacher la feuille d'un geste théâtral. En prenant le certificat, je murmure : Merci, merci beaucoup. Ferrand me demande : Et c'est où, ce lycée ? Je cite une commune de Seine-Saint-Denis. Pendant deux secondes je me dis que je devrais préciser qu'il s'agit d'un lycée difficile, mentionner les pneus et les poubelles qui brûlent de temps en temps devant, ça impressionne toujours, les pneus qui brûlent. J'aurais peut-être dû dire aussi que ma mère avait un cancer. Non, je ne vais pas instrumentaliser les clichés sur la banlieue ou le cancer de ma mère, ce serait mesquin. De toute façon, Ferrand est déjà passé à autre chose. Je comprends que je n'intéresse pas le moins du monde le grand professeur, ce qui est un peu vexant, mais après tout il n'est pas là pour ça. Son job, c'est le diagnostic prénatal, ce sont mes bébés qui l'intéressent. Ou même un seul bébé, quand j'y songe.

Bon, reprend Ferrand, le stylo au coin des lèvres, il va falloir organiser un rendez-vous en chirurgie pour planifier l'opération, mais on a encore le temps. Il s'interrompt un moment, pose son stylo, joint le bout de ses dix doigts : Je dois néanmoins vous informer que si l'omphalocèle est en apparence isolée, il peut y avoir d'autres choses, qui ne seraient pas décelables en anténatal. Je pense au syndrome de Wiedemann-Beckwith, par exemple, je vous en ai peut-être déjà parlé ? Je hoche la tête. Ferrand poursuit : Et je me dois de vous signaler que ce syndrome entraîne malheureusement une plus grande probabilité de cancers infantiles. Et allez, me dis-je, voilà autre chose. Quel genre de cancers ? je demande, le plus posément possible. Des tumeurs au foie ou aux reins, principalement, répond tranquillement Ferrand. Des tumeurs crâniennes aussi. Mais avec des pronostics en général très bons.

Puis il y a un bref silence. On dirait qu'on parle de choses et d'autres sans importance. À quel moment ai-je basculé dans un monde où parler de cancer infantile n'apparaît pas comme une horreur absolue ? Bien, reprend Ferrand, qui paraît soulagé d'avoir lâché cette info, pour l'instant nous n'avons aucun signe qui pourrait nous faire pencher en faveur de ce syndrome, vu que Wiedemann-Beckwith ça donne généralement des bébés gros, avec des gros organes, des grosses langues… et là on n'a pas de signes de ça. Oui, c'est plutôt l'inverse, dis-je en tirant sur ma robe, depuis le début le deuxième bébé est beaucoup plus petit que l'autre. Tout à fait, acquiesce Ferrand en se renfonçant dans son fauteuil. Ce n'est qu'une possibilité que je voulais évoquer avec vous, conclut-il.

Je ne sais pas bien que faire de cette info, si je dois la considérer comme une nouvelle épée de Damoclès, ou non.

Venez, je vais vous examiner, dit Ferrand en se levant et en me montrant la table d'examen avec ses étriers. Je reste interdite. Comment ça, m'examiner ? Ferrand ne m'a jamais fait d'examen gynécologique. C'est Louise de La Vallière qui s'en est chargée jusqu'à présent. Pourquoi n'est-elle pas là aujourd'hui ? Avec réticence, j'enlève maladroitement mes bottines moches, ma robe trop courte, mon collant, ma culotte. J'entends encore dans ma tête la petite phrase de Ferrand : Ah, si je comprends bien vous vous êtes arrêtée toute seule. Comme si j'étais une grosse fainéante.

Je m'allonge sur la table en pensant à mon bébé avec sa malformation, et maintenant son risque de cancer infantile. Mais les pronostics sont très bons, apparemment. Qu'est-ce que ça veut dire, les pronostics sont très bons ? C'est quand même un cancer. Est-ce que j'ai envie de me coltiner de la chimio à la maternelle ? De voir ma petite fille chauve avec un tube dans le nez, amaigrie, et de me taper les nuits d'hôpital à son chevet sans pouvoir m'occuper de mes deux autres enfants ? Je place mes talons dans les arceaux de fer et je regarde, étendu devant moi, mon corps nu et frissonnant, avec mon gros ventre, qui a au moins l'avantage de m'épargner la vision de mon propre sexe. Le professeur Ferrand pose une main gantée sur mon genou, l'écarte vers l'extérieur – je me rends compte que mes genoux étaient serrés l'un contre l'autre – et introduit deux doigts de son autre main, gantée elle aussi, dans mon vagin. J'essaie de me détendre et de me rappeler que c'est normal, qu'il est gynécologue obstétricien avant d'être le chef du pôle de diagnostic prénatal, qu'il a examiné le col de centaines de femmes, mais j'ai beau me raisonner, je me sens mal, affreusement mal, de plus en plus mal, et tandis que l'inconfort se mue en douleur dans mes chairs écartées, une grande vague de mal-être me submerge au point que je voudrais subitement m'évanouir, ne plus être là, m'abstraire de cette situation intolérable. Je regarde le plafond, il y a une lampe là aussi, avec un truc écrit dessus, qu'y a-t-il écrit ? Mais mon esprit refuse de se concentrer là-dessus. Ce que j'essaie de faire alors, c'est de lutter contre les larmes que je sens venir, et ça me prend toute mon énergie.

Le col est bien fermé, annonce Ferrand en retirant ses doigts puis son gant. Je me rhabille le plus rapidement possible. Ferrand me dit encore des trucs, parle des prochains rendez-vous à prévoir, chirurgiens, échographie. Je l'écoute à peine.

En sortant, je passe aux toilettes, et alors que je me lave les mains, sans comprendre ce qui m'arrive, j'éclate brusquement en sanglots.

Au bout d'un moment, je relève la tête et le miroir au-dessus du lavabo me renvoie l'image d'une fille aux joues rebondies et aux yeux larmoyants. J'éprouve un vertige. Ce n'est pas moi. Qui me prouve que c'est moi ?

Alors, pour tenter de me reconnaître, de rattraper mon image qui me fuit, je remets du rouge à lèvres sur la bouche boursouflée de l'inconnue qui me dévisage toujours.

10

Les jours qui suivent, dans mon esprit la même question tourne en boucle : Tu préfères une mère guérie et une fille cancéreuse, ou une mère morte et une petite fille en bonne santé ? Je sais bien que ce dilemme est complètement con, que personne ne me demande de choisir entre ma mère et ma fille, mais c'est plus fort que moi, je me sens comme Ulysse face à Charybde et Scylla, les deux monstres qui lui barrent la route du retour. Sauf qu'Ulysse, lui, peut compter sur Circé pour le conseiller – « Rapproche-toi de Scylla et dirige ton navire en effleurant l'écueil. Il vaut mieux regretter six compagnons que de les voir périr tous ensemble. » Alors que moi je n'ai personne, absolument personne pour me guider.

Les rendez-vous médicaux se multiplient. Prises de sang, tests de glycémie, rendez-vous de suivi, et sans cours à donner au lycée il devient impossible de séparer ma vie de tous les jours de ma vie médicale. Jusque-là, le métro qui m'emmenait au travail ou à la crèche faisait comme un sas de décompression, dans lequel je recomposais rapidement mon moi habituel, redevenant prof de français, mère d'Arthur. À présent, il n'y a plus de séparation entre l'hôpital et le reste, et le bus d'une infinie lenteur que je prends pour m'y rendre et en revenir est devenu le symbole de cette porosité nouvelle, de cet effacement des frontières. Il fut un temps où j'aimais bien prendre le bus, je regardais Paris à travers la vitre, grand décor tendu sur des ciels changeants. Mais le trajet jusqu'à l'hôpital, fait de détours improbables et de longues avenues sans intérêt, est sinistre. J'ai l'impression d'avoir rejoint la communauté mystérieuse des gens qui ont du temps, qui ne sont plus tout à fait dans la vie normale, chaque véhicule charriant son lot d'individus en marge – personnes âgées décaties, clochards avec tous leurs sacs, personnes handicapées. Depuis peu, celles-ci semblent se multiplier de façon quasi hallucinatoire, comme les sept vieillards du poème de Baudelaire que j'avais fait lire à mes premières S. Mais peut-être est-ce tout simplement qu'avant je ne les remarquais même pas.

C'est à cette période que les choses se compliquent avec Arthur, presque du jour au lendemain, et pour longtemps. Le matin il refuse de partir à la crèche, et chaque fois que je me fâche en espérant qu'il finira par obéir, c'est pire. Je suis souvent obligée de le porter dans les escaliers par-dessus mon gros ventre. Je le bloque ensuite dans sa poussette avec mon genou pour attacher les sangles, tandis que lui s'arc-boute comme un possédé – et que je lâche deux ou trois gros mots. Arthur se calme durant le trajet, mais une fois arrivés c'est de nouveau la lutte. Je sue en traînant avec peine mon petit paquet hurlant et trépignant dans les couloirs, avant de le confier, soulagée, à une auxiliaire de puériculture. Oh là là, ça n'a pas l'air d'aller fort aujourd'hui, Arthur, dit en général la jeune femme avec un grand sourire, comme si rien de tout ça n'était grave ou inhabituel. Je m'efforce de sourire aussi et de commenter d'un ton léger : Oui c'était un peu compliqué ce matin. Une fois seulement je lâche, au bord des larmes : C'est un peu compliqué tout le temps, en fait. C'est normal, me répond-on gentiment, c'est parce que vous êtes enceinte.

C'est peu ou prou ce que me dit la psychologue de la crèche, qui me reçoit un jour à ma demande. En résumé, les crises douze fois par jour, c'est parce que je suis enceinte, Arthur est sans doute un peu jaloux. Tout est normal. Eh bien quelle chance, ai-je envie de dire, et maintenant qu'est-ce que je fais, j'avorte pour que tout redevienne comme avant ? J'ai beau raconter mon quotidien devenu calvaire, impossible de faire comprendre que je suis une mère horrible à cette vieille dame aux jolis cheveux moussus, avec son rang de perles assorti à ses dents que découvre un perpétuel sourire indulgent. Pourtant je lui ai dit que je ne savais plus m'occuper de mon enfant, et que j'avais l'impression qu'Arthur me détestait. En revanche, je n'ai pas osé lui avouer qu'il m'arrive de regarder fixement la fenêtre ouverte, ou bien le couteau de cuisine, et d'avoir peur de perdre subitement le contrôle et de lui faire du mal. Elle aurait sans doute appelé les services sociaux. Alors j'ai souri, j'ai dit merci, et je suis partie.

Pierre et moi retournons chez Marie Delormeau pour une échographie de contrôle. C'est un matin de la mi-janvier, il fait très froid mais très beau. Un soleil bleuté tombe en triangle sur les façades des immeubles. Je suis heureuse de ne pas devoir me rendre à l'hôpital, pour une fois. J'éprouve même un vif plaisir à marcher dans cet autre coin de Paris, agrippée au bras de Pierre pour ne pas glisser sur les trottoirs glacés. J'espère qu'après la consultation désastreuse avec Ferrand, Marie Delormeau saura se montrer plus rassurante. Il ne faut pas que j'oublie de lui demander ce qu'elle en pense, elle, du risque de cancer infantile.

Hélas, je remarque que Marie Delormeau parle moins qu'à son habitude. L'examen dure un temps infini. Elle ne parvient pas à localiser avec précision les reins de la jumelle B, le droit se dérobant mystérieusement, tandis que le gauche serait situé en position pelvienne. Il y a de longs silences, et puis à un moment, elle fait : Je dois vous dire aussi que là – elle nous montre l'écran – je vois une toute, *toute* petite courbure de la colonne vertébrale. Mais c'est peut-être dû à l'omphalocèle qui bouleverse la topographie des organes, et qui peut donc fausser les données, je ne suis pas tout à fait sûre qu'il y ait vraiment une courbure à cet endroit-là. Elle repasse encore et encore la sonde sur mon ventre et j'entends sa respiration, qui fait comme de grands soupirs. Elle me demande si elle peut utiliser une sonde endovaginale, mais ça ne donne rien non plus.

Pour le moment, aucune inquiétude à avoir, conclut Marie Delormeau, souriante. On se reverra dans un mois pour une nouvelle échographie. D'ici là, elle aimerait bien en savoir un peu plus sur la toute petite courbure de la colonne vertébrale et sur les reins, elle va donc en parler au staff le lendemain et prendre l'avis de ses collègues. Le professeur Ferrand nous fera part des conclusions de son équipe lors du prochain rendez-vous.

En sortant, je dois m'efforcer de respirer calmement. Pierre ne comprend pas mon agitation : Elle a dit qu'il n'y avait pas à s'inquiéter, ne t'en fais pas. Je vois la fumée qui se forme devant nos bouches tandis que nous discutons devant l'entrée du métro, Pierre qui tape dans ses mains gantées pour se réchauffer. Je sais qu'il veut s'assurer que je vais bien avant de retourner au travail. Il a raison, il faut que j'arrête d'angoisser tout le temps, ça ne doit pas être bon pour les bébés. C'est drôle, dis-je avec un sourire visant à lui signifier que ça va, pour une fois c'est toi qui grelottes et moi qui ai mon manteau grand ouvert, je ne sens pas du tout le froid. C'est la grossesse qui me tient chaud, ça me faisait pareil pour Arthur. Je n'ajoute pas qu'en revanche je sens bien la boule noire, solidement agrippée à mon plexus.

Le lendemain, sur le chemin de la crèche, je reçois un coup de fil d'un numéro inconnu. Mon interlocutrice me parle de génétique d'un ton enjoué, de rendez-vous à caler. Je réponds : C'est sans doute une erreur, on a déjà fait un caryotype il y a deux mois. L'inconnue précise : Marie Delormeau a présenté votre cas au staff ce matin, elle a observé une courbure du rachis sur l'un des bébés. Ce serait bien de chercher à en savoir un peu plus, vous ne croyez pas ? C'est pour ça que je vous propose qu'on se voie, pour en discuter. Je ne comprends pas, on nous a dit que le caryotype était normal, que l'omphalocèle était isolée… La femme reprend, agacée par ma lenteur d'esprit : Alors, même si le caryotype est normal, ça ne veut pas dire qu'il n'y a pas autre chose. Et puis là l'omphalocèle n'est pas isolée, non. Moi quand on me dit omphalocèle, rein manquant et courbure du rachis, ça m'évoque quand même un syndrome.

Je reste un instant sans parler, immobile. Derrière les grilles du parc, des moineaux picorent la terre en jachère. Le soleil éclaire le petit pan de mur jaune de l'hôtel particulier où vécut madame de Maintenon. Par-dessus la poussette, les petites jambes d'Arthur s'agitent, ses mollets nus au-dessus de ses chaussures. Il doit avoir froid. Il faudrait que je me penche pour lui remettre correctement son pantalon. Mais je reste figée, toujours le téléphone à l'oreille.

Quel syndrome ? je demande, le plus calmement possible. Je ne peux pas vous dire pour le moment, justement ce sera à nous d'essayer d'en savoir plus. Je peux vous proposer de venir le mercredi de la semaine prochaine. Je réfléchis, et avec le peu de présence d'esprit qui me reste, je fais : Vous n'auriez pas un autre jour ? C'est mon anniversaire mercredi. Nous fixons un rendez-vous pour le mardi, et je raccroche.

Je me penche vers Arthur, lui rajuste son pantalon sur les mollets. Ça va, mon petit cœur ? Tu as vu tous ces oiseaux dans le parc ? Je reprends ma route sur le trottoir étroit, incapable de réfléchir. Nous dépassons une forme imprécise, au milieu de la chaussée, qu'Arthur montre du doigt en faisant : Oh. Oui, c'est un pigeon mort, mon chéri. Une voiture a dû le percuter. Ce n'est pas très grave. Mais en le disant j'ai les larmes aux yeux.

Le lendemain, c'est Marie Delormeau qui m'appelle pour s'excuser. Elle explique : J'ai proposé hier au staff d'avoir un avis de la génétique, mais d'habitude je vous assure qu'ils mettent des semaines à réagir. Je pensais avoir largement le temps de vous en reparler avant, je suis désolée… Je réponds plusieurs fois Ce n'est pas grave, car la docteure Delormeau est tellement gentille. Je suis touchée qu'elle ait pris la peine de m'appeler, mais je voudrais maintenant qu'on en reste là, car plus elle s'excuse et me répète que pour le moment il n'y a pas lieu de s'inquiéter, plus je panique à l'idée qu'il y ait donc réellement quelque chose d'alarmant.

Je voudrais pouvoir de nouveau oublier que je suis enceinte, mais maintenant que je promène devant moi un ventre proéminent, j'ai droit tous les jours à la même question : C'est pour quand ? La boulangère, les parents de la crèche, les employées du supermarché, les grands-mères dans le bus, tout le monde veut savoir quand je vais accoucher. Quand je réponds : Début mai, je vois bien qu'on s'étonne. Je pourrais m'en tenir là, mais rapidement je n'ai plus le courage d'entendre une énième réflexion sur la taille de mon ventre, alors j'ajoute laconiquement : Il y en a deux, c'est pour ça.

Ça fait toujours son petit effet. Ah, des jumeaux, s'exclament les gens, ravis, avant d'enchaîner : Un garçon et une fille ? Deux filles, je réponds, au risque de décevoir mon interlocuteur. Deux filles c'est bien, elles pourront jouer ensemble, concèdent certains, comme si un garçon et une fille ne le pourraient pas. On me demande ensuite s'il y a des jumeaux dans la famille. Quand je réponds qu'il y en a du côté de mon mari, tout le monde est rassuré : Alors c'est pour ça. Au début je corrigeais – ce sont des fausses jumelles, il y a deux ovules, la famille de mon mari n'y est pour rien – mais j'ai arrêté parce que je trouvais ça gênant, et puis je me suis aperçue que tout le monde semblait préférer la version fatalité héréditaire. Je n'ose imaginer ce que les femmes qui ont eu recours à une insémination ressentent quand elles sont exposées à ce genre d'interrogatoire.

Souvent, ça ne s'arrête pas là, et on préfère me prévenir : Les jumeaux c'est du boulot. Vous allez être débordée, vous allez passer votre temps à donner des biberons. J'acquiesce gravement. Ça va en faire, des couches à acheter, dit le gentil monsieur du supermarché. Il va falloir changer de voiture, affirme la boulangère, ce à quoi je réponds que non, vu que je n'ai ni voiture ni permis.

Bah et votre mari ? Lui non plus, dois-je piteusement avouer, ce qui fait rire tout le monde. Vous allez devoir le passer, assure la boulangère, parce qu'avec trois enfants sinon vous ne pourrez pas partir en vacances. Oui, oui, bien sûr, je fais, tout en me demandant ce que ça peut bien lui foutre, à la boulangère, que j'aie ou non le permis – comme si j'arrivais à me projeter dans des vacances alors que je ne sais même pas si… Si quoi ? Je ne sais plus quoi redouter ni espérer. Je suis souvent un peu énervée par tout ce cirque, par cette petite comédie plaisante que je joue au gré de mes rencontres et qui n'a pas grand-chose à voir avec la réalité, mais je n'ai pas le choix, je ne peux pas tout raconter. En plus, je trouve que dans l'ensemble je fais plutôt bien semblant. Je me demande parfois si je n'y puise pas au passage une forme de réconfort : vivre un moment ce qui aurait pu être s'il n'y avait pas eu tout ça, l'omphalocèle et le reste.

J'arrive donc à peu près à faire diversion dans la journée, en me répétant comme un mantra que j'attends une petite fille qui va bien, et une autre petite fille qui devra se faire opérer à la naissance. Mais le soir, au moment de m'endormir, mes deux filles deviennent la bien portante et la malade, la normale et l'anormale, et je bascule dans le tourbillon des questions sans fin. Y aura-t-il une intelligente et une imbécile ? Une belle et une moche ? Les gens vont-ils passer leur temps à les comparer ? Et que faire maintenant si l'on découvre que le deuxième bébé est atteint d'une maladie génétique qui entraîne des handicaps sévères, physiques ou mentaux ? Lorsque je me lève pour aller aux toilettes, traversant sans bruit l'appartement de l'inquiétante étrangeté, je redoute les ombres mouvantes des arbres, éclairés par les phares des voitures qui roulent sur le boulevard. J'ai parfois l'impression que les miroirs me chuchotent des mots oppressants. Mon propre reflet, surgi dans la glace au-dessus de la cheminée, me fait soudain peur, et je sursaute comme une idiote, le cœur battant. J'essaie de me moquer de moi, Tu deviens folle ma pauvre fille, mais il m'arrive aussi de rester de longues secondes à guetter si quelqu'un d'autre se trouve dans la pièce, prêt à me sauter dessus pour m'éventrer. Je me glisse de nouveau sous la couette, cherchant en vain une position confortable, sans pouvoir trouver le sommeil. Que va me dire la généticienne ? Même si Ferrand a dit qu'on ignorait les causes de l'omphalocèle, les malformations n'apparaissent pas comme ça, mystérieusement. L'hypothèse la plus probable c'est quand même que j'ai dû, moi, commettre une erreur, qui sur le moment n'était qu'une chose bénigne, l'absorption d'un aliment quelconque en quantité déraisonnable, du McDo, de l'alcool, du Coca light – à une époque j'étais accro au Coca light, j'en buvais des litres – et puis j'ai fumé, énormément fumé. Et alors, peut-être que ça fait comme le battement d'ailes du papillon, un jour on fume une cigarette de trop, et des années plus tard, c'est une tornade qui se déchaîne à l'intérieur d'un ventre, et qui malmène et déchiquette les organes d'un minuscule bébé.

11

Le service de génétique se situe à l'autre bout de l'hôpital, à l'opposé de la maternité. J'erre plusieurs minutes dans les allées, devant un bâtiment, puis un autre, sans réussir à lire correctement les panneaux. Je parviens enfin à déchiffrer *Consultation de génétique* sur une plaque apposée à la façade la plus laide. La cage d'escalier est sombre et étroite, les couloirs sont vétustes, les peintures défraîchies. Je m'assois dans une salle d'attente remplie de jeunes enfants qui se disputent des jouets cassés en poussant des cris. J'essaie de les ignorer mais ils font beaucoup trop de bruit, alors je me mets à les observer. Aucun ne prononce une seule phrase intelligible. Sont-ils attardés ? Sont-ils atteints d'un syndrome comme celui que la généticienne s'apprête à me révéler ? Je me sens accablée. Pourtant je constate rapidement, avec une pointe de soulagement, qu'ils n'ont pas l'air malheureux. Ils jouent avec leurs parents, ils rient. Il me faut à peu près une demi-heure pour comprendre, grâce aux affiches et aux brochures d'information sur les implants cochléaires qui traînent sur les tables, que ces enfants n'ont aucun retard mental mais sont simplement sourds. Faut-il y voir un lien avec ma présence ici, ou juste une coïncidence ? Peut-être que le pôle surdité se trouve au même étage que la génétique. Ou alors on va m'annoncer que ma fille sera sourde. Et alors ? Sourde, ça irait, je crois. Ce n'est pas si grave. J'en suis là de mes réflexions quand j'entends enfin mon nom, et je me lève, fébrile, en lissant sur mon ventre ma robe en soie froissée. Un grand éclat de rire résonne dans le couloir et une petite femme en tailleur apparaît en brandissant un papier noirci : Regardez votre dossier, on me l'a envoyé par fax, mais c'est tout noir, c'est parfaitement illisible ! J'observe la généticienne, perplexe, ne sachant absolument pas quoi répondre. Je la trouve horriblement trop souriante pour la circonstance. Bon, vous me direz vous-même ce qu'il y avait sur cette première page, heureusement je crois que le reste ça va à peu près, ajoute-t-elle en m'entraînant dans son bureau, toujours hilare.

L'entretien est rapide. Elle reprend quelques éléments de mon dossier, puis je dois répondre à des questions plus spécifiques, posées sur un ton joyeux. Des jumeaux dans la famille ? Plein, mais dans la famille de mon mari. Des antécédents d'anomalies chromosomiques ? Non. Des malformations à la naissance ? Je crois qu'un de mes cousins est né avec un pied bot. Et aujourd'hui, comment est son pied ? Euh, guéri, je crois. Elle note. Sinon rien d'autre ? Rien. Et du côté de votre mari ? Il a un oncle trisomique, mais c'est le dernier d'une longue fratrie et sa mère avait plus de quarante ans. Peu concluant, j'imagine. La généticienne émet un petit rire : Oui, peu concluant, et elle hoche plusieurs fois la tête frénétiquement en continuant à noter, pendant que je pense à cette femme, mamie Henriette, qui était une jumelle, et qui a mis au monde quatorze enfants. Elle en a perdu deux en bas âge, puis deux autres – le père de Pierre, décédé d'un cancer, et l'une des jumelles, morte subitement vers l'âge de huit ans, histoire horrible que je m'efforce de chasser le plus loin possible de mon esprit. Mamie Henriette avait-elle désiré tous ces enfants ? Probablement pas. On disait que son mari buvait… Elle n'a sans doute pas eu trop le choix. Mais ce n'était pas non plus une pauvre femme. Elle travaillait. Élue communiste, elle était très appréciée dans son village. Le jour où l'un de ses fils lui a annoncé qu'il divorçait pour refaire sa vie avec un homme, elle lui a simplement répondu : Eh bien, pourquoi ne pas venir avec ton compagnon dimanche prochain pour que nous fassions sa connaissance ?

La généticienne tape son compte rendu, et je pense aussi à ma grand-mère, qui n'a eu que quatre enfants. Mes grands-parents, issus d'un milieu relativement modeste, voulaient que leurs enfants fassent de belles études, alors quatre c'était le maximum. Comment ont-ils fait pour se limiter à ce nombre ? Abstinence ? Faiseuse d'anges ?

Voilà, pour moi c'est bon, m'annonce la généticienne avec un grand sourire. Nous nous reverrons si la suspicion d'autres malformations se confirme, car on va sans doute vous proposer des examens complémentaires. Je la regarde sans bouger, incrédule. C'est tout ? Elle ne va rien m'apprendre de plus ? J'avance timidement : Le professeur Ferrand nous a parlé de syndromes possibles qui associent l'omphalocèle à d'autres malformations, comme le syndrome de Beckmann quelque chose. Wiedemann-Beckwith ? Non non non, ça n'est pas ça du tout, fait la généticienne en secouant vigoureusement la tête, avec un sourire presque moqueur pour l'hypothèse émise par son confrère. Pour le moment, je dirais qu'il n'y a aucun élément qui peut nous faire penser à un syndrome connu.

Je ressors, agacée d'être venue jusque-là pour un entretien qui aurait pu durer cinq minutes au téléphone. J'appelle Pierre pour lui expliquer que le rendez-vous n'a absolument rien donné : Et moi qui pensais qu'elle allait m'annoncer sur un ton grave qu'on avait découvert un syndrome de Thunder-ten-tronckh ou je ne sais quoi. Un syndrome de quoi ? Non rien, c'est dans *Candide*, laisse tomber. Elle a aussi laissé entendre que Ferrand se plantait en parlant de Beckmann-Machin. Tout cela n'est pas très sérieux, en fin de compte, tu ne trouves pas ? De quoi parle-t-on exactement ? D'une petite courbure de la colonne, ça veut dire quoi ? D'un rein qui est sans doute quelque part mais qui n'est pas au bon endroit parce qu'aucun organe n'est exactement à sa place, à cause de l'omphalocèle ? Elle n'a rien, notre fille, sinon à ce stade-là les médecins l'auraient découvert et nous l'auraient dit.

Je décide que désormais je ne me laisserai plus mener en bateau comme ça, et que je demanderai des réponses claires.

12

Ferrand me propose de réaliser un *TDM osseux*, qu'il me traduit par *scanner*. Ce serait un bon moyen d'en apprendre plus sur la petite courbure de la colonne vertébrale. J'accepte. Si Ferrand est incapable de m'en dire plus à ce stade, il me prévient en revanche que les délais sont longs et que le scanner aura probablement lieu début mars, après la prochaine échographie morphologique. Je traduis : il faut encore attendre un mois pour être sûre. J'essaie de ne pas penser au fait que j'en serai déjà à six mois et demi de grossesse.

Le lendemain, je retourne à l'hôpital pour un rendez-vous de suivi. J'essaie de me confier à Louise de La Vallière mais je ne la sens pas très disponible. J'évoque pêle-mêle le cancer de ma mère, le déménagement à préparer qui me fatigue beaucoup, le fait que je n'en peux plus de venir ici pratiquement tous les jours. Mais il fallait demander à mettre les rendez-vous le même jour, s'exclame Louise de La Vallière, comme une évidence. Ah oui, on peut ? Je me disais que tout le monde est toujours débordé à l'hôpital… J'ai les larmes aux yeux, sans trop savoir pourquoi. Vous avez rencontré la psychologue du service ? demande la sage-femme. Non, je ne savais pas qu'il y en avait une. Je n'ose pas lui avouer que ça me ferait un rendez-vous en plus. Comme je ne veux pas trop avoir l'air de me plaindre non plus, j'ajoute : J'ai commencé le yoga prénatal la semaine dernière, ça m'a fait du bien. Ah, c'est bien ça, le yoga, c'est une bonne idée, commente Louise de La Vallière avec un grand sourire, comme si ça réglait le problème.

Pourquoi venez-vous me voir ? La psychologue attachée au service de diagnostic prénatal est une femme d'une cinquantaine d'années, vêtue d'un pull trop grand et échancré, qui m'a reçue à l'heure.

Je refais rapidement l'histoire de ma grossesse. J'évoque au passage ma mère malade, mon fils de deux ans qui fait beaucoup de colères en ce moment, le déménagement qui approche, le temps passé dans les démarches administratives pour obtenir des places en crèche, essayer de démêler les aides auxquelles je peux prétendre, savoir si je pourrais reprendre le travail à temps partiel. Je dis pour conclure que ça fait beaucoup à gérer et que je me sens très angoissée. Vous devez vous occuper de votre mère ? Non, non, elle ne vit pas à Paris. Qui s'en occupe ? demande la psychologue. Elle a des amies, mes sœurs… Je reste évasive, tout en réfléchissant : C'est vrai, ça, qui s'occupe de ma mère ? Je ne pense pas assez à elle. L'autre jour, au téléphone, Clémence, à qui je confiais mes récents malheurs, m'a dit comme ça : Oh ça va, il n'y a pas que toi qui souffres, je te rappelle que maman a un cancer. Je n'ai rien trouvé à répondre parce qu'en un sens Clémence a raison, je dois bien avouer que quand ma mère m'appelle il y a toujours un moment où je m'aperçois que j'ai oublié une info à son sujet, qu'elle venait de passer un scanner du crâne, par exemple, pour vérifier qu'il n'y avait pas de métastases – il n'y en avait pas –, ou de commencer les séances de radiothérapie.

Et votre père ? demande la psy, et je lui renvoie aussitôt sa question : Quoi mon père ? Eh bien, votre père, il ne s'occupe pas de votre mère malade ? Mes parents sont divorcés, ils ne se parlent plus depuis dix ans. Et ça vous pose problème ? Je ne sais pas, c'est leur problème à eux surtout je crois, non ? Il y a un blanc, puis la psychologue veut savoir comment ça se passe au travail. Je suis en congé, dis-je. C'était à cause de tous ces rendez-vous ici, j'étais tout le temps absente… Et je n'arrêtais pas de crier sur mes élèves. Ça ne devait sans doute pas être très bon pour les bébés, non ? Elles devaient s'interroger sur cette mère qui passait son temps à hurler comme ça… Je lève les yeux et j'essaie de sourire, en attendant que la psy me dise de ne pas m'en faire pour ça. Mais elle ne dit rien, m'invite à poursuivre d'un hochement de tête. J'essaie de reprendre le fil de mes angoisses et de mes questionnements éthiques – je dis par exemple que je n'arrive pas vraiment à me connecter aux bébés depuis le début, mais encore moins depuis le rendez-vous en génétique, parce que même si ça n'a rien donné, j'ai toujours peur de devoir prendre une décision tragique, et que ce serait bizarre de ne parler qu'à un seul bébé sur les deux au cas où le deuxième ne pourrait pas venir au monde – mais la psychologue me relance sur mon père. Agacée, je fais quelques réponses sèches, qu'elle prend sans doute comme un signe qu'il faut creuser par là. Oui, mon père est médecin, il est anesthésiste-réanimateur. Et qu'est-ce qu'il en pense, de votre grossesse ? demande la psychologue, calée dans le fond de son fauteuil, les mains croisées sur ses genoux. Ce qu'il pense de ma grossesse ? Je ne sais pas. Comment, vous ne savez pas ? demande la psy, intéressée. Écoutez, nous n'avons pas une relation très proche, lui et moi. Oui ? Dites-m'en plus. Je ne sais pas, je redis, embarrassée. Il n'y a pas grand-chose à raconter. On s'appelle. On se voit. Il est venu chez moi pour l'anniversaire de mon fils.

Je ne raconte pas à la psy cet après-midi-là, une épreuve encore une fois, les gens qui discutent tranquillement au salon pendant que Pierre et moi faisons des allers-retours avec le gâteau, les assiettes, les coupes à champagne, tout le monde qui boit sauf moi – et en général il n'y a que Manon qui file un coup de main à la fin pour ranger. Je soupire puis je reprends : Je crois que mon père pense à moi, qu'il m'aime bien, mais de temps en temps seulement. Après il m'oublie. Il me propose parfois de m'aider, mais il est toujours à côté de la plaque. Et puis personne ne peut vraiment m'aider, non ? Tant qu'on ne sait pas vraiment, pour le deuxième bébé… Qu'est-ce qu'il a, le deuxième bébé ? demande la psy. Eh bien on ne sait pas trop, justement. C'est tout le problème.

Et dans votre enfance, insiste la psy. Comment était votre père quand vous étiez petite ?

Décidément, mon père l'obsède. J'ai brusquement très envie de partir en lui disant qu'on s'en fout, de mon père, putain, que mon père n'a rien à voir avec tout ça, là, maintenant, et que j'aimerais simplement qu'elle me dise que tout ira bien pour mes bébés et que rien n'est de ma faute.

Je reste silencieuse. Je finis par bredouiller des banalités, que mon père n'était pas beaucoup là durant mon enfance, que c'était ma mère qui s'occupait de nous. Puis la psy me fait signe qu'on en restera là pour cette fois et je m'en vais.

13

Le scanner a lieu dans le service de radiologie, situé dans le bâtiment principal de l'hôpital, où je me paume rapidement. Il y a des ascenseurs qui ne desservent pas tous les étages, et d'autres qui semblent ne jamais arriver. J'emprunte des escaliers étranges qui montent jusqu'à un palier puis se perdent contre un mur. Je finis par trouver le bon service, et j'attends longtemps, assise sur un banc en bois inconfortable dans une salle bourrée d'enfants aux membres bandés et aux yeux rivés sur une télé qui diffuse un épisode de *Dora l'exploratrice*.

À un moment, un infirmier pousse un brancard sur lequel est allongé un petit être maigre, perfusé, une grosse machine posée à ses côtés sur des draps jaunes. Sa mère lui tient la main par-dessus les barrières de sécurité du lit. Je me dis : Ne les regarde pas, ils n'ont pas besoin de ta pitié épouvantée. La mère caresse doucement le front de l'enfant, qui bave et dodeline de la tête en marmonnant des mots incompréhensibles. A-t-elle eu le choix, comme moi je l'ai eu au début, ou bien a-t-elle dû faire face à l'inévitable, un problème à la naissance, un syndrome ? Nos regards se croisent. C'est long, soupire-t-elle avec un petit sourire. C'est pour le bébé, la radio ? Oui, je réponds, c'est pour l'un des bébés, il y en a deux. Ah, s'écrie la femme, j'espère de tout cœur que ça ira. Je la remercie. Je ne sais pas quoi ajouter. Quelqu'un vient les chercher et je les regarde s'éloigner en me demandant si je serais capable, moi, de tout sacrifier pour m'occuper ainsi de ma fille. Ça veut dire qu'on n'a plus vraiment de vie à soi… Bon, mais après, à quoi elle ressemble, ma vie, de toute façon ? Je fais un métier qui me terrifie, pour lequel je suis tout sauf douée, et qui me demande une énergie folle. Pour être très honnête, je me demande parfois si je n'ai pas désiré un deuxième enfant afin d'y échapper, même si d'évidence il me faudra y retourner… C'était avant que tout ça ne me tombe dessus. En un sens, me voilà bien rattrapée.

Une dame m'appelle et me fait pénétrer dans une petite cabine où elle me remet une blouse en papier bleu : Vous enlevez tout, y compris les bijoux, vous ne gardez que la culotte. Je réponds Merci machinalement, heureuse pour une fois de ne pas me retrouver complètement à poil devant des inconnus, à commencer par le charmant jeune homme qui vient me chercher. J'étudie son visage net, aux traits réguliers, pendant qu'il m'explique le protocole, et je me demande s'il est beau ou non. Bof. Un peu trop Ken, l'ami de Barbie, en version plus réaliste peut-être. Un bon Kevin. Pendant deux secondes je suis tentée de lui faire un peu de charme, de rire avec lui, histoire de me détendre, puis je me rappelle que je suis nue sous une blouse en papier avec un ventre énorme et un bébé malformé dedans. J'essaie de me concentrer sur ce que dit Kevin, qui est en train de me débiter posément tout un tas d'explications. Avant j'arrivais à noter plein de détails sur l'apparence d'une personne tout en comprenant ce qu'elle me racontait, mais maintenant je suis juste capable de me demander si ça se voit sur mon visage que je ne pige rien à ce qu'il me dit. Je saisis juste au vol que le scanner, sans être un examen anodin, n'est pas dangereux pour un fœtus au troisième trimestre car les doses de rayons X sont vingt fois inférieures au seuil de dangerosité. Quand bien même ce serait dangereux, Kevin, ai-je envie de lui dire, au point où j'en suis je m'en fous pas mal.

Je m'allonge sur la table d'examen, bien droite. Sur le côté, madame, jambes repliées, dit Kevin, et je comprends à son ton didactique qu'il me l'a déjà expliqué. Le jeune homme noue des sangles autour de mon ventre, j'ai le nez dans sa blouse. Je vais d'abord prendre des mesures afin de bien positionner l'appareil, puis on prendra des photos du fœtus, annonce Kevin, qui devrait y aller mollo sur le déo Axe. Des photos *des* fœtus, je corrige, il y en a deux. Oui, bien sûr, répond Kevin qui me parle maintenant comme si j'étais une petite fille. Il a dû croire que j'étais débile, vu que je ne fais rien comme il faut. Je sais qu'il n'y en a qu'un seul qui vous intéresse, j'ajoute calmement, mais c'est juste qu'il y en a deux et pas un. Une voix en moi me souffle : Laisse-le faire son travail tranquille, bon sang. Oui, on sait qu'il y en a deux, fait Kevin depuis un coin éloigné de la pièce, d'ailleurs pour nous ça rend la tâche plus difficile car on va devoir retrancher les os de l'autre bébé en plus des vôtres, pour obtenir une image lisible. Kevin s'éloigne encore davantage, et je l'entends discuter un moment avec une autre personne dans le box d'observation. Puis il m'annonce : Tout est prêt. Quand je vous le dirai, vous arrêterez de respirer, d'accord ?

On va devoir retrancher les os de l'autre bébé... Que doit-elle penser de tout ça, cette autre petite fille qui n'a rien demandé à personne ? Si je n'avais eu qu'elle dans mon ventre, je serais en train de lui parler, de la cajoler, de l'attendre avec impatience. Au lieu de ça, je suis encore à l'hôpital en train de m'inquiéter pour sa sœur... Est-ce qu'elle s'en rend compte, la première petite fille, qu'on ne parle que de l'autre ? Qu'il n'y en a qu'une qu'on examine vraiment depuis le début sous toutes les coutures ? Est-ce qu'elle se sent abandonnée, mise à l'écart ? Peut-être qu'elle ne m'aimera pas. Ce sera ma punition, pour ne pas avoir su lui parler pendant sa gestation, pour ne pas m'être assez réjouie de sa venue. Une nuit j'ai rêvé d'un bébé en mille morceaux, désarticulé comme une poupée cassée et que je cherchais en vain parmi des monceaux d'habits. J'entendais alors un bébé pleurer au loin, et c'était l'autre petite fille, celle qui allait bien, dont j'avais oublié de m'occuper. Depuis quand pleurait-elle ainsi ? Je savais que j'avais oublié de la nourrir, de la changer, accaparée que j'étais par la première. Lorsque je me suis réveillée j'étais immensément soulagée de la savoir encore dans mon ventre, avec sa sœur.

Arrêtez de respirer s'il vous plaît, demande Kevin depuis la cabine d'observation. Ça, je sais faire, me dis-je en bloquant mon souffle. Je me suis aperçue récemment que parfois j'étais carrément en apnée. Je suis dans la cuisine en train d'éplucher des patates, et tout d'un coup je me dis : Eh, mais je ne respire plus, là. Si je savais aussi interrompre le flot de mes pensées, ce serait tellement reposant.

Vous pouvez respirer, dit Kevin derrière moi.

J'aurais pu au contraire tout miser sur elle, le bébé en bonne santé, et oublier l'autre. Si dès le début, paniqués, nous avions demandé une interruption médicale de grossesse, je n'aurais aujourd'hui d'attention que pour elle. Peut-être aurions-nous rapidement fait notre deuil de l'autre, en nous disant : C'est comme ça, c'est la vie, l'autre bébé avait un problème. J'aurais juste le cœur un peu serré en voyant passer une double poussette dans la rue, ou tout simplement chaque fois que je penserais au bébé mort que je porterais encore dans mon ventre.

Arrêtez de respirer, fait Kevin, et sa voix paraît soudain très lointaine. Je vivrais avec un bébé mort dans mon ventre.

Je laisse venir à moi cette pensée, je l'observe et la retourne dans tous les sens, pour voir ce que ça me fait.

Vous pouvez respirer, fait la voix, lointaine.

Non, malgré tout ça, malgré l'angoisse et les examens, je suis heureuse que ça ne soit pas le cas. Je sais qu'une certitude émerge, dans tout ce flou, peut-être la seule que j'aie : je n'ai aucun regret. Dès que je l'ai vue, cette deuxième petite fille, je l'ai voulue, malgré son imperfection, sa malformation, sa fragilité. Au fond de moi, il y a une sorte de dimension parallèle où se trouve l'image des deux bébés posés sur le drap bleu, et il y est écrit que tout ira bien pour mes deux filles et que ce n'est qu'un très mauvais moment à passer.

Arrêtez de respirer, fait la voix. Et je retiens une nouvelle fois mon souffle.

Mais si tout allait vraiment bien tu ne serais justement pas là, à faire un scanner. Les médecins sont inquiets, il y a quelque chose qui cloche avec sa colonne vertébrale. Ce n'est pas juste une courbure due à l'omphalocèle... Ce sont peut-être des vertèbres mal formées, a dit l'autre jour Ferrand. Il y a même peut-être autre chose, qui sait. Quelque chose qu'ils ne m'ont pas dit, pour ne pas m'affoler. On ne m'explique jamais pourquoi elle est si petite, par exemple, comme si ce n'était pas important, mais je vois bien qu'elle n'est absolument pas dans les courbes de croissance habituelles. Voilà pourquoi je n'arrive pas à envisager tout le temps la possibilité que tout aille bien. À chaque fois, une nouvelle découverte vient démolir impitoyablement le fragile édifice d'espoir que j'avais péniblement construit. Et si jamais on découvrait que la forme de son crâne était anormale ? Ou qu'elle était naine ? Ou que son visage était dysharmonieux, comme dans cet autre cauchemar que j'ai fait récemment ? Le deuxième bébé venait de naître, avec un visage affreux, et on me disait qu'elle ne vivrait que quelques jours. Les médecins ont alors sorti de mon ventre la petite boule noire hérissée de piquants qui me rongeait, agrippée à mes entrailles et à celles dégoulinantes du bébé presque mort. À ce moment-là, dans le rêve, je sais que c'est la petite boule noire qui a tué ma fille. À force de toujours avoir peur, mon corps a trouvé un moyen de l'éliminer : ma noiraude l'a étranglée de ses piquants devenus tentacules. En somme, elle est morte par ma faute, car je n'ai pas su rester calme et positive.

Vous pouvez respirer, fait la voix.

J'avale soudain goulûment de l'oxygène, et je m'étouffe. Dans quel sens ça marche déjà ? Là, j'expire ou j'inspire ? Je ne sais plus comment respirer ! Je sens que je panique et j'ai peur de fausser les résultats de l'examen. Allez, calme-toi, concentre-toi sur quelque chose. J'étudie minutieusement le revêtement mural, le sol en PVC d'un gris indéfinissable, une tache d'humidité qui s'étale dans un coin, un carré de plastique qui se décolle, des fils emmêlés autour de prises électriques. Je scrute cela sans fin, dans les moindres détails, tout en pensant à mon souffle, à mon ventre qui se gonfle et qui se dégonfle. Je me dis : Fais en sorte que, comme ton corps, ta pensée soit presque immobile. Contente-toi d'observer ta respiration, comme au yoga prénatal.

Kevin vient ôter les sangles qui me retenaient. Tout en m'aidant à me mettre debout, il me pose des questions à propos des résultats, si je veux attendre qu'on les prépare pour aujourd'hui mais ce sera long, ou bien s'il les communique directement au médecin qui a demandé l'examen. Oui, faisons cela, car je constate qu'il est déjà tard, j'ai promis à Arthur d'aller le chercher tôt, sans compter les courses à faire avant. Quel est le nom du médecin à qui je dois adresser les résultats ? demande Kevin. Je suis obligée de réfléchir intensément car dans mon esprit tout est embrouillé. Il ne pourrait pas me dire quand même ce qu'il a vu, à moi ? Un truc rassurant peut-être ? Je réponds : Au professeur Ferrand, du diagnostic prénatal. Puis j'ai un sursaut de lucidité : Attendez, comme nous avons bientôt rendez-vous avec un chirurgien orthopédiste, ce serait bien de les lui envoyer à lui aussi.

14

Peut-être grâce à Louise de La Vallière, nos deux rendez-vous en chirurgie ont lieu miraculeusement le même jour. Nous sommes d'abord attendus en orthopédie, puis en chirurgie viscérale. Sur le palier bondé qui fait office de salle d'attente, une affiche nous informe que *Toute agression envers le personnel hospitalier est passible d'une amende*. Au guichet, la secrétaire nous pose d'abord des questions faciles : adresse, numéro de téléphone. Elle enchaîne avec d'autres choses incompréhensibles, comme : Vous avez un IPP ? Devant notre tête éberluée, elle reprend : Un IPP, on ne vous a pas remis des autocollants avec votre numéro ? Sans attendre notre réponse, elle soupire, remplit un papier, imprime une feuille pleine d'étiquettes autocollantes avec des codes-barres, nous les tend en disant : Panière 5. Nous les prenons, sans avoir saisi ce que nous sommes censés en faire. Les papiers, on doit les mettre où ? demande Pierre. La secrétaire reprend, plus lentement : Vous déposez la convocation dans la panière de la salle de consultation n°5. Sans nous regarder, elle tend un doigt sur sa droite. Nous avançons dans le couloir et déposons le papier dans une espèce de petite étagère grillagée accrochée au mur à côté de la porte de la salle 5, dans laquelle se trouvent plusieurs autres feuilles. Au bout d'un moment, en observant les allées et venues des médecins, je finis par comprendre qu'il s'agit des convocations de tous les gens qui ont rendez-vous avant nous.

Les chirurgiens orthopédistes qui nous reçoivent sont deux, et je sais d'emblée qu'il va y avoir un problème. Parce que celui qui se tient debout, là, devant moi, a exactement la même tête que quinze ans auparavant, au lycée. Il fallait que ça tombe sur moi. Nous n'étions pas dans la même promo, mais il faisait comme moi partie de l'orchestre, et immédiatement me remonte un flot de souvenirs désagréables, mornes voyages scolaires, amitiés fausses, grande solitude. Autant dire que je suis incapable de me concentrer sur ce que les chirurgiens racontent. Ils s'échangent des documents, consultent les images du scanner sur l'ordinateur, lisent les comptes rendus d'échographies, disent parfois des choses à l'externe, qui hoche la tête pour montrer qu'il comprend.

Lors des échographies, des mouvements des membres inférieurs ont-ils toujours été perçus ? demande soudain l'autre chirurgien. Nous acquiesçons, pendant que je me demande s'ils cherchent réellement à éliminer un risque de paralysie. Bien, dit mon ancien camarade, qui se tient debout, bien droit, les mains croisées, comme s'il commençait un cours : D'après ces clichés, il y aurait deux hémivertèbres, l'une à la jonction cervico-thoracique, et l'autre à la jonction thoraco-lombaire. Comme elles sont alternées, cela s'équilibre plutôt bien, mais il nous faudra établir une surveillance après la naissance, à raison d'un rendez-vous annuel pendant la petite enfance, pour vérifier l'évolution du rachis avec la croissance. En cas de déviation trop importante du rachis, on peut opérer au niveau thoraco-lombaire. En revanche on ne fait pas de geste sur les vertèbres cervico-thoraciques. Mais de toute façon, on n'opère pas avant la deuxième ou troisième année de vie. Elle devra forcément se faire opérer ? demande Pierre, qui heureusement a suivi tout ce qui est demeuré pour moi un informe galimatias. Non, il est aussi possible qu'il n'y ait pas du tout besoin d'intervention. Parfois les hémivertèbres ont peu de conséquences sur le développement du rachis et ne marquent qu'une légère déviation. C'est un peu comme une scoliose, si je comprends bien, fait Pierre. Oui, c'est ça, une scoliose qui serait quand même assez marquée.

J'écoute le discours technique, professionnel, de cet ancien camarade, et pendant tout ce temps je me demande à quel moment il va abandonner son petit ton de professeur Je-sais-tout pour me témoigner une parole chaleureuse, compatissante, ou au moins un mot qui prouverait qu'il m'a reconnue, même si on ne se connaissait pas très bien. Je trouve ça ridicule de se comporter comme si nous étions de parfaits étrangers. Mais peut-être qu'il n'a aucune idée de qui je suis.

Ce que je vous propose, reprend-il, c'est de pratiquer une IRM afin de vérifier la continuité de la moelle épinière, et d'écarter le risque de lésion médullaire. Nous allons contacter nous-mêmes le service de l'imagerie médicale pour essayer d'obtenir un rendez-vous au plus vite, parce que les délais sont assez longs. L'autre chirurgien intervient : On sait déjà grâce au scanner que le canal rachidien est strictement continu sur toute sa longueur, ce qui est plutôt rassurant. Et puis il y a les mouvements des membres inférieurs perçus à l'échographie. Mais plus on peut en apprendre, mieux c'est.

Au moment où l'entretien se termine, sans trop savoir ce qui me prend, je finis par dire au professeur Je-sais-tout que nous étions dans le même lycée. C'est ça, répond-il tandis que je vois passer sur son visage l'ombre d'une émotion. Puis il ajoute avec un sourire en coin : Oui, je me souviens bien de votre sœur Clémence.

Que répondre à cela ? En sortant je suis furieuse, mais surtout contre moi-même, parce que ce quiproquo ridicule m'a empêchée de me concentrer sur les bébés. J'ai appris que j'allais devoir passer une IRM – encore un examen –, mais pourquoi déjà ?

Nous nous présentons directement à l'accueil pour le deuxième rendez-vous et immédiatement la secrétaire nous rembarre. Je tente d'expliquer la situation, et là je dois avouer que je m'énerve un peu : Mais on sort d'un rendez-vous en orthopédie, on ne va quand même pas retourner là-bas. La secrétaire soupire : Vous avez rendez-vous avec qui ? Avec la professeure Lorrain. Elle nous tend la feuille : Panière 2. Et je vous préviens, elle a beaucoup de retard. Combien de temps ? Ah ça je peux pas vous dire.

De retour dans la salle d'attente, je relis sur mon téléphone la liste de questions à destination de la chirurgienne que nous avons préparée la veille, avec Pierre : *Est-ce que la courbure du rachis associée à l'omphalocèle fait penser à un syndrome en particulier ? Que se passe-t-il si on découvre des complications à la naissance ?* Je nous revois dans le lit, au moment d'éteindre la lumière, j'avais soudain dit à Pierre : Et si jamais l'opération se passe mal, et qu'on nous dit que soit elle meurt, soit on essaie de la maintenir en vie mais qu'elle risque de rester handicapée, qu'est-ce qu'on fait ? Moi je préfère qu'on arrête tout plutôt que d'avoir une enfant avec le cerveau endommagé, qui ne pourra rien faire toute seule, avait déclaré Pierre. Je ne veux pas faire subir à ma fille une vie de légume. Et puis est-ce que ce serait juste pour les autres, nos deux autres enfants ? J'avais alors pianoté sur mon téléphone : *La réanimation : jusqu'où désire-t-on aller pour le bien-être du bébé ?*

Arrive un jeune homme en baskets et en blouse, avec les cheveux ébouriffés. Je réalise que, comme en anténatal, ce sont les externes qui se déplacent. Celui-là a l'air de ne pas trop savoir ce qu'il fait là parce qu'il se trompe d'abord de porte. Dans la salle de consultation, une femme aux cheveux gris coupés court se lève pour nous serrer la main. Son visage est à la fois lisse et ridé, comme une pomme trop mûre, mais il inspire confiance. Je suis la professeure Lorrain, vous êtes envoyés par le diagnostic prénatal, c'est bien ça ? Derrière elle se tient un autre jeune homme, plus âgé que l'autre. Il est brun avec des petites lunettes cerclées d'écaille, un nez busqué et un badge qui mentionne *interne*. La professeure Lorrain ouvre mon dossier et se met à éplucher consciencieusement l'énorme bloc de paperasse en faisant ses commentaires pour l'interne. Tout en elle respire l'autorité et la compétence. Tu vois, là, et là, dit la chirurgienne en pointant du doigt les images sur son ordinateur. L'interne au nez busqué hoche la tête. Elle emploie des mots compliqués que je ne comprends pas. L'externe ébouriffé, niché dans un coin, essaie de se donner une contenance en se passant la main dans les cheveux, mais ça se voit qu'il ne comprend rien non plus.

Ah oui, et il y a eu un scanner qui a révélé des anomalies vertébrales, dit la chirurgienne en se tournant vers nous, c'est bien ça ? Pierre répond : Oui, des hémivertèbres apparemment, on sort justement du rendez-vous avec les chirurgiens orthopédistes. Ah, ils vous ont dit quoi ? demande la chirurgienne.

Que ce n'était pas très inquiétant en soi, que les deux hémivertèbres n'étaient pas du même côté, résume Pierre, et que parfois il fallait opérer, mais que ça ne se faisait pas avant l'âge de deux ou trois ans. Et ils veulent faire une IRM pour vérifier que la moelle épinière est bien continue, d'après ce que je vois, complète la chirurgienne en consultant son écran.

Bon, dit-elle, et elle se tourne vers nous vraiment, évacuant ainsi le problème des hémivertèbres, qui ne la concerne pas : D'après les échographies, le fœtus B est porteur d'une omphalocèle de taille moyenne, dans laquelle se trouvent les intestins et une partie du foie. Je vais vous expliquer comment on procède le jour de l'opération. Elle s'adresse à nous sur un ton assuré, rapide, professoral : On incise la membrane qui recouvre les organes, on replace ceux-ci à l'intérieur de l'abdomen, et on referme. C'est une opération assez simple. Elle est le plus souvent réalisée en une seule fois. Si on n'a pas assez de tissu pour refermer, pas assez de peau, on peut alors recourir à une plaque prothétique qui va aider la fermeture. C'est comme si on mettait une treille, vous voyez, dit-elle en croisant le bout de ses doigts. Je la regarde en pensant aux mots *pas assez de peau*, et je vois mon bébé avec le ventre ouvert et les organes qui dégoulinent à l'extérieur. Vous voyez ce que c'est qu'une treille, pour faire pousser le lierre ? Oui oui, bien sûr, dis-je en hochant la tête. Eh bien cette treille c'est la plaque prothétique, poursuit la chirurgienne. Elle est réalisée dans un matériau qui est absolument sans danger pour le corps, le polytétrafluoroéthylène. Les tissus, les organes, les muscles, toute la matière organique vient ensuite s'y agripper, et à terme, la plaque se dissout dans le corps. Mais encore une fois, c'est une possibilité, tout dépendra de comment se présentent les choses le jour de l'opération. Pierre demande s'il y a des séquelles. La chirurgienne secoue la tête : Non, après on mène une vie tout à fait normale. Il y a juste une cicatrice sur le ventre. Et les cicatrices, ça se reprend. On fait de la chirurgie réparatrice. On peut lui reconstruire un nombril, aussi.

Ah oui, elle n'aura pas de nombril, du coup, dis-je. Non, mais c'est possible de lui en créer un, répond la chirurgienne. Après, ça ne marche pas toujours, parce que le corps a naturellement tendance à combler un trou, vous comprenez. C'est une fille, c'est ça ? Bon, eh bien si votre fille est complexée à l'adolescence, on réopère. Les filles n'aiment pas trop avoir de cicatrices en général, pour la plage, les maillots de bain. Je pense : Et les garçons, non ? J'imagine que les garçons ça fait viril, ça fait blessure de guerre. J'espère en secret que ma fille n'aura pas honte de sa cicatrice, et qu'elle sera moins complexée que moi par son corps. Je décide que je lui dirai tous les jours qu'elle est belle. Et intelligente. Et forte.

La chirurgienne se tourne vers l'interne au nez busqué et ils échangent encore des informations techniques à propos des reins en se montrant l'écran de l'ordinateur. Ils parlent d'anse intestinale, de rein pelvien, d'agénésie rénale. Je suis larguée, comme d'habitude. Pierre répond à une question que je n'ai pas entendue : On nous a dit que c'était peut-être dû à l'omphalocèle, que du coup certains organes n'étaient pas à la bonne place. Pendant ce temps-là je regarde l'externe, qui regarde par la fenêtre. Il a l'air de s'ennuyer à mourir. J'essaie de me remémorer les questions que j'avais préparées. Tout est flou. Je n'ose pas sortir mon téléphone pour consulter mon pense-bête. Tout à coup, la question de la réanimation, avec tout ce qu'elle recèle de terrifiant, me semble incongrue : devant tant d'assurance de la part de la chirurgienne, comment oser évoquer la possibilité d'un échec ?

Une autre question me revient néanmoins en mémoire, que je décide de poser. Si je n'avais pas été si déconcentrée lors du rendez-vous précédent, je l'aurais posée également aux orthopédistes. Pour vous, l'omphalocèle et les hémivertèbres, ça vous fait penser à un syndrome précis ? La chirurgienne répond tranquillement : Non, ça n'évoque rien de connu. Ça arrive parfois, que l'on trouve plusieurs pathologies autour de la colonne. Vous avez vu la génétique, n'est-ce pas ? Que vous a-t-on dit ? Rien, qu'on ne savait pas ce qu'elle avait. On en saura peut-être plus avec l'IRM, suggère la chirurgienne.

Elle non plus ne m'apprendra rien. Je suis déçue. Un silence, puis la chirurgienne reprend : On vous a donné une date pour la césarienne ? Pas que je sache, dis-je, me demandant un instant s'il serait possible que j'aie oublié cette information, mais Pierre ne sait pas non plus. Jusqu'à présent, nous n'avons pratiquement jamais évoqué mon accouchement. Bon, on verra ça au staff avec le professeur Ferrand, continue la chirurgienne. Tout à coup un souvenir me revient : Le professeur Ferrand avait évoqué la possibilité d'un accouchement par voie basse… L'externe fait tomber son stylo, disparaît sous la table de consultation pour le ramasser. La chirurgienne hausse les sourcils : C'est étonnant. Cela me semble contre-indiqué, vu la taille de l'omphalocèle et le fait qu'il y ait une partie du foie. Dans ces cas-là on fait une césarienne pour éviter tout risque de rupture du sac, qui pourrait entraîner des complications importantes. Ça permet d'éliminer beaucoup d'incertitudes, croyez-moi.

En sortant je ne sais pas trop quoi éprouver. Personne n'a eu l'air très inquiet, je me dis que je devrais être pleinement rassurée sur le sort du bébé. Or, c'est peut-être l'effet des deux rendez-vous coup sur coup, sans compter la présence du fantôme du passé, mais beaucoup d'infos s'entrechoquent dans ma tête. Ce qui domine, c'est une impression d'émiettement. Comme si durant ces deux consultations j'avais été fractionnée, morcelée. Les orthopédistes ont examiné la colonne vertébrale du bébé, puis les chirurgiens viscéraux ont parlé de l'omphalocèle, du foie, des reins... On a examiné mon bébé petit bout par petit bout, jamais comme un être entier. Quant à l'autre petite fille, elle n'a tout bonnement jamais été évoquée, comme si elle n'existait pas. Je me dis que c'est normal, en chirurgie chacun sa spécialité. Mais j'ai un peu la sensation d'être une poupée russe, dont on va bientôt ouvrir le ventre, avec à l'intérieur deux petites poupées. Et l'une de ces petites poupées, il faudra l'ouvrir aussi. Et alors, comment être sûre que ça va vraiment s'arrêter là ? Parfois, dans la poupée russe que l'on croit être la dernière, il y en a encore une, plus petite. Et si l'on découvrait encore autre chose à l'intérieur ?

Pierre file au travail et moi je réalise dans le bus du retour que j'ai oublié de poser la question qui me tenait le plus à cœur : *Est-ce que je pourrai tenir mon bébé dans mes bras avant son opération ?*

15

J'ai rempli le gobelet juste ce qu'il fallait. Impassible, j'ai attendu dans le couloir, mon thé à la menthe dans une main et le téléphone dans l'autre. J'ai superbement ignoré l'infirmière qui m'a fait une remarque sur mon poids. Enfin, dans la salle d'attente, j'ai renseigné plusieurs femmes perdues – le secrétariat de l'anténatal est au cinquième étage, les toilettes sont là sur votre droite, il y en a aussi de l'autre côté, les urgences pédiatriques se situent en face, la cafétéria est juste en dessous, oui deux heures d'attente, c'est normal. Pas de doute, je suis vraiment devenue une habituée de l'hôpital.

Une petite externe aux longs cheveux frisés vient me chercher. Depuis quand les gens jeunes font-ils si jeunes ? Elle a vraiment l'air d'une lycéenne qui aurait mis sa blouse de SVT. Lorsqu'elle entrouvre la porte, j'aperçois Ferrand, assis derrière son bureau. Il ne me dit pas bonjour : Un instant, je dois d'abord passer un coup de fil important. Et la main sur le combiné, il ajoute pour l'externe : Allez me chercher le dossier de la patiente, je ne l'ai pas trouvé, il doit être resté dans le bureau là-bas.

J'attends, debout dans le couloir, avec ma sciatique, que Ferrand termine sa conversation. Je fais les cent pas indéfiniment, je vais deux fois aux toilettes, puis de guerre lasse je finis par m'asseoir sur le sol. Avec ma robe en soie verte étalée autour de moi et mon gros ventre, j'ai l'impression d'être un sac-poubelle échoué sur le trottoir. Je pense à tous ces microbes, qui rampent sur le sol et pourraient venir contaminer mes bébés, alors je me relève, maudissant Ferrand que j'entends discuter tranquillement derrière la porte.

Ferrand me reçoit enfin, sans un mot d'excuse pour son retard. Je m'assois et j'essaie de poser mon sac à main sur mes genoux mais il n'y a pas la place à cause de mon ventre. Pendant un moment je ne sais plus quoi en faire, la chaise a un dossier arrondi, le sac ne tient pas dessus, et c'est ce détail absurde qui me donne soudain envie de hurler. À l'externe, Ferrand demande : Vous avez trouvé le dossier ? Non, répond timidement la gamine, mais là-bas elles m'ont dit qu'il était sûrement ici, qu'avec vous il fallait mieux vérifier une deuxième fois. Ah bon, elles ont dit ça, s'amuse Ferrand, bien, alors regardez là-dedans. L'externe trouve le dossier en deux secondes. Ferrand s'esclaffe : Ah oui, bon, il était là, en effet. Je me dis que décidément, aujourd'hui, le grand professeur… Il me pose des questions sur les rendez-vous de la veille et je réponds avec assurance, pressée d'en finir : On nous a dit que les hémivertèbres ce n'était pas très grave, car elles n'étaient pas du même côté, et pour le rein ils n'ont pas dit grand-chose, la chirurgienne nous a surtout expliqué l'opération de l'omphalocèle.

Le professeur Ferrand se penche un peu au-dessus de son bureau, soupèse son stylo, baisse les yeux. Certes, mes confrères et consœurs, chacun spécialiste en leur domaine, se sont montrés confiants au vu des informations qu'ils possèdent. Il me regarde droit dans les yeux. Mais il faut vous rappeler que nous sommes en présence d'une association syndromique. Il y a l'omphalocèle. Il y a les hémivertèbres. Il y a le rein manquant, l'autre rein qui est pelvien… Il y a l'artère ombilicale unique. Tout cela pris séparément ne pose apparemment pas de gros problèmes pour mes confrères et consœurs, qui, je n'en doute pas, auront en temps voulu les compétences requises pour remédier à ces anomalies. Mais quand on regarde l'ensemble de ces anomalies, elles forment un tableau, celui d'un syndrome polymalformatif. Il est donc possible qu'il y ait d'autres pathologies que nous ne serions pas en mesure de déceler en anténatal. Et au vu des informations que nous possédons à ce stade, je me dois aujourd'hui de vous informer qu'on ne peut pas éliminer à cent pour cent le risque d'un retard mental associé.

Le vent de l'imbécillité…

Ferrand poursuit, sur un ton grave : Et comme on ne peut pas exclure la présence d'autres pathologies non décelables en anténatal, et notamment le retard mental, cela nous remet face à la possibilité d'une interruption médicale de grossesse.

Le vent de l'imbécillité…

Il y a un grand moment de silence. Je ne suis pas sûre d'avoir bien compris. Comment est-on passé d'une petite courbure de la colonne et d'un rein manquant au risque de retard mental ?

Ferrand reprend : Je vous informe que vous êtes donc en droit, si vous le désirez, de demander une IMG.

Le vent de l'imbécillité… Qu'est-ce que c'est déjà, cette phrase de Baudelaire ? C'est dans *Fusées*, je crois, ou dans *Hygiène. L'aile de l'imbécillité… Le vent de l'aile…*

Ferrand soupèse de nouveau son stylo. La petite externe se dandine debout dans son coin, mal à l'aise. Un grand frisson me parcourt le ventre de bas en haut.

J'essaie d'argumenter : Attendez, hier, les chirurgiens nous ont dit qu'elle n'avait rien de grave, que c'était juste deux vertèbres malformées, et qui s'équilibraient en plus, et que l'opération de l'omphalocèle ne présentait pas de séquelles.

Ferrand soupire, ne dit rien.

Le vent de l'imbécillité…

Je me dis que oui, je suis vraiment devenue débile. Je n'avais rien compris. Peut-être que je n'ai pas voulu comprendre tout ce que ça impliquait. Je baisse la tête sur mon ventre, où je sens les bébés bouger. Un petit coup tout devant en bas, ça doit être la jumelle un. Je sens la deuxième, derrière. Est-ce qu'elle sait qu'on parle d'elle ? Est-ce qu'elle sait qu'on parle de la supprimer ?

Je sens les larmes me monter aux yeux. Surtout ne pas pleurer, là maintenant. Pas devant lui, qui reste silencieux.

Je me sens suffisamment humiliée de découvrir maintenant les conséquences de ce qu'on m'a révélé il y a plus d'un mois. Pourquoi ne l'a-t-il pas dit comme ça plus tôt ?

Mais j'ai beau lutter, je sens mon nez se remplir de morve, et les larmes rouler et rebondir sur mes joues. Je baisse la tête le plus possible pour qu'il ne me voie pas, mais bien sûr qu'il me voit, et il ne dit rien. Mon regard tombe sur mes bottines neuves, devenues floues à travers mes larmes, sur ma jolie robe en soie. Je porte même une culotte et du rouge à lèvres, mais à quoi me sert cet accoutrement ? À rien. Je ne me sens pas du tout armée pour ce qui m'arrive.

Je sors un mouchoir, essuie mon visage, tandis que la phrase de Baudelaire me revient : *J'ai senti passer sur moi le vent de l'aile de l'imbécillité.*

Si je ne sais plus raisonner, comment vais-je faire pour prendre une décision pareille ? J'ai besoin de m'appuyer sur des chiffres, des données tangibles. Je regarde de nouveau Ferrand. Il arbore un air mi-gêné, mi-apitoyé. J'essaie de parler d'une voix ferme.

Le risque de retard mental, vous l'évaluez à combien ?

Ferrand soupire : Je ne peux pas vous donner de chiffres. Quand on est en présence d'une association syndromique, on ne peut jamais exclure un retard mental associé, mais on n'a pas assez d'éléments pour établir des statistiques fiables.

Je lance, presque énervée : Tout ce qu'elle a, ma petite fille, c'est bénin, ou bien ça se soigne, n'est-ce pas ? L'omphalocèle, ça s'opère bien. Même si elle n'a qu'un rein elle peut vivre normalement. Les hémivertèbres, ce n'est pas dramatique. Donc, si ça se trouve, on se débarrasserait d'un bébé qui se porte parfaitement bien.

Je voudrais que Ferrand me dise qu'il n'y a qu'un risque minime de retard mental, et que je dois garder ce bébé. Mais il ne répond rien. Alors je pose d'autres questions, pour être sûre de bien comprendre ce qu'il me propose. Pour essayer de voir, à son ton, si c'est vraiment une option qu'il envisagerait à ma place. S'il pourrait pratiquer une interruption de grossesse sur un fœtus de vingt-huit semaines sans sourciller.

Donc si je résume, on va peut-être découvrir que ma petite fille aura d'autres choses graves à la naissance, ou en grandissant ? Ferrand hoche la tête. Et vous me dites que si je le veux je peux demander une interruption médicale *maintenant* ? Les IMG peuvent se pratiquer à tout moment de la grossesse, en effet, répond Ferrand. On dirait qu'il se retient d'ajouter quoi que ce soit. Peut-être qu'il trouve préférable de ne rien dire pour ne pas m'influencer. Il croit sans doute que je suis en possession de toutes mes facultés mentales. Mais c'est lui le spécialiste. Si je lui expliquais que je suis devenue idiote, le vent de l'aile de l'imbécillité et tout ça, est-ce qu'il m'aiderait ?

D'un autre côté, puis-je faire confiance à un type qui me laisse attendre une heure debout dans un couloir sans un mot d'excuse ?

Je suis affreusement perdue. Dans mon ventre plus rien ne bouge.

Soudain, une pensée, à laquelle je m'accroche : Mais il y a l'autre bébé, aussi. Si j'optais pour cette solution je lui ferais prendre un risque.

Oui, dit Ferrand, il y a l'autre bébé. Il ne faut pas oublier le petit garçon.

Pendant un quart de seconde je me demande s'il parle d'Arthur, puis je comprends qu'il s'est trompé. Je corrige, agacée : Non, c'est une fille aussi, l'autre bébé. Comment ça se passe alors, dans ce cas, une IMG, quand il y en a deux, c'est plus compliqué j'imagine ?

Ferrand répond calmement : Oui, d'ailleurs quand il y en a deux on appelle ça une ISG, une interruption *sélective* de grossesse. Il faut bien identifier les fœtus, afin d'éviter une éventuelle erreur. C'est plus difficile quand les fœtus sont en apparence identiques ou ne présentent pas d'anomalie visible, mais ce n'est pas le cas ici. Je demande : Et ça se fait quand ? Juste avant l'accouchement ? Ah non, répond Ferrand fermement. Juste avant la naissance, c'est fortement déconseillé. Lorsque la naissance se fait dans l'urgence… les conséquences peuvent être vraiment dramatiques, en cas d'accouchement prématuré. J'ai vu un cas où les parents se sont retrouvés dans une situation… dramatique, oui, c'est le mot. Ferrand reste pensif un instant, le temps sans doute pour moi d'imaginer la détresse des parents d'un bébé non désiré et lourdement handicapé. Non, reprend-il, ici on fait ça dès que la décision est prise par les parents.

Nouveau moment de silence. Je réalise qu'il me parle de tout ça alors que Pierre n'est même pas là. Dans un coin de la pièce, l'externe tortille une mèche de ses cheveux. Elle est toujours debout, elle n'a même pas de tabouret. Je la plains d'assister à tout ce grand déballage tragique. Mais moi j'ai besoin d'en savoir le plus possible.

Et on procède comment, au juste, pour une ISG ?

Par injection d'un produit létal dans le cœur du fœtus malade, que l'on anesthésie au préalable pour éviter toute douleur. On peut le faire dans le cordon, aussi.

Il y a un grand moment de silence. Puis je dis :

Et après, on garde le bébé mort dans le ventre jusqu'à l'accouchement.

Oui.

16

Venez, il faut que je vous examine, dit doucement le professeur en se levant. À contrecœur j'ôte mes bottines, ma robe, mon collant, ma culotte. Le sol est froid sous mes pieds nus. Je monte sur le marchepied en métal, encore plus froid, je m'allonge sur la table tendue de papier grisâtre, je place mes talons dans les étriers. Des pensées obscures tournoient dans ma tête comme un vol de corbeaux. *J'ai senti passer sur moi le vent de l'aile de l'imbécillité*. On ne peut pas exclure le retard mental. Une ISG à trente semaines d'aménorrhée. J'essaie de ne pas me raidir, de ne pas sentir les doigts dans mon vagin. Respirer profondément, regarder la lampe. Tu sais le faire, tu as l'habitude. Je ne suis pas là, ce n'est pas moi. D'ailleurs tu n'es pas la patiente, tu te rappelles ? Tu viens ici pour les bébés. Tu n'existes pas. Le col est bien fermé, dit Ferrand en retirant son gant en latex. Pas de contractions ? Non. Et je me dis que ça y est, enfin, je vais pouvoir me rhabiller et partir.

Malheureusement, c'est le moment que choisit Ferrand pour essayer de me rassurer. Il pose sa main sur mon ventre nu, parcouru de veines bleutées, et, sur le ton de la confidence, me dit : Vous savez, le retard mental, avec l'omphalocèle, ce n'est pas beaucoup observé. On a peu de chiffres, alors on ne peut pas totalement exclure ce risque… mais c'est peu probable. Je hoche la tête, me tordant légèrement le cou pour regarder Ferrand. La main toujours posée sur mon ventre, il poursuit : Et puis aucune échographie à ce jour n'a révélé chez votre fœtus d'anomalie de la voûte crânienne. Le cerveau a été observé et a un aspect habituel. Je hoche encore la tête. Je me demande pourquoi il ne m'a pas dit ça tout à l'heure, quand j'étais en train de pleurer et que je portais des habits. Quel sens du timing. Ferrand reprend : J'ai une patiente qui a rendez-vous aujourd'hui, elle arrive d'Angleterre. Elle est enceinte de huit mois, et je dois lui annoncer que son bébé n'aura pas de cerveau. C'est sûr, je viens d'avoir les résultats. Il n'y a rien, rien… Et il n'y aura rien. Et là, c'est vraiment compliqué, vous comprenez ?

Un bébé sans cerveau, oui c'est compliqué. Et s'en apercevoir à huit mois de grossesse, c'est même carrément l'horreur. Mais quoi ? Il veut que je compatisse ? Il se dit peut-être que j'en fais beaucoup pour quelques petites anomalies, tandis que lui, il doit annoncer ça tout à l'heure à sa patiente anglaise. J'essaie de déglutir, et je n'y parviens pas : mon cou est trop tendu. L'habituelle boule d'angoisse est allée se loger dans ma gorge. Et Ferrand qui continue à me parler d'autres patientes, d'autres cas de syndromes et de retards mentaux, sa main toujours posée sur mon ventre parmi les veines bleutées et saillantes.

Enlève ta main, fais-je mentalement, et arrête de me raconter des histoires atroces qui ne me concernent pas. Parce que d'un coup je ne sais plus s'il me raconte tout ça précisément pour me faire comprendre que je ne suis pas dans ce cas-là, ou au contraire pour me convaincre d'avorter, en me montrant qu'il est possible de le faire même à huit mois de grossesse. Si seulement je pouvais aller me rhabiller. Ou au moins mettre une culotte, putain.

Ferrand retire enfin sa main, repart derrière son bureau. J'enfile mes vêtements le plus vite possible, trébuchant sur mon collant, sautillant pour mettre mes bottines. J'entends Ferrand me dire qu'il va programmer des séances de monitoring deux fois par semaine pour surveiller le cœur des fœtus. Je me demande si ce n'est pas un peu ironique de me proposer de vérifier les battements de cœur du bébé qu'il a proposé de supprimer un instant auparavant, mais va pour les séances de monitoring. Comme je n'ai pas dit clairement *Je désire une ISG*, cela équivaut-il pour lui à la décision tacite de poursuivre la grossesse ? Tout en notant les prochains rendez-vous, le suivi avec la sage-femme, l'anesthésiste en vue de la césarienne, je bafouille que je dois quand même parler de tout ça avec mon mari avant. D'accord, conclut Ferrand en me reconduisant vers la porte.

Retard mental. Retard mental. Retard mental.

Les mots se cognent dans mon esprit, résonnent, tourbillonnent, brouillent tout, comme la pluie sur la vitre du taxi que je prends pour retrouver Pierre près de son travail. Pierre il faut que je te parle. C'est à propos des bébés.

Dans mon ventre les deux bébés s'agitent, je les sens bouger. Je ne peux pas imaginer qu'il n'y en aurait plus qu'un.

Je me suis d'abord engouffrée dans la première voiture garée là, devant l'hôpital, j'ai lancé l'adresse du travail de Pierre, et le chauffeur s'est retourné, l'air perplexe : Madame, je suis pas un taxi. Mais vous n'avez pas une lumière sur le toit ? Non, désolé, j'attends quelqu'un, a répondu l'homme, mi-amusé, mi-gêné. *Le vent de l'aile de l'imbécillité…* Voilà, maintenant je ne sais même plus distinguer un taxi d'une voiture normale. J'hésite entre la colère – Mais vous êtes garé à une station de taxis, enfin – ou me remettre à pleurer. Finalement c'est la honte qui m'envahit tandis que je m'apprête à m'extirper le plus dignement possible du véhicule en marmonnant des excuses pour ma bévue. J'actionne plusieurs fois la poignée, sans succès. Euh, la portière est bloquée ? Ah oui, mince, fait l'homme, c'est la sécurité enfant, attendez je vais vous ouvrir.

De mieux en mieux. Je dois avoir l'air complètement abrutie. Une pauvre fille, qui décidément ne comprend rien à rien.

Je retrouve Pierre au restaurant. Nos voisins de table lèvent un regard intrigué sur mon gros ventre tandis que je me contorsionne pour me glisser sur la banquette, ils sont sur le point d'émettre un commentaire, s'en abstiennent devant ma mine tragique.

Je raconte le rendez-vous. Je me fiche qu'on m'entende. Qui sait ce qu'est une ISG, de toute façon ? Au bout d'un moment, Pierre dit : Je voudrais bien revoir Ferrand pour qu'il me répète ce qu'il t'a dit. Il a peut-être parlé de retard mental parce qu'il est obligé légalement de nous prévenir de tous les risques.

Je renifle. Tu crois ? Je ne sais plus. Je suis complètement perdue.

Dans ma tête les mots rebondissent toujours : *Retard mental retard mental retard mental. Le vent de l'aile de l'imbécillité.*

Pour le moment j'ai encore une IRM à passer, si ça se trouve on en saura plus à ce moment-là. Pierre dit : Ou pas. Peut-être que toute la question est d'accepter ou non de ne pas savoir. Je demande : Alors est-ce qu'on est ok, toi et moi, pour accueillir une petite fille qui aura éventuellement un retard mental, ou des difficultés quelconques qu'on n'aurait pas vues pendant la grossesse ?

Pierre répond : Écoute, ce que je me suis dit l'autre jour, c'est qu'il ne fallait pas oublier les autres enfants. Je me suis demandé si c'était vraiment juste pour eux, de leur imposer l'existence d'une sœur dont il faudra peut-être s'occuper tout le temps. Pierre marque une pause, et je sens en moi la petite boule noire se contracter. Peut-être que Pierre et moi ne serons pas d'accord. Que lui ne voudra pas la garder. Qu'il va me dire que le retard mental est un trop gros risque.

Et puis, poursuit Pierre, je me suis dit aussi que grandir avec une enfant un peu différente, c'est aussi une chance pour eux, une opportunité de s'ouvrir à la tolérance.

Je baisse les yeux, que je sens se remplir de larmes. Je laisse Pierre poursuivre.

Tu sais, je crois que toi comme moi on veut vraiment cette enfant, sinon on aurait sans doute décidé tout de suite de ne pas la garder. Alors on va attendre patiemment l'IRM, et on verra ce qu'on nous dira à ce moment-là. Si ça se trouve, on se prend la tête pour rien, ajoute-t-il en me prenant la main. Si ça se trouve, elle ira très bien, cette petite fille. Moi j'en suis quasiment persuadé.

17

Avez-vous déjà passé une IRM ? me demande l'homme en tenue bleue qui vient me chercher. Non, mais je sais qu'on vous met dans une machine en forme de tunnel et que ça fait du bruit. C'est exactement ça, répond-il en souriant. Êtes-vous claustrophobe ? Non. Possédez-vous des implants métalliques – pacemaker, défibrillateur, prothèse ? Non. Avez-vous été opérée récemment ? Non. Avez-vous des tatouages ? Non. Pas assez cool pour ça, j'ajoute. Le type rigole en cochant ses petites cases. J'ai l'impression d'être une patiente facile, et ça me fait plaisir pour lui. Il explique : Pendant une IRM, vous êtes immobilisée totalement, et cela peut durer un certain temps, une demi-heure à une heure. Vous aurez une manette avec un bouton. Si ça ne va pas, vous appuyez, quelqu'un viendra vous voir. Avant de procéder à l'IRM on va vous donner un produit anesthésiant qui a pour but de ralentir l'activité du fœtus, poursuit le technicien. *Des* fœtus, je corrige, il y en a deux – et je songe : Est-ce que quelqu'un lit vraiment le dossier jusqu'au bout ici ?

Oui, des fœtus, pardon. Le produit c'est pour eux, pour éviter qu'ils bougent trop, afin d'améliorer la netteté des images. Le temps que le produit fasse effet il faut compter environ une heure. On fait l'IRM, et ensuite vous attendez encore un peu que le produit cesse ses effets. Je suis en train de penser que je vais rester ici des heures quand l'homme me demande : Qui vient vous chercher ? Euh, personne. Il fronce les sourcils. On ne vous avait pas indiqué qu'il valait mieux ne pas repartir seule ? Vous risquez d'être un peu dans les vapes. Je souris : Ah si, j'ai lu ça quelque part en effet. Vous pensez que je ne pourrai pas aller chercher mon fils à la crèche par exemple ? L'homme me regarde avec des yeux ronds : Franchement, si vous pouviez demander à quelqu'un ce serait mieux. Le produit qu'on vous injecte, c'est fort quand même, c'est un puissant sédatif de la famille des benzodiazépines. Ok, je vais appeler ma sœur, et moi je prendrai un taxi.

Une infirmière arrive avec un cachet et un verre d'eau. Je gobe le sédatif. Après avoir envoyé un sms à Manon, je somnole au soleil, envahie d'une douce torpeur. Est-ce le produit qui fait déjà effet ? En tout cas, pas sur les bébés, que je sens bien s'agiter dans mon abdomen. J'espère qu'elles vont se calmer, ce serait dommage qu'elles fassent rater un examen aussi cher. J'ai vu sur l'affichette au mur qu'une *imagerie par résonance magnétique* coûtait 750 euros.

On revient me chercher. On m'installe, on me sangle, on me propose un casque avec de la musique. Quel genre de musique ? ai-je la présence d'esprit de demander.

De la musique douce un peu jazz, répond l'autre. Non merci alors. Vous êtes sûre ? Oui, parce que d'après mon expérience, de la musique *douce un peu jazz* ce n'est jamais du Miles Davis ou du Chet Baker, mais une espèce de soupe qui a le don de me mettre sur les nerfs. Je me sens avancer sur les rails de la machine et je me retrouve à l'intérieur de la grosse boîte blanche. Rapidement, d'horribles sons se mettent à résonner très fort. D'abord des coups sourds, lents. Puis le martèlement rapide du pic-vert. Des alarmes stridentes. Des coups de marteau – le voisin qui fait du bricolage le dimanche matin. Je me demande pourquoi on m'a proposé de la musique parce qu'aucun fond musical ne pourrait couvrir ce genre de bruits.

Au bout d'un moment je me rends compte que les sons créent un rythme sur lequel je peux composer des mélodies ou greffer des chansons connues – « What Ever Happened ? » des Strokes, « Take Me Out » de Franz Ferdinand. Puis je me mets carrément à visualiser les sons : ils se déploient devant moi, avec leurs formes et leurs couleurs, je peux les lire de gauche à droite comme une partition complexe. Ça doit être l'effet du médicament. Je trouve l'expérience intéressante. De loin le meilleur examen que j'aie eu jusqu'ici.

La machine finit par sortir du tunnel et me revoilà à l'air libre. L'homme en bleu insiste pour que je me repose un peu avant de repartir, mais l'idée de rester allongée sur un brancard dans un couloir sinistre ne me tente pas du tout. Ça va aller, je vais rentrer en taxi. Vous êtes sûre ? Je hoche la tête avec un grand sourire. Je me sens merveilleusement bien. Quelqu'un me dit que les bébés ont trop bougé pendant l'examen et que visiblement ils n'auront pas grand-chose à exploiter. Je m'aperçois que je m'en fous complètement. L'IRM à 750 euros, les conséquences, le risque de retard mental… tout m'apparaît de peu d'importance.

Une fois dehors, aucune envie de prendre un taxi. Les taxis, ça pue le sapin désodorisant et une fois sur deux il faut se farcir Rire et chansons. Je marche pesamment jusqu'à l'arrêt de bus en tenant mon gros ventre. Il fait beau, j'inspire l'air à pleins poumons, il y a des bourgeons sur les arbres. Le bus arrive à l'arrêt pratiquement en même temps que moi, ce que je considère comme une chance inouïe. Par contre il est bondé, et je me dandine maladroitement parmi des vieux qui parlent très fort, des enfants qui mangent des bonbons à l'odeur chimique, des jeunes absorbés par leur téléphone, un type qui danse sur place en écoutant sa musique au casque. Pas de handicapé aujourd'hui. Une dame me sourit en se décalant vers la fenêtre pour me laisser sa place, plus facile d'accès, et ce simple geste me réjouit profondément. Paris, à travers la vitre, a plus que jamais des airs de décor de théâtre, avec ses grandes avenues qui s'élancent comme en trompe l'œil vers un ciel bleu saupoudré de nuages blancs. J'entends la clameur de la ville, je me réjouis de son activité. Je regarde de nouveau les gens dans le bus, j'écoute leurs conversations joyeuses et le bourdonnement paisible du moteur, et tout me paraît simple. La réalité est vivable, acceptable. Pour la première fois depuis longtemps, je me détends.

Je dois être complètement stone, et c'est merveilleux. Je comprends qu'on ait envie de se droguer si c'est pour ressentir ça. Je ne me rappelais même plus qu'on pouvait vivre ainsi. Plus de douleur, plus d'angoisse. Je caresse mon ventre, pesant et chaud comme un caillou au soleil. Les filles se sont endormies. C'est maintenant qu'il aurait fallu faire l'examen, mais tant pis, ils n'avaient qu'à mieux gérer les doses du produit ou me faire attendre davantage, moi je vais pouvoir faire une longue sieste sans être dérangée par leurs coups de pied.

Comment ai-je pu avoir si peur ? Elle n'a rien, ma petite fille, à part une omphalocèle qui s'opère à la naissance, et deux ou trois petites anomalies sans importance.

La boule qui me tenaillait le ventre depuis des mois a disparu.

18

Ferrand nous reçoit deux jours plus tard avec cette question qui nous laisse perplexes : Vous vouliez me voir pour quoi, exactement ? Eh bien, pour connaître les résultats de l'IRM. Pierre ajoute : Et moi je n'étais pas là, la dernière fois, quand vous avez reparlé de la possibilité de recourir à une ISG. Ah oui, répond Ferrand d'un ton indifférent, la dernière fois, il est vrai que ça n'a pas été un moment facile. Il y a eu des larmes… Je sens brusquement mes joues chauffer. Ferrand reprend : L'IRM n'a rien révélé de concluant, les bébés ont beaucoup bougé et les images étaient apparemment difficilement exploitables. Ils ont cependant confirmé que la moelle épinière était continue. Et pour ce qui est de l'ISG, je pensais que c'était déjà acté, que vous aviez déjà accepté cette incertitude concernant le deuxième bébé.

Je l'entends poursuivre, de sa voix très douce : Tout dépend de la part de doute que les parents sont prêts à accepter… moi si on me demande de signer une ISG, je signe… Je le trouve soudain détestable. Il a dit « Il y a eu des larmes » comme si j'étais une gamine qui a fait un caprice. Il parle de l'ISG comme d'une décision que l'on peut prendre en quelques minutes.

Pierre reprend : Donc pour le retard mental, si je vous suis bien, c'est peu probable. Ferrand répond : Pour les RM associés… oui, c'est peu observé. On a peu de chiffres pour les omphalocèles, ça reste encore assez mystérieux. Il n'y a pas de syndrome identifié. On a observé que les mêmes malformations associées reviennent, qu'on regroupe parfois sous un acronyme, VACTER, ou VACTERL, des anomalies qui se trouvent en général autour de la colonne. Mais tout ça reste très vague. On en saura peut-être plus un jour.

Ferrand se renfonce dans son fauteuil, écarte les mains : Si on résume, on a fait une amniocentèse, un caryotype, une écho cœur, un scanner, une IRM, sans compter les échos morphologiques, donc là, je dirais que pour moi nous sommes arrivés au bout de ce que l'on pouvait réaliser en anténatal.

Nous nous regardons avec Pierre et je me dis que oui, nous sommes peut-être enfin au terme d'une longue aventure. Bien, merci pour toutes ces précisions, conclut Pierre. Nous voulions être sûrs que l'IRM n'avait pas révélé quelque chose de grave, mais je crois en effet que nous sommes prêts à accepter l'incertitude concernant le deuxième bébé.

Il y a un net changement qui se produit à ce moment-là, une sorte de relâchement dans l'atmosphère, comme un ballon qui se dégonfle. Ferrand se redresse, ouvre mon dossier, demande d'un ton léger : Quand revoyez-vous Marie Delormeau pour la prochaine écho, déjà ? Je réponds qu'elle a lieu dans quinze jours, que ce sera l'avant-dernière. On va programmer l'accouchement, annonce Ferrand, qui calcule mes semaines d'aménorrhée et se renseigne auprès de Louise de La Vallière sur les disponibilités de Marie Delormeau pour effectuer la césarienne. Il faudrait faire ça la semaine du 25 avril, ou peut-être du 2 mai, mais grand maximum, après on court un risque. Pour ma part j'écoute à peine, je suis juste contente d'apprendre que ce sera la docteure Delormeau qui m'opérera, et de savoir que j'ai du temps devant moi – on est début mars, je vais avoir au moins sept semaines de tranquillité. Et pour le Célestène ? demande Louise de La Vallière. Ferrand réfléchit : On est à quoi… trente et une semaines, on peut peut-être attendre encore. Il nous explique que ce sont des injections de corticoïdes qui aident à dilater les poumons des bébés, et qu'on les prescrit en cas de risque d'accouchement prématuré. Vous n'avez pas de contractions ? demande Ferrand.

Non, je ne crois pas. Le col ? Louise de La Vallière précise qu'il était bien fermé. La date du 27 avril est arrêtée. Ferrand se lève, nous serre la main.

Son rôle s'arrête là.

19

Quelques jours plus tard, je reviens pour un monitoring. Une sage-femme vient me voir une fois, deux fois, me dit que c'est embêtant car les bébés bougent trop, déplace et replace les capteurs, finit par me demander de les tenir moi-même. Une autre femme qui a l'air d'être la chef débarque pour vérifier l'emplacement des capteurs, puis s'éloigne, et je les entends marmonner en commentant les feuilles qui sortent de l'appareil. Je reste encore une heure immobile, les appareils dans les mains, sans pouvoir rien faire d'autre que regarder les femmes enceintes qui défilent dans le fauteuil d'à côté. Certaines ont de tout petits ventres bien dessinés, comme des ballons de foot, d'autres ont des ventres graisseux qui s'étalent sur les côtés. Une jeune femme vraiment minuscule, avec des jambes fines comme des roseaux, a un ventre deux fois plus gros qu'elle qui défie les lois de la gravité. J'observe le mien, volumineux globe terrestre, avec à sa surface des détroits et des fleuves, tracés par des veines bleues et violettes qui délimitent des portions de territoires. Certaines zones sont pâles, striées de lignes jaunâtres. D'autres sont plus sombres, presque marron foncé. Une longue ligne marron le sépare en deux jusqu'au nombril, qui jaillit comme un petit monticule. Il y a aussi des étendues de peau aux reflets violacés, là où des vaisseaux ont éclaté en une myriade de minuscules points rose vif. Et dire que ça va encore grossir.

Les bébés ont beaucoup bougé, m'annonce la sage-femme en chef quand enfin on me laisse partir, et je ne comprends pas très bien pourquoi elle a l'air si contrarié, mais apparemment c'est un problème, puisqu'elle me rappelle dès le lendemain pour me demander de revenir à l'hôpital à quatorze heures. Je suis sur le trajet de la crèche, après l'habituelle crise du matin d'Arthur qui m'a laissée pantelante de rage, et je réponds immédiatement : Ah non désolée je ne peux pas. Le tracé n'est vraiment pas lisible, insiste la sage-femme, il faut qu'on recontrôle le rythme cardiaque. C'est obligé que je vienne aujourd'hui ? Je reviens déjà jeudi. Aujourd'hui ce serait mieux, oui, répond doucement la sage-femme. Je commence à me demander si elle n'est pas en train de vouloir me faire comprendre quelque chose. Je soupire : Quatorze heures, de toute façon c'est impossible, c'est en plein dans mon cours de yoga. À quelle heure pourriez-vous venir alors ? Quinze heures trente, pas avant. Eh bien venez à quinze heures trente, c'est très bien.

Je raccroche, mécontente. Deux journées vides dans mon agenda, c'était trop beau pour être vrai. C'est là que je m'aperçois que j'ai oublié le lapin d'Arthur : Et merde,

Arthur, le doudou, fait chier. Je vais devoir repasser le déposer à la crèche, sinon Arthur ne fait pas la sieste, et après j'ai droit à un compte rendu interminable où l'on me raconte comment il a empêché tous les autres enfants de dormir.

Quinze heures trente. La porte de la salle de monitoring est barrée d'un panneau annonçant : *Fermé, s'adresser aux urgences*. C'est une blague, dis-je à haute voix. Je m'adresse à la première silhouette en blouse qui passe : Vous pouvez me dire pourquoi on m'a convoquée s'il n'y a personne pour me recevoir ? Vous êtes sûre qu'on vous a demandé de venir ? lance une jeune femme avec de grosses lunettes. Parce que cet après-midi toutes les sages-femmes sont en formation. Quoi ? Mais j'ai eu la responsable au téléphone ce matin, une certaine madame Landrieu… Venez, on va regarder ça, propose la jeune femme. Elle me fait asseoir dans un bureau, rajuste ses lunettes, lit en marmonnant mon dossier. Ok, conclut-elle, je vais appeler madame Landrieu. Mon énervement se dissipe, remplacé bientôt par une certaine perplexité lorsque je l'entends dire : Oui Sylvie ? Je reçois la dame que vous avez vue hier, grossesse gémellaire avec syndrome polymalformatif et possibles troubles du rythme chez J2, à recontrôler. Elle écoute ce que lui dit son interlocutrice, raccroche et me dit : Vous devez aller aux urgences, une sage-femme va vous recevoir là-bas. Vous voyez où se situent les urgences de la maternité ? Non, oui, peut-être, je réponds, mais qu'est-ce qui se passe ?

Apparemment il y a eu des décélérations du rythme cardiaque hier, explique la jeune femme, donc il vaut mieux recontrôler. Comme elle m'annonce ça d'un ton léger, sans avoir l'air inquiète pour moi, je lui demande si je ne peux pas tout simplement revenir demain. Elle ouvre grand les yeux en secouant la tête : Euh non, là il faut que vous y alliez tout de suite. Je vais les prévenir. Et elle m'indique le chemin à prendre puis décroche de nouveau son téléphone.

Évidemment, je me paume. Je cherche d'abord les toilettes, que je trouve assez vite heureusement, mais je tourne au mauvais endroit en sortant et je débouche sur un couloir qui ne mène qu'à une double porte surmontée d'un panneau indiquant : *Chapelle.* La porte est entrouverte, et je passe une tête à l'intérieur. J'entrevois des bancs de bois, des vitraux colorés. Personne. C'est drôle, après tout ce temps, je ne savais même pas qu'il y avait une chapelle.

Après plusieurs essais et l'emprunt d'escaliers interdits, je constate en lisant l'écriteau *Urgences gynécologiques et obstétricales* que je suis enfin arrivée au bon endroit. J'ai une drôle de sensation, que je comprends soudain : je suis déjà venue ici. C'était lors de notre tout premier rendez-vous à l'hôpital avec Ferrand, lorsque Pierre et moi nous étions trompés d'entrée. Nous étions en retard et terriblement inquiets. Comme ça semble loin à présent.

Accoudée au comptoir, je m'impatiente. Je cherche en vain un éventuel bouton où appuyer, comme à la réception des hôtels. Il n'y a personne depuis dix minutes.

Heureusement que je ne suis pas en train de faire une hémorragie. Un type en blouse blanche arrive enfin en soufflant. Je suis de mauvaise humeur, mais lui, visiblement, encore plus. C'est pour quoi ? me demande-t-il sans me regarder, d'un ton à la fois doucereux et sec qui rappelle celui des garçons de café parisiens. J'explique en essayant de ne pas m'énerver. Le type m'écoute sans mot dire puis fait, un peu radouci : Je vous appelle quelqu'un.

Une jeune femme en tenue d'hôpital rose pâle arrive et m'accueille avec un grand sourire. Elle est très jolie, avec de beaux cheveux noirs en queue-de-cheval, le teint mat, les yeux pleins de longs cils. Elle m'entraîne dans une salle de consultation, où elle se met à me poser des questions, le nombre de grossesses, et est-ce que j'ai déjà eu de la chirurgie. Ok, super, me dis-je en répondant mécaniquement, je vais devoir tout redire depuis le début. J'ignore si elle est sage-femme ou interne. Elle porte un badge avec son prénom, Imane, mais je n'arrive pas à voir sa fonction, cachée par des breloques et des stylos. Probablement sage-femme, vu qu'elle est en rose, comme Louise de La Vallière, tout à coup ça me paraît évident. Elle est vraiment très belle, et je me demande si cela représente un handicap dans son métier. Est-ce que cela l'empêche d'être prise au sérieux ? Est-ce qu'elle se fait constamment draguer par ses collègues hommes ? Elle ressemble un peu à une ancienne miss France. Comment s'appelait cette fille, déjà ? Mais il faut que je me concentre, que je réponde à toutes ces questions auxquelles j'ai déjà répondu mille fois. Je lui raconte tout, depuis le jour de la première écho, et, phrase après phrase, à ma grande surprise, cette analepse se met à former un récit cohérent, les événements s'enchaînant avec logique, alors qu'à l'époque j'avais l'impression de naviguer dans un brouillard opaque. J'explique pour finir qu'il subsiste une zone d'ombre, mais que nous avons choisi d'accueillir le bébé quoi qu'il arrive. Il y a un blanc, pendant lequel Imane continue de faire courir son stylo sur la page, et à l'envers je parviens à lire : *Décision de poursuivre la grossesse* +++. Puis la jeune femme me regarde et hoche la tête en souriant. Je me demande bien ce qu'elle pense de tout ça. Que je fais tout un plat pour pas grand-chose ? Que j'ai pris la bonne décision ?

Elle me pose rapidement des questions sur ma propre santé puis m'invite à passer dans la salle d'examen contiguë pour refaire un monitoring et vérifier que tout va bien. À cause des troubles du rythme cardiaque sur J2, c'est ça ? Hier on ne m'a rien dit… On ne voulait sans doute pas vous inquiéter, suggère Imane en souriant. Je peux laisser mes affaires là ? je demande, fatiguée d'avance de devoir ramasser mon gros sac, mon manteau. Oh non, surtout pas, il y a plein de vols.

Dans la salle attenante, j'ôte mes bottines et je soulève à deux mains mon gros ventre pour parvenir à grimper sur le fauteuil d'examen. Je retrousse ma robe pour le déballer et Imane l'enrobe de sangles élastiques qu'elle noue et ajuste avec des gestes précis. Elle allume des écrans, fait jouer des boutons sur les différents appareils, et la musique bien connue des battements de cœur envahit la pièce. Je soupire : et voilà, j'en ai encore pour au moins une heure.

Je consulte ma montre, il est seize heures passées, je n'aurai même pas le temps de faire une sieste avant d'aller chercher Arthur, alors mieux vaut en profiter pour me reposer et je commence à me laisser aller

quand

presque immédiatement la musique se met à jouer sur un rythme différent

les sons s'espacent

un autre son retentit

une sorte de sonnerie tonitruante

comme si une trompette avait décidé de s'inviter dans un quatuor à cordes une trompette dont le son coule vers le grave puis s'arrête

Imane se rue sur une manette qu'elle secoue en appuyant plusieurs fois sur un bouton

en hurlant quelque chose d'incompréhensible à l'adresse de quelqu'un visiblement absent de la pièce

à moi elle dit brusquement Il faut qu'on passe dans la salle d'à côté venez vite et elle détache précipitamment les sangles

m'aide à descendre du lit en me prenant par le bras

je dis Oui d'accord attendez je prends juste mes affaires et je me penche pour attraper mon sac

elle me crie Non vous laissez tout ici

je me dis Mais elle m'a prévenue il y a un instant qu'il y avait des vols ça veut donc dire que c'est vraiment urgent et je vois que c'est urgent parce qu'Imane a un teint verdâtre désormais

je lis de l'inquiétude dans ses beaux yeux noirs tandis qu'elle m'entraîne dans une salle carrelée et équipée de perfusions et d'écrans

et qu'elle m'attache de nouveau des sangles autour du ventre alors que j'ai à peine eu le temps de monter sur le lit d'examen

tout ça avec des gestes nerveux

et je comprends que c'est vraiment urgent car deux autres jeunes femmes débarquent à leur tour

elles ont couru pour arriver elles ont le souffle court

et je sais que c'est grave

parce qu'Imane dit aux autres Bradycardie à 70 PBM suivie d'une décélération profonde

je connais ces mots parce que j'ai vu toutes les saisons d'*Urgences* de *Dr. House*

et quelques-unes de *Grey's Anatomy*

je sais que ça signifie que le cœur de J2 s'est mis à battre moins vite

on allume les écrans et on branche les capteurs

on appuie sur mon ventre

on écoute attentivement pendant de très longues secondes

on n'entend d'abord rien puis pas grand-chose puis des bruits confus

il y a un soupir de soulagement général

les trois jeunes femmes se regardent d'abord entre elles avec leurs grands yeux affolés me regardent ensuite en avalant leur salive

je me dis Ça y est elles vont m'expliquer mais je sais déjà ce qui s'est passé

le cœur a ralenti

le cœur a ralenti très fortement et c'était probablement déjà le cas hier et c'est pour ça qu'on m'a fait revenir aujourd'hui

et je repense à Peter Sellers ce jour de la fin octobre qui avait dit avec ses yeux tristes Il y a huit risques sur dix que ce deuxième fœtus ne vienne pas au monde

je repense à tout ce que j'ai vécu

à tous les examens que j'ai passés ces derniers mois pour m'assurer que ce bébé irait bien

je comprends maintenant que je suis là parce qu'il y a un risque que mon deuxième bébé meure *in utero*

et je me dis Ah non non non

je n'ai pas traversé tout ça pour rien quand même

si elle meurt maintenant

ce serait vraiment trop con

DEUXIÈME PARTIE

L'aquarium

20

Il est où le papa, là ? Je vais inciser. Allez me le chercher, vite !

C'est la voix de l'obstétricienne de garde qui me parvient derrière le champ opératoire qu'on a tendu au milieu de mon corps, et je me dis : Où est Pierre en effet alors qu'il était là avec moi dans la salle de travail, sans doute sorti téléphoner à Manon pour savoir si elle pouvait babysitter encore un peu Arthur, et j'imagine qu'il lui annonce que je suis sur le point d'accoucher là, maintenant, ce qui semble complètement absurde, j'étais juste venue faire un monitoring de contrôle, à sept mois de grossesse, 31 + 5, c'est-à-dire juste en dessous du seuil de la grande prématurité comme me l'a expliqué l'obstétricienne qui est passée me voir à deux reprises, la première fois pour me prévenir qu'on me gardait encore un peu, la deuxième pour me dire qu'il y avait vraiment trop d'incidents cardiaques et qu'on ne pouvait pas la laisser comme ça, la petite avec l'omphalocèle, que dans ces cas-là il valait mieux faire une césarienne, qu'on allait appeler le chirurgien de garde et les pédiatres, et moi je hochais bravement la tête pour montrer que j'avais compris et que j'étais d'accord, mais c'était comme si une autre hochait bravement la tête, parce qu'au fond de moi je pensais : C'est ridicule je ne peux pas accoucher maintenant, rien n'est prêt à la maison, je n'ai pas lavé les bodies ni peint les lits des bébés, comment en est-on arrivé là, que s'est-il passé depuis qu'Imane la jolie sage-femme a appuyé sur le bouton d'urgence ?

Je me rappelle qu'elle m'a dit que le cœur du bébé avait fortement ralenti mais que ça allait maintenant, c'était remonté tout seul, elle m'a fait une écho puis a palpé mon col en échangeant des commentaires avec une jeune fille aux joues très rouges, bonne quantité de liquide amniotique et col bien fermé à l'extérieur mais ouvert à l'intérieur, rien d'inquiétant pour des jumeaux mais on va vous garder encore un peu pour être sûres, a-t-elle annoncé d'un ton presque joyeux, pour me rassurer j'imagine, mais pendant ce temps-là je n'arrêtais pas de me demander si elles me disaient bien tout ce qu'elles savaient, et si la jeune fille avait les joues rouges d'avoir couru pour sauver mon bébé ou si c'était sa couleur de joues habituelle. On m'a apporté mes affaires, j'ai sorti mon livre, où les phrases n'étaient plus que des lignes qui s'écoulaient dans mon esprit comme de longs fleuves tortueux, et je n'ai pas tardé à ranger le livre dans mon sac à côté de ma tenue de yoga, et comme je n'osais pas trop toucher mon téléphone à cause de tous les microbes et qu'en plus ça captait très mal j'ai commencé à m'ennuyer fortement, alors j'ai regardé les écrans qui traçaient eux aussi des méandres tortueux au milieu de chiffres lumineux et incompréhensibles. Peu à peu ça a fait sens, *bpm* pour battements par minute, autour de 140, un chiffre qui peut paraître élevé mais qui est parfaitement normal pour des fœtus, m'avait-on appris lors des précédents monitorings, à peu près le rythme de l'ouverture des *Noces de Figaro* que j'ai fredonnée dans ma tête, mais c'est là que les chiffres de l'écran de gauche se sont mis à dégringoler et qu'une sonnerie a retenti, quelque chose de très doux d'abord, un avertissement musical, comme la cloche d'une église dans le lointain, puis à mesure que les chiffres continuaient leur descente en piqué, un son plus vif, irrévocable, et j'ai pensé à Big Ben dans *Mrs Dalloway*, d'ailleurs depuis le matin je pensais à *Mrs Dalloway* parce que j'avais trouvé en sortant dans l'air printanier et doré que c'était une journée prometteuse, *toute fraîche, un cadeau pour des enfants sur la plage*, quelle ironie de se retrouver à présent enfermée ici dans cette salle sans fenêtre, avec les sages-femmes qui ont débarqué de nouveau en courant et m'ont palpé le ventre à grands gestes en se parlant entre elles d'un ton d'urgence sans m'expliquer. Puis Imane m'a annoncé que j'avais des contractions, qui font sans doute décélérer le cœur du bébé, est-ce que vous le sentez ? Je l'ai regardée, perplexe, Non, je ne sens rien, et j'éprouvais comme une gêne d'en savoir si peu à propos de mon propre corps et de ne pas savoir que répondre lorsqu'on m'a demandé si on m'avait donné du Célestène en anténatal, un corticoïde pour faciliter la maturation des poumons des bébés, en cas de risque d'accouchement prématuré, non ça ne me dit rien, quand tout à coup ça m'est revenu, une parole de Ferrand à Louise de La Vallière, On démarre le Célestène ou pas ? Finalement non, c'est un peu trop tôt ils ont dit, alors les sages-femmes se sont regardées en ayant l'air de se dire : Eh merde, et moi j'ai eu l'impression que c'était de ma faute si je n'avais pas commencé la cure. Peut-être que j'avais déjà des contractions, j'ai tendance à minimiser mes douleurs parce que j'ai toujours mal quelque part, je me dis tout le temps que c'est l'angoisse, juste l'angoisse, et qu'est-ce qu'une petite boule noire imaginaire comparée à un cancer du sein et aux horreurs de la chimio ?

Ai-je mis en danger mon bébé, qui maintenant va mourir à cause de moi ? J'ai imaginé ce qu'on ferait de son petit corps mort, si on pourrait l'inscrire à l'état civil, sur le livret de famille, mais c'était insoutenable alors j'ai essayé de me calmer en me rappelant que comme d'habitude je me faisais des scénarios catastrophes. Une infirmière est arrivée et m'a administré le protocole adéquat en disant aux autres : Je lui fais un RAI, la toxo parce qu'elle n'est pas immunisée, tocolyse par Adalate, Célestène, et à moi : On vous garde encore un peu. Combien de temps ? Je dois aller chercher mon fils à la crèche. Les trois jeunes femmes ont échangé un regard et Imane s'est penchée vers moi : Il faut que vous restiez, d'accord ? et comme elle me fixait intensément j'ai compris qu'elle évaluait la possibilité que je file en douce, et je me suis dit : C'est bien mal me connaître que de me croire capable de contrevenir à un ordre médical, me demandant s'il y avait vraiment des femmes qui partiraient comme ça sans prévenir, mais j'imagine que tout est possible. J'ai appelé Manon puis je suis restée seule un long moment, hypnotisée par les courbes lumineuses des écrans. À un moment j'ai regardé mes jambes nues en me félicitant de les avoir rasées la veille sur un coup de tête, c'était juste dommage de ne pas avoir pensé à faire les aisselles par la même occasion, et les poils de mes tétons, et de mon sexe, ça faisait un moment que je ne m'en étais pas occupée vu que je ne voyais plus grand-chose derrière mon énorme ventre, et évidemment il était trop tard pour faire quoi que ce soit. Tout à coup je me suis trouvée ridicule de m'inquiéter pour mes poils au lieu de m'inquiéter pour mes bébés, mais j'ai eu beau me dire qu'on s'en foutait, de mes poils, je ne m'en foutais pas, ce que j'ai trouvé étrange dans un moment pareil. C'était comme cette faim qui me tenaillait, cette envie obsédante d'avaler quelque chose depuis que les sages-femmes m'avaient demandé ce que j'avais mangé et à quelle heure et que j'avais répondu : Juste un sandwich au thon, et j'avais ajouté pour être drôle : Si j'avais su j'aurais pris du carrot cake en dessert, mais personne n'avait ri. Peu à peu j'ai senti mon vagin se resserrer de façon régulière mais non douloureuse et j'ai reconnu les contractions que le médicament était censé faire cesser. Je me suis dit que décidément je ne faisais jamais rien comme il fallait, et j'ai basculé dans une sorte de torpeur agitée.

J'ai attendu impatiemment l'arrivée de Pierre, et lorsqu'il a débarqué enfin après avoir eu du mal à trouver son chemin malgré mes explications – tu te rappelles c'est là où on s'était perdus la première fois –, en le voyant j'ai eu brusquement envie de fondre en larmes. Puis je me suis aperçue que je pouvais les retenir, parce que pleurer aurait signifié que quelque chose de grave était en train de se passer et surtout que j'avais peur, terriblement peur, or je ne pouvais pas affronter cette peur, je n'avais plus aucun courage en réserve, les derniers jours, les derniers mois avaient été trop éprouvants, alors j'ai accueilli Pierre avec un sourire, Pas de bol hein, et lorsqu'on m'a rebranchée sous monito et que presque tout de suite les chiffres sont descendus à un niveau critique j'ai expliqué tranquillement à Pierre encore novice en *bpm* que dans trois-deux-un les nanas allaient débarquer et m'enlever un vêtement, tu vas voir, c'est comme une partie de strip poker où je perds tout le temps, et c'est exactement ce qui s'est passé, de nouveau on m'a demandé d'enlever ma culotte et ma robe pour me mettre une perf' et une sonde urinaire au cas où, et bien sûr j'aurais voulu demander Au cas où quoi, mais j'avais trop peur de la réponse alors j'ai juste dit Ok. J'ai gravement demandé à Pierre : Est-ce que tu pourrais lancer une lessive de bodies afin que les affaires pour la maternité soient prêtes, pour Arthur j'avais préparé ma valise trois mois à l'avance et pour les filles rien, j'avais tellement de rendez-vous, et maintenant si je dois rester alitée chez nous comment je vais faire ? Pierre m'a rassurée puis est ressorti, et pendant ce temps-là j'ai vécu un moment étrange où l'on m'a revêtue d'une blouse blanche à dessins géométriques et où l'on m'a posé une sonde urinaire exactement comme si je n'étais pas là, les petites jeunes femmes se parlaient entre elles, l'une expliquait à l'autre la procédure en termes techniques tandis que l'autre demandait : Elle est sous anesthésie ? Pas besoin, a marmonné l'autre, et c'était vraiment comme si un mur invisible nous séparait, j'avais envie de briser l'enchantement, de crier soudain Hé oh je suis là, je vous entends, prévenez-moi si ça fait mal, mais je n'ai pas osé parce que je ne voulais pas avoir l'air de leur reprocher quoi que ce soit, je trouvais déjà qu'elles se débrouillaient plutôt bien pour des jeunettes, alors je me suis contentée d'inspirer un grand coup puis de souffler quand on me l'a demandé, et j'ai constaté avec soulagement que je n'avais presque rien senti. Après ça j'avais un peu mal à la tête, comme quand le trajet en voiture a duré trop longtemps et qu'on a envie de prendre l'air.

Et puis brusquement, la sonnerie, stridente, irrévocable. Les chiffres sur l'écran ont dégringolé plus bas que jamais, j'ai regardé Pierre en disant tristement : Bon là je crois que ça y est c'est foutu, Pierre m'a regardée sans comprendre mais moi en apercevant l'obstétricienne pénétrer dans la pièce je savais déjà ce qu'elle allait me dire. Je me revois hocher bravement la tête et après son départ j'ai eu envie d'éclater de rire, ou de pleurer, et je suis restée là à attendre sans savoir ce que je devais ressentir, et j'ai repensé au moment où, quelques heures plus tôt, au yoga, je m'esclaffais face à cette fille dans les vestiaires qui m'avait dit en avisant mon ventre : Vous venez encore au cours, quel courage si près du terme, et j'avais répondu : Oh non j'ai encore largement le temps je ne suis qu'à sept mois, c'est juste qu'il y en a deux. Pendant que Pierre téléphonait une énième fois à Manon, on m'a emmenée dans une autre salle à la lumière crue, où des gens s'affairaient en se parlant entre eux, préparaient leurs sachets de matériel et dépliaient des champs opératoires, et ça m'a rappelé quand mes parents faisaient des travaux de peinture à la maison et qu'ils étalaient sur le sol ces grands tissus bleus, j'aimais bien, petite, je disais que c'était la mer. Puis quelqu'un est venu me voir pour me demander mes nom prénom date de naissance que j'ai donnés machinalement, mais comme un instant avant on m'avait demandé d'ôter tous mes bijoux, ma chaîne en or et ma bague en argent surmontée d'une aigue-marine que je n'ôte jamais même pour dormir ou nager dans l'océan, j'ai eu l'impression avec cette ultime dépossession qui me dépouillait de mon identité d'être devenue anonyme, interchangeable, et que j'aurais pu alors répondre n'importe quoi, je m'appelle Clarissa, Irène, Pénélope, décider brusquement de devenir quelqu'un d'autre et ne jamais remettre ces vêtements-ci ni porter ces bijoux-là, me lever, me casser et mettre fin à cette mascarade, m'échapper, disparaître, et à ce moment-là j'ai compris toutes ces scènes dramatiques et parfois un peu ridicules dans les films où les patients arrachent leur perf' et se barrent de l'hôpital même s'ils sont cul nul sous leur blouse et que dehors il neige.

21

Il est là le papa ? a demandé l'obstétricienne, et soudain un homme avec un calot bleu et le visage dissimulé derrière un masque se poste tout près de moi, j'ai un mouvement de recul mais c'est Pierre qui a revêtu un pyjama de bloc, je lui dis : Ça te va pas mal du tout cette tenue Docteur Ross, et je vois à ses yeux qui se plissent qu'il sourit, il me dit qu'il ne va pas rester longtemps, qu'il devra partir avec le premier bébé, c'est comme ça que les choses sont prévues, il ajoute qu'on a de la chance parce que le chirurgien viscéral de garde cette nuit c'est le chef de service en personne, un certain professeur Caracalla, et je dis : Ah oui, comme les thermes à Rome, mais enfin de la chance je ne sais pas, et Pierre objecte : Je préfère que ma fille se fasse opérer par le chef de service plutôt que par un petit interne mal réveillé, et je me dis qu'il a raison, il est sans doute un peu inquiet aussi mais peut-être pas, Pierre n'est jamais très inquiet. L'obstétricienne me prévient que ça y est, elle va inciser, et je me dis : Ok, ne pas penser qu'on est en train de me découper le ventre, respire calmement, regarde la lampe et tout ira bien, tu sais faire ça, regarder les lampes, combien de lampes ai-je ainsi observées depuis mon premier rendez-vous en anténatal, je commence à les compter et c'est à cet instant que je remarque que cette lampe-là est carrée et cerclée d'une petite bande de métal réfléchissant qui, même si cela représente une toute petite surface, reflète parfaitement ce qu'il y a juste en dessous, du rouge, du jaune, du bleu, et je regarde intensément les couleurs en me disant : Non ça ne peut pas être ça, mais il faut me rendre à l'évidence, le jaune est celui de ma peau teintée d'iode, le bleu celui des champs opératoires ou peut-être de l'épaule de l'obstétricienne penchée sur moi, et le rouge celui de mon ventre ouvert.

Le rouge est celui de mon ventre ouvert alors je détourne le regard et bientôt je sens que l'on tire sans ménagement mon corps d'un côté puis de l'autre au point que je me demande si je ne vais pas tomber, je suis un vieux meuble à tiroirs encombré de bilans, de vers, de billets doux, que l'on déménage, ou un grand cabas ouvert dans lequel on fouille à la recherche de clés qui gisent tout au fond sous des tonnes d'objets inutiles, ça continue, je tangue et ma tête roule sur les côtés, et soudain l'obstétricienne dit : Voilà, la première petite fille est sortie, mais je ne vois rien car tout se passe derrière le champ bleu, et même si j'y jette des petits coups d'œil de temps en temps je n'ose pas scruter la lampe trop longtemps parce que la vision de mon ventre ouvert me perturbe, bien que je ne sente rien, absolument rien, aucune douleur ni même plus d'anxiété, ni d'appréhension, ni d'émotion, sinon j'aurais certainement demandé à voir ma fille avant qu'on ne l'emporte, or là je n'ai pas ouvert la bouche, rien osé demander peut-être de peur de gêner les soignants dans leur ballet presque silencieux autour de moi et de Pierre qu'on appelle et qui s'éloigne furtivement en disant qu'il revient vite, alors je tourne la tête le plus possible pour tenter d'apercevoir ce qu'il y a là dans un drap bleu emmené par une infirmière toute en bleu, et j'espère que ma fille n'est pas toute bleue elle aussi mais non, apparemment non, car du drap bleu se détache le temps d'une microseconde le profil rosé d'un minuscule visage qui disparaît derrière des portes battantes. Je reste seule en pensant à quel point ce moment est décevant, on l'a emmenée sans même me la montrer, alors que j'aurais voulu qu'on vienne me présenter mon bébé, Regardez c'est votre fille, elle va bien, comment s'appelle-t-elle ? car dans les films ça ne se serait pas passé comme ça, on aurait forcément eu la scène de la première rencontre entre la mère et le bébé, si on ne montre pas la fusion immédiate c'est en général pour dire qu'il y a un problème, qu'il y en a une des deux qui va mourir, la mère ou l'enfant, Allez, allez, calme-toi, personne ne va mourir, à moins que quand même, et si jamais le cœur de ma deuxième petite fille avait cessé de battre, c'est à son tour et que va-t-il se passer, est-elle seulement encore en vie, et comment faire pour ne pas penser à autre chose maintenant que je ne peux même plus regarder cette putain de lampe sans y voir mon ventre découpé, alors je dis à l'homme, médecin ou infirmier anesthésiste, assis non loin sur un tabouret, Vous savez qu'on peut se voir dans la lampe, et le gars s'approche et me demande de répéter, alors je répète la phrase, fût-elle absurde, que je vois mon ventre ouvert dans la bande de métal qui cercle la lampe au-dessus de moi, et le type secoue la tête en souriant, Mais non c'est impossible, bien sûr il ne me croit pas, il doit penser que je suis sous l'emprise des médicaments qu'il m'a donnés, alors je laisse tomber. Je ressens une immense envie d'être ailleurs, dans une ville étrangère ou en train de nager dans l'océan, dans un train-couchettes en partance pour Vienne ou Venise, n'importe où sauf ici et je commence à me détacher peu à peu de moi-même, je me vois presque là sur le lit, flottant dans la salle d'opération comme un ballon détaché de mon corps, et puis brusquement je reviens à moi car de nouveau mon corps est violemment ballotté d'un côté puis de l'autre et l'obstétricienne annonce Je sors la deuxième petite fille, ce qui provoque en moi une sorte de raidissement, quelque chose qui se fige, à l'affût, que va-t-on sortir de mon ventre, dans ma tête des mots jaillissent, Morte Monstre Minotaure, et j'entends au loin l'obstétricienne dire tranquillement Elle va bien, Elle respire même pas mal du tout, et Elle avait le cordon enroulé autour du thorax alors c'est peut-être ça qui a fait ralentir son cœur. Je pousse un soupir de soulagement qui n'est pas loin du sanglot même si là encore je me retiens de pleurer, comme s'il fallait garder mes larmes pour un vrai chagrin, une vraie douleur, la vraie tragédie, or mes filles ne sont pas mortes, et si je pleure j'ai presque peur de me faire engueuler par les soignantes qui ont autre chose à faire que de gérer une mère hystérique. Pourtant les femmes qui viennent me voir de temps en temps en me demandant si ça va sont gentilles, c'est juste qu'elles ont aussi l'air pressé et indifférent, or il suffirait de pas grand-chose, de m'appeler une fois par mon prénom et de me prendre la main en signe de réconfort, de me dire Vous pouvez pleurer si vous voulez, pour que je me sente un peu moins mal et un peu moins anonyme. Je ne pleure pas non plus de peur que les larmes ne brouillent ma vision, or j'aimerais voir le deuxième bébé aussi comme j'ai aperçu la première, mais lorsque je tourne la tête il n'y a rien, absolument rien qui dépasse du drap bleu qu'une femme emporte derrière les portes battantes dans une salle où se pressent tout un tas de gens dont je n'aperçois que les silhouettes mais dont je peux entendre vaguement les voix, le chirurgien de garde, la pédiatre, l'anesthésiste, sans doute des internes aussi, tout ce monde réveillé pour ma si petite fille, pour une si petite vie, si elle était née quarante ou cinquante ans plus tôt on aurait découvert maintenant son omphalocèle et alors quoi, que faisait-on dans ces cas-là, on essayait d'opérer ou pas, à quel moment a-t-on commencé à opérer les bébés à la naissance, je n'en ai aucune idée, mais je réalise que cet accouchement sans bébés posés sur la poitrine est décidément assez nul, je me rends compte que j'avais une attente et que je rumine déjà mon échec, c'est donc ça mon deuxième accouchement, ça va être encore plus décevant que le premier ? Il faudra bien que je m'y fasse, parce qu'un accouchement ce n'est pas comme le permis de conduire, on ne peut pas le repasser quand on l'a raté.

Je suis une mère abandonnée, une mère que l'on récure des dernières chairs devenues inutiles et que l'on recoud comme le loup plein de pierres, et rien ne me donne moins l'impression d'être devenue mère de ces petites filles que ces instants de vide absolu où les bébés ont été emportés ailleurs, loin de moi, sans que je les aie vues. J'ai beau me répéter Ça y est elles sont nées, j'ai accouché, si tant est qu'on puisse appeler cela un accouchement, un arrachement plutôt, puisqu'on m'a découpée et qu'on me les a prises, je sais que si quelqu'un me disait que tout cela n'était qu'un rêve je le croirais sans hésiter. Alors pour résoudre le mystère de la disparition des bébés qui encore un instant auparavant étaient à l'abri dans mon ventre, je m'emploie à leur redonner vie ailleurs, à les inscrire dans la réalité, et pour cela je demande à l'équipe quel jour on est, parce que ce sera désormais leur anniversaire, dans un an et pour toujours, la date inscrite sur leurs papiers d'identité et leur mot de passe pour ouvrir leur téléphone, et cette date qui n'était rien pour moi va devenir importante, essentielle, inoubliable, et faites s'il vous plaît que ce ne soit pas aussi une date funeste que j'aurai peine à célébrer parce qu'elle marquera tout à la fois la naissance et la mort, et pendant que je pense à tout ça quelqu'un se trompe parce qu'il est minuit passé, or elles sont nées juste avant, à 23 h 58 et 23 h 59, ce que je trouve amusant et étrange, une seule minute entre les deux bébés, ça m'a paru plus long, et une personne affirme que de toute façon on met toujours la même date sur les formulaires de la Sécu parce qu'il n'y a pas de case prévue pour des jumeaux nés des jours différents. Et alors pour la première fois quelqu'un, peut-être l'obstétricienne qui est en train de me recoudre, me demande Au fait elles s'appellent comment vos filles ? et même si ça paraît bizarre de les nommer alors qu'elles ne sont même pas là et que l'instant manque cruellement de solennité, je me dis que de toute façon Pierre dans l'autre pièce a déjà dû prononcer les prénoms pour qu'on leur mette des bracelets de naissance, donc je prends une grande inspiration et je dis Éléonore et Diane, et plusieurs personnes disent que c'est très joli, vraiment, et je réponds Merci. Puis je précise : Éléonore, c'est celle qui est sortie la première, et Diane c'est la deuxième, ma petite avec l'omphalocèle, celle qui doit se faire opérer là maintenant.

22

Je suis transférée dans une grande salle carrelée et trop éclairée remplie de chariots de matériel médical. Des gens en blouse entrent et sortent en glissant silencieusement comme des fantômes. Je ne sais pas ce que je fais là, hébétée, ayant perdu toute notion du temps, avec l'impression vague d'être dans un hall d'aéroport, en partance pour une destination inconnue, en complet décalage horaire. Je ne ressens aucune douleur, je suis simplement épuisée. Si seulement je pouvais dormir et oublier tout ce qui vient de se passer, mais mon esprit englué refuse de se mettre en veille, butant sans cesse sur la même pensée, obsédante : si Diane meurt, ou bien si Éléonore meurt, ou bien si les deux meurent, qu'est-ce que je vais faire ? À un moment il me semble que j'éprouve presque de la curiosité pour la façon dont je réagirais à l'annonce fatidique. Est-ce que je serais à la hauteur ? Probablement pas. Moi qui ai été capable de me gâcher la vie sans raison apparente, à coups de dépressions et de crises d'anxiété, il est quasi certain qu'une telle catastrophe me bousillerait définitivement l'existence. Dans ma tête, pour ne pas sombrer, je me répète : opération de routine, chef de service en personne.

Pierre qui apparaît et disparaît sans que je comprenne ses allées et venues m'informe que l'on va bientôt me monter dans une chambre. Et les filles, elles vont bien ? Je n'ai pas encore de nouvelles de Diane, répond Pierre, qui a remis ses vêtements habituels, mais on va t'amener Éléonore. Tu vas voir, elle est vraiment toute petite, et elle a un masque parce qu'ils lui ont mis de l'oxygène pour l'aider à respirer. Mais elle va bien ? Oui oui, ne t'en fais pas. Pierre n'a pas l'air inquiet, mais moi je repense à la cure de corticoïdes qu'on a commencée cet après-midi et qui nécessite normalement quatre doses. Or je n'en ai eu qu'une. À cause de moi, mes filles n'arrivent pas à respirer normalement.

J'ai dû somnoler parce que soudain j'entends Pierre qui fait La voilà et une infirmière s'approche en poussant un chariot avec une boîte en Plexiglas posée dessus. Je me dis : C'est Éléonore, c'est elle, c'est mon bébé. Mais ça semble à peine vrai, peut-être parce que je l'imaginais autrement, habillée et endormie, comme Arthur quand on me l'avait amené après lui avoir fait sa toilette de nouveau-né. Or c'est une minuscule chose rouge qui se tortille dans une couche dix fois trop grande. Son visage est presque entièrement dissimulé par un masque à oxygène, relié à un gros tuyau bleu retenu par un bonnet, et elle a une main enrubannée de gaze et des fils partout. Ses jambes maigres paraissent bizarrement tordues, et la vision de son cordon ombilical violacé, serré dans une pince jaune, provoque en moi une légère répulsion. Elle a les sourcils froncés et les traits plissés, comme si elle allait se mettre à pleurer. Je me dis qu'elle a l'air d'avoir mal, d'avoir froid, comme ça, sans pyjama, elle me fait de la peine. Mais je me force à dire un truc positif, je murmure : Elle est mignonne comme tout. Je n'en suis pas si sûre, alors je suis contente que l'infirmière confirme : Oui elle est ravissante, regardez. Elle lui ôte son masque pour que je voie mieux son visage, le remet presque aussitôt en disant Allez, et moi je suis persuadée que je vais enfin pouvoir tenir ma petite fille contre moi, mais à ma grande surprise le chariot roule en sens inverse. Attendez, vous repartez ? L'infirmière répond d'un air désolé : Je n'étais même pas censée m'arrêter là normalement, je dois la monter en soins intensifs. Pierre demande : Ça te va si je l'accompagne ? Évidemment. Qu'elle ait au moins un de ses parents avec elle.

Quand Arthur est né, on me l'avait posé tout de suite sur la poitrine. Arthur avait les yeux bien ouverts, et j'avais dit en caressant sa petite tête toute douce : C'est doux, je n'ai jamais touché quelque chose d'aussi doux, et j'avais commencé à oublier le fait que je n'avais pas réussi à pousser ni à vraiment sentir le bébé passer en moi à cause de la surdose d'anesthésiant qui m'avait complètement paralysée. J'avais entendu une sage-femme dire gentiment : C'est ça qui est bien avec les bébés, vous verrez, c'est doux et ça sent bon. J'avais reniflé mon bébé et répliqué : Le mien il sent un peu la viande. Pierre avait protesté en riant, mais j'insistais : Si, il sent le rôti cru.

Je ne voyais pas ce qu'il y avait de mal à dire ça. Le bébé était couvert du sang de mon épisiotomie. Pendant qu'on me recousait, j'avais continué à caresser mon petit rôti, en admirant ses grands yeux noirs bien ouverts, et me fichant du reste. J'avais bien le sentiment que j'aurais pu faire mieux, que j'avais un peu raté mon accouchement, mais ce n'était pas grave, vu que le bébé était en bonne santé. Et l'avoir tout contre moi avait tout réparé.

Me voilà seule, absolument seule, plus seule que je ne l'ai été depuis sept mois. Je réalise à quel point les bébés en moi étaient une véritable présence. Que je passais en réalité mon temps à m'adresser intérieurement à elles.

J'attends pendant ce qui me semble être des heures, en m'efforçant de ne penser à rien, en priant pour réussir à dormir. Chaque fois, l'idée de Diane au bloc me fait comme un grand coup dans le ventre. Combien de temps peut durer une opération de l'omphalocèle réalisée en urgence sur un bébé prématuré ? Si seulement quelqu'un voulait bien me donner des infos. Mais personne ne vient me voir. Opération de routine, chef de service en personne.

Pierre revient. Je m'inquiète pour lui. Tu as pu manger quelque chose ? Un sandwich, tout à l'heure. Ah, la cafétéria était ouverte ? Non, c'est quelqu'un, je ne sais pas qui, qui a été me le chercher. Il raconte qu'il a failli tourner de l'œil quand on a amené Diane, alors une infirmière lui a dit : Asseyez-vous par terre monsieur, et on lui a gentiment apporté un sandwich triangle et un café. Tu as vu l'omphalocèle ? Pierre décrit : une boule marron sur le ventre, de la taille d'une balle de tennis. Tous ces gens qui entrent ensemble tout à coup et se rassemblent autour du bébé, le professeur Caracalla, un vieux monsieur très digne qui a fait son cours pour les internes, l'anesthésiste qui avait l'air stressé, la pneumologue au contraire très souriante. Nous évoquons ce moment bizarre où nous avons dû annoncer les prénoms chacun de notre côté. Heureusement qu'on s'était mis d'accord avant, dis-je en bâillant. Puis je demande : Il était à quoi ton sandwich ? Pierre sourit : Au thon, et il était parfaitement dégueulasse. Tu as de la chance, je meurs de faim. Je donnerais n'importe quoi pour pouvoir manger un sandwich au thon parfaitement dégueulasse.

On me monte dans une chambre. Pierre est assis sur le fauteuil à côté de mon lit, dans la pénombre. J'essaie désespérément de m'assoupir. Quelques heures floues s'écoulent ainsi lentement.

Trois personnes entrent. Elles se tiennent au pied du lit, dans l'ombre grise, au bord du grand rectangle de lumière jaune dessiné par les néons du couloir. Une dame brune à lunettes, un vieux monsieur, un plus jeune. Le vieux monsieur – le professeur Caracalla – parle avec une voix grave et douce, presque un murmure. L'opération ne s'est pas déroulée comme prévu. Ils ont malheureusement découvert que l'omphalocèle était très volumineuse. Elle contenait tout le foie et deux anses intestinales. En incisant la paroi, une veine hépatique a été sectionnée, ce qui a entraîné une hémorragie massive, à peu près des deux tiers du volume sanguin total. Il toussote : J'ai appelé en renfort le docteur Lin – il montre la dame brune à lunettes – grâce à qui nous avons pu la stabiliser en procédant à plusieurs transfusions.

Celle-ci prend la parole : Nous avons privilégié la réintégration des anses intestinales, tandis que le foie a été maintenu à l'extérieur, car il a été impossible de le réintégrer totalement, compte tenu du trop petit volume abdominal.

J'essaie d'écouter très attentivement mais je ne peux pas m'empêcher de remarquer que pendant ce temps-là, le vieux monsieur bâille. Il ouvre grand la bouche et son bâillement s'étire, interminable.

On a transféré Diane en réanimation. Pour le moment elle est stable. L'idée est de l'équiper dès qu'on le pourra d'un système de Schuster avec pinces et pansement compressif.

Je vois que son bras peine à se lever et que sa main vient se poser sur sa bouche presque au moment où il la referme.

Le foie sera ainsi réintégré progressivement, millimètre par millimètre, et on refermera la paroi abdominale dans un deuxième temps.

Je me dis que ça doit être horriblement fatigant à son âge d'opérer des bébés en pleine nuit et que c'est à cause de moi, tout ça. C'est moi qui en accouchant de façon inopinée lui ai imposé cette tâche épuisante.

Mais ça ne sera pas avant plusieurs jours. Il faut voir comment se passent les prochaines heures.

Le petit groupe s'apprête à s'en aller. J'ai peur de ne pas avoir compris. Était-on en train de nous préparer à mots couverts au fait que Diane ne va pas survivre à l'opération ? Ou bien sont-ils juste fatigués d'avoir passé la nuit les mains dans les boyaux de ma fille ? Il faut que j'en aie le cœur net : Attendez, dites-moi, qu'est-ce qui risque de se passer, au pire ?

Là, à ma grande surprise, le chirurgien qui une minute avant dormait debout m'assène d'un ton tranchant : Écoutez madame, pour le moment votre fille est stable, alors attendons de voir comment elle récupère.

Je voudrais insister : Si vous me dites qu'elle va peut-être mourir, alors je pourrais commencer à m'y préparer. Mais pour un chirurgien j'imagine que la mort n'existe pas tant qu'elle n'est pas prononcée. Peut-être ai-je manqué de tact en parlant d'un éventuel décès alors qu'ils ont tout fait pour la sauver. Peut-être est-ce moi qui comme d'habitude me fais des scénarios catastrophes. Que ce n'est pas si grave de se voir sectionner une veine hépatique et de faire une hémorragie.

Pierre et moi remercions les chirurgiens d'être venus nous informer de l'état de santé de notre fille, et les trois personnes repartent. Il ne reste que nos deux corps avachis, éreintés de fatigue, dans le jour pâle.

23

À mon réveil, je sens en moi des mouvements familiers. Les bébés dans mon ventre. J'ouvre les yeux et les éléments de l'espace se dessinent peu à peu : le rectangle de la fenêtre sur ma gauche, les draps amidonnés sous mes doigts, le scotch sur mon poignet, le tuyau… Je sais qu'il y a un truc qui cloche. Je ne suis pas chez moi, je suis à l'hôpital. Il s'est passé quelque chose. Les bébés ne sont *plus* dans mon ventre.

J'observe cette pensée en espérant pouvoir en mesurer l'aberration et qu'elle s'évanouisse bientôt, mais il faut me rendre à l'évidence, j'ai bien accouché cette nuit. Diane a été opérée vers deux heures du matin. L'opération s'est mal passée. Le vieux chirurgien s'est fâché.

Grand élancement douloureux dans le ventre à la pensée de Diane qui s'est vidée de son sang. Tout est de ma faute, j'ai accouché trop tôt.

Je regarde mon téléphone : j'ai dormi deux heures. Machinalement je jette un coup d'œil aux infos. Une catastrophe nucléaire au Japon. Des manifestations dans les pays arabes. Le monde continue de tourner, flou, lointain, tragique.

Pierre est rentré. En partant, il a demandé si on pouvait m'apporter un petit déjeuner. Une femme est venue, portant un plateau sur lequel il y avait du thé servi dans un bol en Pyrex marron, un petit pain à la fois dur et mou, un yaourt nature, de la confiture d'abricot, du beurre. J'ai tout englouti, sauf le beurre. Je n'aime pas le beurre.

Une femme entre. Elle s'appelle Mariam, elle est infirmière, elle vient prendre mes constantes et vérifier le pansement. Ses mains sont douces et fraîches sur ma peau moite. Je remarque qu'elle a de beaux ongles, courts et bombés, nacrés naturellement comme des perles. Tout est parfait, dit Mariam avec satisfaction, les agrafes sont bien en place, la cicatrice est propre. Elle me demande si j'ai mal et je réponds non. À l'intérieur de mon ventre, encore gros mais légèrement dégonflé, les sensations sont étranges : ça ressemble à de légères douleurs de règles avec des mouvements de bébés fantômes. Je demande si je peux aller voir mes bébés maintenant. Oui bien sûr, mais attendez qu'on vous apporte un fauteuil roulant. Pourquoi, je ne peux pas y aller en marchant ? Non, ça n'est pas recommandé après une césarienne, ça peut tirer sur les agrafes. Je peux prendre une douche alors ? Pareil, il vaut mieux attendre un peu. Je soupire. Je me sens tellement poisseuse. Mariam s'éclipse en m'invitant à me reposer. J'espère replonger dans le sommeil mais à présent je suis trop réveillée, et la pensée de Diane se vidant de son sang me fait chaque fois comme un coup dans le ventre.

J'appelle ma mère. C'est toujours elle en premier, c'est comme ça. Les prénoms que je lui révèle pour la première fois font un peu diversion, permettent de faire passer plus vite l'information de Diane en réa, l'opération. Je ne mentionne pas l'hémorragie. Ma mère m'annonce tristement qu'elle ne pourra pas venir me voir, elle a une chimio le vendredi. Je ne le lui dis pas, mais je préfère qu'il en soit ainsi, je n'aurai pas à supporter la vision de son crâne chauve quand elle enlève sa perruque, de ses ongles qui se décollent, de sa silhouette lasse que je voudrais étreindre. Mais quand je m'y essaie, je lui fais toujours mal, ma mère n'aime pas les contacts physiques. Nous discutons encore un peu de l'hôpital, de la bouffe qui n'est pas terrible et du fait qu'on est tout le temps dérangée, alors ma mère me conseille de dormir dès que je le pourrai. Je ne peux pas. Un éclair dans mon ventre, et je vois Diane coupée en deux sur la table d'opération. Impossible de chasser de mon esprit cette horreur lancinante. Impossible non plus de me dire que je n'y suis pour rien. J'ai forcément dû commettre une erreur. Mais laquelle ?

Il faut que je m'occupe. Je laisse un message vocal à mon père. J'annule la prochaine échographie chez la docteure Delormeau. J'annule aussi les monitorings à l'hôpital, au cas où les sages-femmes de l'anténatal n'auraient pas eu l'info, ce qui est le cas. Chaque fois, la phrase

J'ai accouché cette nuit me fait l'effet d'un mensonge. J'ajoute pour l'anténatal : Remerciez de ma part madame Landrieu, car sans elle on n'aurait peut-être pas détecté les troubles du rythme, et la dernière fois que je l'ai eue au téléphone je n'ai pas été très aimable. La sage-femme que j'ai au bout du fil émet un petit rire : Ça peut arriver, ne vous en faites pas.

Deux jeunes femmes en tenue rose pâle entrent, souriantes. La blonde se présente, Émeline, sage-femme, et avec elle il y a Mayssa, une élève qui si je suis d'accord assistera à la consultation. Pas de problème. Émeline me demande comment je vais, prend des notes dans un dossier, trouve les prénoms très jolis. Elle m'examine avec douceur, en commentant ses gestes pour son élève. Après m'avoir fait une ordonnance pour des bas de contention, très importants pour éviter les caillots de sang et l'embolie pulmonaire, elle veut savoir si je souhaite allaiter. Je réponds un peu machinalement : Oui, je crois, parce que j'ai allaité Arthur, et surtout parce que je n'ai pas du tout eu le temps de me poser cette question. Ça s'était bien passé l'allaitement ? demande Émeline.

Je réfléchis : les seins douloureux, les gerçures et les crevasses, le bébé qui tétait toutes les heures, parfois toutes les demi-heures, les nuits à se réveiller cinq fois, dix fois, avant de se rendormir avec lui au sein en ayant peur de l'étouffer, la visite au centre de Protection maternelle et infantile, un jour de désespoir, où l'on me dit : Oh quel beau bébé gracieux il mange bien il grossit bien c'est super continuez comme ça, et moi pleurant dans la rue derrière ma poussette, accablée de ne pas être une mère épanouie, me répétant que je ne dois pas bien m'y prendre... Certes, on avait fini par trouver notre rythme, Arthur et moi, au bout de quatre ou cinq mois, et c'est peut-être pour ça que je réponds : Oui, ça s'est bien passé, enfin au début c'était un peu dur. Bien, dit Émeline, on va vous montrer comment tirer votre lait avec la machine. La machine ? Oui, un tire-lait électrique. Vous pourrez louer la même à votre sortie de l'hôpital, je vous donnerai les coordonnées de l'organisme. Vos bébés vont d'abord être nourris par sonde, avec votre lait à vous de préférence. On va vous apporter des petits flacons que vous pourrez déposer à cet étage, ou bien directement en néonat'. Mais après, pour allaiter des jumelles, c'est pas trop compliqué ? J'ai soudain furieusement envie qu'Émeline me dise que je ne suis pas obligée d'allaiter, qu'il vaut mieux leur donner des biberons, ou même un biberon sur deux. Oh on peut allaiter les bébés en même temps, répond Émeline joyeusement, on en met un de chaque côté, comme ça, en ballon de rugby comme on dit. Il y a plein de positions marrantes, vous verrez. Je me demande quel est le crétin qui a appelé ça ballon de rugby mais enfin, on verra, après tout la sage-femme a l'air de penser que c'est tout naturel d'allaiter des jumelles, une de plus une de moins quelle différence, et comme je n'ai pas du tout le courage de passer pour une mauvaise mère qui ne voudrait pas ce qu'il y a de mieux pour ses filles, déjà que tout est de ma faute, j'acquiesce à tout ce qu'Émeline me propose, ok pour la machine, ok pour les flacons à remplir, ok, et maintenant est-ce que vous pouvez m'apporter un fauteuil roulant s'il vous plaît ? Les sages-femmes me promettent de se renseigner.

Bon, j'espère que je n'ai rien oublié, dit Pierre en déballant un sac de voyage qui contient des habits propres, une trousse de toilette, des lingettes à me passer sous les aisselles. Nous échangeons des nouvelles d'Arthur, pour qui je m'inquiète soudain, après avoir si peu pensé à lui. Avant il était tout mon monde. L'idée que dorénavant j'ai trois enfants dont je dois me soucier me frappe comme la foudre. La tâche me semble insurmontable.

Pierre descend voir les bébés. Je ne ressens ni tristesse ni jalousie. Je me demande si cette hébétude n'est pas une manière de me protéger à chaque fois que je pense à Diane et son hémorragie, ou à Éléonore toute seule dans son petit berceau en plastique, avec ses yeux froncés comme si elle allait pleurer.

À son retour Pierre me montre des photos d'Éléonore, bardée de tuyaux et de capteurs, jolie malgré tout. Regarde, elle a ouvert les yeux, m'apprend Pierre avec émotion, j'ai vu son petit œil noir qui me regardait. Elle est adorable, dis-je. Et Diane ? Pierre me montre la tête d'un petit bébé rougeâtre au visage dissimulé par des tubes qui lui sortent du nez et de la bouche. C'est mignon ce petit bonnet blanc, mais Pierre qui a discuté avec les médecins m'explique qu'il sert à maintenir des électrodes destinées à vérifier son activité cérébrale, pour savoir si elle souffre ou non. En fait, les chirurgiens ont découvert pendant l'opération que l'omphalocèle contenait tout le foie, replié sur lui-même, et non pas une partie. Il ajoute : Comme elle ne doit absolument pas bouger, elle est curarisée, ce qui signifie qu'en plus des médicaments anesthésiants et de la morphine, on lui injecte un dérivé du curare pour paralyser tous ses muscles. Tu as de la chance de l'avoir vue, finis-je par dire. Je ne vais pas au bout de ma phrase : de la chance de l'avoir vue vivante. Parce que j'ai peur, moi, de ne pas la voir vivante. À la place je marmonne : Si seulement ce satané fauteuil voulait bien arriver.

Une dame m'apporte mon déjeuner. Et pour le fauteuil ? Ah ça je suis pas au courant, je vais voir avec les infirmières. J'engloutis mon assiette coquillettes-cordon bleu pendant que Pierre mange un sandwich. J'entreprends ensuite d'enfiler les bas de contention qu'il est allé m'acheter à la pharmacie du coin. Pierre, juste une question, comme ça, pour les bas, il n'y avait pas d'autre couleur que blanc ? Si, noir ou beige. J'éclate de rire : Et tu as choisi blanc ? Pierre me regarde, perplexe : Désolé, noir, je me suis dit que ça faisait pas tellement pyjama, vu que tu mets toujours des pyjamas blancs ou bleu ciel… Non mais blanc, Pierre, c'est affreux, on dirait un déguisement d'infirmière sexy. Je continue à rire, et voilà que je n'arrive plus à tirer sur mes bas, je n'ai plus de force, et Pierre est obligé de m'aider. Il répète Désolé, et je ris encore, même si ça me fait affreusement mal au ventre.

L'après-midi s'étire, le soleil disparaît peu à peu derrière les feuillages qui ondulent à la fenêtre. Pierre est redescendu voir les bébés. Je me sens soudain très fatiguée, mais dès que je m'assoupis un peu, quelqu'un entre. On se croirait dans *Les Fâcheux* de Molière, cette comédie où des visiteurs inopinés interrompent sans cesse un couple d'amoureux, sauf qu'il n'y a que moi et l'image de Diane noyée dans son sang. On vérifie mes constantes. On me propose le forfait télé. Madame Landrieu, la sage-femme en chef de l'anténatal, vient prendre de mes nouvelles. J'en profite pour demander si on m'a trouvé un fauteuil, mais rien.

Mon père me rappelle. Je raconte qu'ils ont sectionné une veine hépatique, que Diane a été transfusée. Mon père écoute sans mot dire, puis lâche, sur un ton qui me donne l'impression d'être une gamine tombée d'une balançoire : Ça a dû te faire beaucoup d'émotions. Puis il s'éclaircit la voix : J'aimerais bien que tu dises aux chirurgiens de Diane de m'appeler, s'il te plaît. Papa, je viens de te répéter tout ce qu'on m'a dit, pourquoi tu veux qu'on dérange les chirurgiens ? Je ne veux pas les déranger, je veux juste leur parler. Je pourrais obtenir des informations qui vous seraient utiles, à Pierre et toi. Je soupire. Comment vais-je me dépêtrer de ça, je me le demande.

Je regarde la télé éteinte accrochée au mur, noire, brillante, inutile, en ruminant les clichés habituels sur l'hôpital qui n'a pas d'argent, les lits qu'on supprime, la rentabilité à tout prix. J'espère que Diane n'est pas en train d'agoniser pendant que je suis là, à ne rien faire, enchaînée à mon lit comme Prométhée à son rocher, avec la vision de ma fille mourante qui vient me bouffer le ventre à intervalles réguliers. Cela me semble surréaliste qu'on ne puisse pas mettre la main sur un fauteuil roulant dans un hôpital. Dans *Urgences*, dès qu'un patient arrive, on le fait asseoir d'office dans une chaise roulante. Bien sûr il y a toujours un gars pour protester qu'il est capable de marcher, merci, et le soignant lui dit alors : C'est le protocole, monsieur, calmez-vous, pendant que l'autre grommelle : Vous savez où vous pouvez vous le fourrer votre protocole de merde.

J'ai essayé de me lever, pour voir. Au moment où j'ai posé le pied au sol, j'ai ressenti une brûlure inédite dans le pubis qui m'a rappelé l'expression *brûlée au fer rouge*. Je me suis réinstallée dans mon lit, le souffle court. Depuis tournoie en moi cette pensée obsédante : il faut que je voie Diane avant qu'elle ne meure. Si elle mourait je m'en voudrais toute ma vie de ne pas l'avoir vue vivante ce premier jour. D'un certain côté, ça m'aide à garder espoir. Diane ne peut pas mourir tant que je ne l'ai pas vue, ce serait vraiment trop cruel.

Je somnole, la tête tournée vers la fenêtre, où le jour décline paresseusement. Je ne dors pas vraiment, je n'y arrive pas, maintenant que les points de suture me tiraillent et me pincent. Je me sens plus seule que jamais. Je voudrais pouvoir continuer à m'adresser mentalement aux bébés, comme je le faisais avant. Mais je ne me heurte qu'au vide, et à la douleur qui s'intensifie.

Les infirmières qui m'examinent en début de soirée sont désolées, elles n'ont pas trouvé de fauteuil. Tandis que l'une prend ma température et ma tension, je reste silencieuse. Est-ce à ce moment-là que j'abandonne l'idée d'aller voir les bébés ? Elles auront vu leur père, et pas leur mère, et alors ? Je suis si fatiguée.

Il fait nuit noire quand une infirmière vient prendre une dernière fois mes constantes. Je vois qu'elle s'efforce d'être la plus discrète possible en tâtonnant autour de moi sans allumer la lumière, et à la fin elle me chuchote : Ça y est, j'ai fini, rendormez-vous. Je n'y arrive pas, j'ai trop mal. L'infirmière me dit qu'elle va me donner quelque chose de plus fort que le Spasfon, je ne sais pas quoi, j'avale le médicament. Puis elle ferme la porte. Tout est très silencieux. Je me demande pourquoi de toute la journée je n'ai pas entendu un seul bébé pleurer, lorsque je réalise : on m'a probablement installée dans une aile sans bébés, où il n'y a que des femmes pour qui les choses ne se sont pas passées comme prévu.

Je suis à l'étage des femmes sans enfants.

Mon Dieu, je voulais juste voir Diane vivante. Si ça se trouve elle va mourir cette nuit, et je ne l'aurai même pas vue en vie. Elle va mourir seule, loin de moi, et ce sera bien fait pour moi.

24

Je me réveille en sursaut, complètement dépaysée par des rêves lointains dont je ne garde que des impressions colorées et menaçantes. Pendant un instant je me sens sans âge, ni identité, ni mémoire. Je suis de nouveau une enfant, ou bien j'ai soixante-dix ans, je suis à la fois jeune et très vieille. Je suis ce moi dépouillé de tout le reste.

Puis tout me revient. L'accouchement, l'hôpital, les bébés, chacune à un étage différent, dans leur boîte en Plexiglas. Poids insoutenable. Ah, pouvoir redevenir une petite fille, me blottir dans les bras de ma propre mère, et tout oublier, à commencer par l'horrible peur qui me colle à la peau comme cette sueur malodorante.

Il est encore très tôt, six heures à peine. Le jour est déjà levé. Un soleil orangé inonde ma chambre. On entend à peine la circulation, juste la rumeur ténue de la ville, au loin. Des cris de mouettes m'apportent des images fraîches d'océan. Plus proches, des oiseaux se répondent d'arbre en arbre et j'écoute leur chant en prenant une résolution très simple : aujourd'hui j'irai voir mes filles, coûte que coûte.

Mariam, l'infirmière aux mains fraîches, me débarrasse de la sonde urinaire, mais m'informe que je dois encore garder la perf' et patienter une journée pour la douche. Je fais un brin de toilette, et dès que Pierre arrive je lui demande : Tu me rendrais un grand service ? Un moment après, je suis assise sur un tabouret en plastique, la tête renversée en arrière au-dessus du lavabo, et Pierre me lave doucement les cheveux. J'ai les yeux fermés, et l'odeur de la mousse emplit agréablement mes narines. Tu vois cette scène d'*Out of Africa* où Robert Redford fait un shampoing à Meryl Streep au milieu de la savane africaine ? Je vois très bien, dit Pierre en riant. C'est tout à fait nous, non ? Moi avec mes bas de contention blancs et ma culotte en résille… C'est surtout parce que je suis beau comme Robert Redford, répond Pierre. Je commence à rire, mais je m'arrête parce que ça me fait trop mal au ventre.

On toque à ma porte. Bonjour, je suis Aurélie, sage-femme, je viens vous montrer comment tirer votre lait, fait une petite jeune femme souriante aux cheveux courts. Derrière elle, deux femmes en blouse, chez qui quelque chose dénote, mais quoi ? Et puis soudain c'est évident : cheveux lâchés, parfum, bijoux, bottines, elles sont beaucoup trop apprêtées pour faire partie du personnel médical. J'ai raison. Les journalistes qui m'accompagnent réalisent un documentaire sur la maternité, explique Aurélie, et me suivent dans mon travail au quotidien. Accepteriez-vous que l'on filme notre échange ?

J'éclate de rire en pensant à mon visage défraîchi, à mes bas de contention sous mon jogging, au fait que je n'ai pas pris de douche depuis deux jours. Il y a vraiment des gens qui accepteraient de passer à la télé dans ces conditions ? Mais c'est pourtant une demande très sérieuse, l'une des deux femmes, celle aux cheveux bouclés, prend la parole : C'est pour une grande chaîne, c'est une véritable immersion dans la vie de la maternité. Nous suivons beaucoup de membres du personnel, et aussi des patientes. Là c'est Aurélie qu'on filmerait avant tout, alors bien sûr, si vous ne voulez pas qu'on vous reconnaisse, on peut flouter votre visage.

Encore mieux : mes seins nus sous mon visage flou, un jour prochain à l'écran. Et alors, où sera Diane à ce moment-là ? La pensée de Diane morte alors qu'elle était encore vivante durant le tournage a quelque chose de si révoltant que je rétorque aussitôt : C'est non, désolée. La femme aux cheveux bouclés insiste, tout miel : Vous savez, vous pouvez changer d'avis et décider de ne pas donner votre accord pour la diffusion des images jusqu'à la veille de la diffusion, le contrat le stipule… Pierre la coupe : Oui on sait comment ça marche, je travaille dans l'audiovisuel. Je trouve encore le courage de dire non à leur demande d'assister à la consultation, même si elles ne filment pas. J'ai supporté les touchers vaginaux de Ferrand devant les petites externes parce que c'était médical, mais me faire ventouser les aréoles devant des journalistes, dans un affreux bruit de succion et de pompe, non, vraiment, je ne vois pas l'intérêt. D'ailleurs j'ai aussi congédié Pierre, qui s'est empressé de redescendre voir nos filles, et à qui j'ai dit que je le rejoindrai dès que je le pourrai.

Une jeune fille à queue-de-cheval entre en poussant un fauteuil. Je me répands en remerciements, mais elle me fait : Euh attendez de le voir vraiment. Mariam, l'infirmière, qui débarque à ce moment-là, avise l'objet : Attends, tu l'as trouvé dans une poubelle ou quoi ? L'autre rougit : Je t'assure, j'ai cherché partout, c'est tout ce que j'ai trouvé. Tu veux qu'on essaie de voir s'il n'y en a pas un autre en meilleur état ? Je les coupe immédiatement : Ah non, peu importe, vraiment ça m'est égal. Mais il lui manque un repose-pieds, dit Mariam, qu'est-ce que c'est que ce truc ? Je constate en effet que le fauteuil est tout rouillé, qu'il n'y a même plus de mousse autour des poignées. Non mais ça ira très bien, dis-je d'un ton convaincu, et je m'assois au bord du lit pour mettre mes chaussons. Attendez, on va quand même le tester, propose Mariam. La petite à queue-de-cheval se met dedans et Mariam la fait rouler dans la chambre. Ça a l'air d'aller, concluent-elles. Lorsque je me lève, je sens immédiatement un grand élancement me couper en deux mais je ne dis rien, et je vais m'asseoir le plus dignement possible sur l'engin.

Pendant que la jeune fille à queue-de-cheval m'emmène rejoindre Pierre en néonat' auprès d'Éléonore, j'essaie d'éviter de penser à la douleur qui s'amplifie peu à peu dans mon ventre. J'ai posé mon pied droit sur le gauche, mais il glisse sans cesse, et la cicatrice se met à brûler atrocement. J'aperçois soudain mon reflet dans le miroir de l'ascenseur : jogging, T-shirt informe, gilet à moitié enfilé à cause de la perf', ventre posé sur mes cuisses comme un gros ballon dégonflé, cernes. J'ai une allure épouvantable. La seule chose pas trop mal ce sont mes cheveux propres. Pourvu que je ne croise personne que je connais, surtout pas Ferrand.

À l'étage de la néonatalogie, la jeune fille m'explique la procédure en sonnant à un interphone : Vous donnez juste le prénom de votre enfant, pas la peine de donner le nom de famille, on ne peut pas tout retenir. N'hésitez pas à sonner plusieurs fois, les équipes sont souvent occupées. L'interphone grésille. Elle s'approche : Bonjour, c'est Sarah, du cinquième, je suis avec la maman d'Éléonore, en soins intensifs. Je me répète intérieurement *la maman d'Éléonore*. Ça me fait drôle d'entendre ce prénom, Éléonore, choisi dans l'intimité, et prononcé maintenant par quelqu'un d'autre. Voilà, Éléonore existe vraiment, elle est là, à quelques mètres de moi, alors qu'avant elle était dans mon ventre.

La porte s'ouvre et nous passons devant un guichet derrière lequel se tient une femme blonde d'un certain âge, à grosses lunettes. Elle nous salue rapidement d'une voix rauque, puis retourne à ses papiers. C'est Michèle, la secrétaire de la néonat', je vous conseille de lui parler *très* gentiment, prévient la jeune fille. Nous débouchons ensuite dans un vestiaire : Les verrous des casiers sont tous endommagés, alors le mieux c'est de tout emporter avec soi. Elle me tend un sac-poubelle qui dégage une affreuse odeur de pétrole pour que j'y fourre mon sac à main. Puis elle pioche sur une étagère une blouse en papier et des surchaussures, qu'elle m'aide à enfiler. Quand vous repartez vous jetez tout dans cette grande poubelle ici, indique-t-elle. Dernière étape importante, le lavage des mains. Elle m'explique comment laver aussi l'espace entre les doigts, les pouces, les ongles, les poignets, en actionnant un savon et un mitigeur avec son coude, de façon à ne rien toucher. Ça doit durer au moins une minute, ensuite vous rincez soigneusement, vous séchez avec du papier, puis vous vous relavez les mains avec du gel hydroalcoolique.

Nous empruntons un large couloir aux murs décorés de stickers d'animaux et de fleurs. Des femmes en blouses et en Crocs nous croisent en souriant. Les portes des chambres sont pour la plupart grandes ouvertes et j'entrevois du coin de l'œil des lits à barreaux, des écrans aux courbes sinusoïdales, des gens en blouse blanche. On entend quelques pleurs de bébés, assez faibles. Je passe devant une petite salle où des soignantes bavardent entre elles en buvant un café. Enfin, la jeune fille me fait entrer dans une pièce sur la gauche, tout au bout. Devant la fenêtre, une femme en robe de chambre, dans un fauteuil, discute tranquillement avec une infirmière corpulente et un jeune homme en blouse. Tous les trois se tiennent autour d'un berceau en Plexiglas, dans lequel un bébé en pyjama dort sous une couverture, ses petits poings serrés de chaque côté de sa tête. C'est Éléonore, me dis-je. Pendant un bref instant je me demande ce que toutes ces personnes fabriquent autour de mon bébé, mais bientôt mon fauteuil pivote et j'aperçois Pierre, debout à côté d'une couveuse, où dort un minuscule nouveau-né rose foncé et presque nu. Je comprends que c'est celui-là mon bébé, pas celui que j'ai vu en premier, et j'éprouve une bouffée de honte de ne pas avoir reconnu immédiatement ma propre fille.

Je me sens intimidée, aussi. Lorsque Pierre ouvre une des petites vitres rondes de l'incubateur, je lui dis : Tu es sûr qu'on peut la toucher ? Je ne voudrais pas la déranger… Mais si, vas-y. Je me risque à effleurer sa minuscule main, celle qui n'est pas enrubannée de gaze. Je murmure : Bonjour Éléonore, c'est maman. Je suis venue te rendre visite. Je ne sais pas trop quoi ajouter, dans ma tête il n'y a que des phrases pénibles du genre Je suis désolée de t'avoir fait naître trop tôt, alors je reste un long moment silencieuse à la regarder dans les moindres détails. Pas plus grande qu'une poupée Corolle, elle dort, installée au creux d'un coussin beige en forme de boudin. Un masque à oxygène retenu par des élastiques recouvre son nez. Ses membres reposent en étoile sur les bords du coussin, deux bras duveteux et maigrelets, et deux jambes repliées comme des pattes de grenouille. Elle paraît encore plus petite et plus fragile que la première fois que je l'ai vue. Sur sa poitrine menue, qui se soulève imperceptiblement à chaque respiration, sont collées des électrodes reliées à un fil de couleur différente, et sur chacune d'elles est dessiné un petit mouton bleu. Un capteur qui émet une lumière rouge entoure un de ses pieds, qu'elle a fins et longs, terminés par de minuscules orteils qui me font penser au bord des Petit Beurre. Son bracelet de naissance rose fluo est accroché à sa cheville et non à son poignet, et j'y lis son prénom, suivi de mon nom de famille à moi. Le nom de Pierre n'apparaît pas – ils n'ont pas eu le temps de le lui demander, j'imagine.

Le jeune homme en blouse qui discutait avec l'autre maman s'approche de nous et nous demande s'il peut nous parler un instant. C'est l'interne du service, il s'appelle Paul, il s'occupe d'Éléonore depuis son arrivée. Éléonore a été mise à sa naissance sous respirateur, un dispositif appelé *infant flow*, et on a déjà pu diminuer légèrement les doses d'oxygène, ce qui est encourageant pour la suite. Il donne quelques infos supplémentaires, et en écoutant ce récapitulatif clair et efficace j'essaie de savoir s'il cacherait quelque chose d'inquiétant, mais je n'y décèle pas le moindre sous-entendu anxiogène. Un bébé sur deux qui va bien, c'est déjà ça. Paul nous quitte en nous disant qu'il repassera dans la journée, et que lorsque nous venons il ne faut pas hésiter à le solliciter pour obtenir des nouvelles.

Je reste encore un moment au chevet d'Éléonore à caresser sa main minuscule, aux longs doigts effilés. Mais la pensée de Diane fait soudain irruption et ne me quitte plus. Il faut que j'aille la voir, même si ça signifie que je dois laisser cette petite fille que je viens à peine de rencontrer. Pendant un instant je redoute ce que les gens autour vont penser – qui est cette mère monstrueuse qui n'est même pas venue voir son bébé le premier jour et qui s'en va si vite ? J'espère que l'équipe est au courant qu'Éléonore a une sœur jumelle. Dans le doute, je précise à l'infirmière que nous allons en réa voir Diane. Elle nous répond que tout le monde ici a hâte que Diane soit admise en néonat' avec sa sœur, des jumelles séparées nous on n'aime jamais vraiment ça. Oui, dit Pierre en empoignant mon fauteuil, même si c'était prévu depuis le début, je crois qu'on n'était pas vraiment préparés à avoir deux bébés à deux endroits différents.

Une fois arrivés un étage plus bas, Pierre veut me ménager : La première fois que j'ai vu Diane, ça m'a fait quand même un sacré choc. Elle est vraiment très très petite, et il y a le gros pansement… Bref, c'est assez impressionnant. Tu es prête ?

Je hoche la tête. Je suis prête.

25

Au commencement, le service de réanimation ressemble trait pour trait à celui de la néonatalogie, avec ses casiers endommagés, ses néons blafards et son odeur de désinfectant. Nous y répétons les mêmes gestes, le sac-poubelle où enfouir nos affaires, la blouse, le lavage des mains. Mais l'ambiance est différente. Il y règne un lourd silence ponctué de sonneries électroniques. Quelques silhouettes bleues se déplacent furtivement sans parler, en faisant chuinter leurs semelles sur le lino. Lorsque j'avance dans le couloir nu, faiblement éclairé, aux portes entrouvertes découpées de hublots, j'ai l'impression d'évoluer dans un aquarium.

Je suis dans la chambre de Diane, et je ne comprends rien à ce que je vois. C'est une ville futuriste la nuit – New York, Tokyo, Singapour –, une ville qui ne dort jamais, aux gratte-ciel noirs illuminés de diodes rouges et jaunes qui clignotent en émettant des signaux sonores réguliers. Obstruant la lumière qui filtre faiblement à travers un store foncé, des parallélépipèdes s'entassent les uns sur les autres, reliés à un nombre impressionnant de tubes emmêlés. Plusieurs écrans affichent des courbes mouvantes, des chiffres changeants. Bruits de soufflerie, de ventilation. Tuyaux. Tout ça destiné à maintenir en vie ce qui gît là, au milieu de la pièce immense, dans un incubateur qui semble lui-même immense par rapport à ce qui l'occupe.

Diane.

Elle est affreuse.

Première pensée en la voyant, qui me donne aussitôt envie de partir, de ne pas devoir affronter ça.

Diane ne ressemble pas à un nouveau-né. Elle ne ressemble pas non plus à un bébé prématuré, comme Éléonore. Rien ne pouvait me préparer à ça, à part peut-être la vision de ces oisillons tombés du nid qui baignent sur le trottoir dans un mélange de sang, de plumes et de coquille.

Mais c'est ma fille. Alors je me force à la regarder, à bien la regarder.

Je regarde ce petit machin rougeâtre posé sur un drap jaune taché de sang. Je regarde ses membres maigres, écartelés et bardés de tuyaux. Je regarde ses bleus, partout, sur la tête et sur les jambes. Je regarde son visage, dont je peine à deviner les traits sous les scotchs et les tubes. Je regarde sa bouche ouverte, avec la langue qui dépasse. Je regarde ses paupières gonflées et constellées de croûtes jaunes. Je regarde son nez, recouvert de sparadrap, déformé par deux tubes blancs plantés dans ses narines. Je regarde sur son crâne le petit bonnet que je croyais destiné à la protéger du froid mais qui contrôle en réalité son activité cérébrale, avec des fils électriques qui en sortent.

Et puis je regarde, au milieu du ventre, cette énorme couche de gaze qui forme comme une petite colline, et dont les bords, recouverts de plastique, sont maculés de sang séché et de liquide jaunâtre. Au sommet du pansement, deux pinces sont reliées à une ficelle, accrochée elle-même à une petite cage de métal gris déployée au-dessus d'elle, et je me demande si c'est ça, le système de Schuster, surprise d'avoir affaire à quelque chose d'aussi rudimentaire. Savoir que le ventre n'est pas vraiment refermé là-dessous, et que le foie s'y trouve, me fait comme une brusque décharge électrique dans les deux jambes. Je détourne les yeux.

En essayant de sourire à Pierre, je balbutie : En effet, elle est vraiment très petite, heureusement que j'ai vu Éléonore avant. Je n'ose pas lui dire à quel point je la trouve moche, affreuse, épouvantable – petite poupée ensanglantée. Pierre ouvre l'incubateur, et une odeur âcre de chair et de sang, chaude, écœurante, me monte aux narines – l'odeur de ce petit corps meurtri, l'odeur de sa chair ouverte, avec les viscères sous le pansement. Mais aussi l'odeur de la vie qui est là, qui a continué. Après tout, la vie est l'ensemble des fonctions qui résistent à la mort, comme l'a écrit le Dr Bichat après avoir disséqué une centaine de cadavres.

J'approche ma main pour toucher Diane. Mon geste reste en suspens. Où la caresser ? Tout son bras droit, de la main jusqu'à l'épaule, est enrubanné d'un film plastique qui retient un tuyau, relié à un cathéter. Autour de l'autre bras est enroulé un capteur, et la main enrobée d'une compresse. Sur la cage thoracique sont collées les trois électrodes à fils rouge, jaune et vert que j'ai déjà vues sur Éléonore, et juste en dessous, à partir du bas de sa cage thoracique, il y a le tumulus formé par l'horrible pansement suintant. Je pourrais lui caresser les jambes, mais leur aspect tuméfié me révulse.

Alors, en me frayant un chemin parmi les tuyaux, je touche du bout du doigt un petit morceau de joue, puis un petit bout de front, puis un petit bout d'épaule. C'est à ce moment-là que je remarque que les électrodes sur son torse maigrelet sont décorées non pas de moutons bleus, comme celles d'Éléonore, mais de petits chats roses. Il existe donc quelqu'un, quelque part, qui a eu l'idée de décorer des électrodes pour bébés. Une personne qui a pris la peine de dessiner des petits animaux mignons pour cet usage, et de les décliner en différentes couleurs. Cela m'emplit d'une telle émotion que lorsque j'essaie de dire simplement Bonjour Diane, c'est maman, je m'arrête à Bonjour, car ma voix s'étrangle et j'éclate brusquement en sanglots.

Ma petite fille, ma pauvre petite fille, ma Diane. Qu'est-ce que je t'ai fait ? Je suis désolée. Tout est de ma faute. Mais ça je ne le dis pas, je n'en suis pas capable. J'ai tellement honte. Je bredouille à Pierre : J'avais peut-être des contractions depuis longtemps, et tu vois, si ça se trouve c'est à cause de ça que le cordon est venu s'enrouler et comprimer sa cage thoracique et qu'on a dû la sortir en urgence. J'avais des contractions et je ne savais pas que c'en était. Comment peut-on être conne à ce point-là ? Pierre me serre l'épaule en disant : Mais non, qu'est-ce que tu racontes, c'était son cœur qui battait mal. Je secoue la tête en silence, je sais qu'il a tort, que c'est moi la responsable de ce désastre. Et maintenant elle va peut-être mourir. Alors honnêtement, est-ce que ça vaut le coup que je m'attache à cette petite créature ?

Je reste un moment à sangloter au chevet de ma fille jusqu'à ce qu'une infirmière entre. Je ravale mes larmes, m'essuie les yeux. Après tout, Diane est vivante. L'infirmière s'agite autour de l'incubateur sans nous parler, et pendant une seconde je me demande si nous ne devrions pas partir, pour ne pas la déranger dans son travail, comme si ce petit amas de chair dont elle s'occupait n'avait rien à voir avec nous. L'infirmière décroche des tuyaux et en aspire le contenu, on entend des bruits de soufflerie, des machines qui se mettent à sonner. Je la regarde prélever du sang, essuyer les yeux et la bouche du bébé avec des compresses, déplacer quelques fils, soulever précautionneusement les jambes grêles pour ôter la couche et en mettre une propre à la place. Ce n'est qu'une fois tous ces gestes effectués que l'infirmière se décide à nous parler, et alors elle le fait d'un ton monocorde, de celui qu'on utilise dans les chambres des grands malades ou dans les salons funéraires. Elle nous dit que les chirurgiens viennent d'installer le Schuster, nous parle de tension artérielle trop élevée, d'aspirations, de dextro, de glycémie, de diurèse. Je me demande si elle va nous glisser quelque chose de réconfortant à la fin, du genre Diane va bien, elle est hors de danger à présent. Rien. Elle nous recommande simplement de ne pas laisser trop longtemps ouverte la porte de l'incubateur, pour la chaleur. Nous refermons tout de suite, docilement. Avant de partir, l'infirmière nous demande si nous voulons voir un médecin. Elle peut l'appeler, mais ça peut prendre du temps avant qu'il n'arrive. Je regarde Pierre, je secoue la tête, j'ai hâte de monter me reposer dans ma chambre, car mon ventre me fait affreusement mal à cause de ce fauteuil à la con et je me sens nauséeuse. Pierre dit à l'infirmière qu'il reviendra tout à l'heure, qu'il demandera à ce moment-là.

Nous restons encore un moment à regarder la petite chose dans son immense boîte, avant de prendre congé d'elle. Au revoir Diane, dit Pierre doucement, on va revenir te voir bientôt, repose-toi bien. À mon tour, j'essaie de m'adresser à elle de façon naturelle : Au revoir Diane, je suis contente de t'avoir rencontrée. Lorsque Pierre fait rouler mon fauteuil en sens inverse, j'ai un dernier regard pour le petit poupon de chair rosâtre perdu au milieu de la ville futuriste, et avant de quitter la pièce, je lui adresse une prière muette : Ça y est, je t'ai vue, Diane. Maintenant ne va pas t'imaginer que tu as le droit de mourir.

26

Vous avez pu voir vos filles, ça y est ? me demandent les soignantes. Vous devez être contente. Oui c'était super. Je suis très heureuse.

Je mens. Bien obligée.

Je dis la même chose à Annie et Gabriel, la mère et le frère de Pierre, qui m'ont rendu visite avec Arthur. Je dirai pareil à mes sœurs, à ma mère, à mes amies. À Marie Delormeau, venue me voir dans ma chambre, je confie : Je suis inquiète pour Diane. Elle ne me répond pas de ne pas m'en faire, comme je l'espérais, mais me demande simplement comment Diane récupère. Je comprends que personne en dehors de la réa n'a plus d'infos que moi. Que personne ne peut me dire avec certitude si elle va mourir ou non.

Je prends une décision très simple. Tant que la réa ne m'appelle pas pour me dire : Il faut que vous veniez tout de suite, j'en conclurai que tout va bien. Je ne peux pas imaginer tout le temps que Diane va mourir, c'est au-dessus de mes forces. Alors j'invente une sorte de mantra, que je me récite à longueur de journée : Tant qu'on ne m'appelle pas, tout va bien.

On m'enlève les agrafes et la perf', et à l'occasion j'apprends que la douche n'était pas contre-indiquée et que j'aurais pu me laver dès le premier jour. Sous l'eau, j'observe mon ventre avec curiosité, cette masse de chair flasque qui contenait mes bébés. Quand je touche ma vulve je sens sous mes doigts des paquets de chair gonflée, comme si j'avais accouché par voie basse. J'examine ensuite l'horrible boursouflure violacée qui barre mon pubis. Les sages-femmes ont eu beau s'extasier sur les points de suture, je m'interroge : Ça, une jolie cicatrice ? Mon Dieu, mais qu'est-ce que c'est quand c'est raté alors ? Je réalise que j'aurai ça pour toute la vie, en plein milieu du sexe. Je ne sais pas si je m'en fous ou pas.

Tout en me savonnant, je me dis que je pourrais rester là toute la journée, assise sous l'eau chaude sur mon tabouret en plastique. Il devrait y avoir des spas dans les maternités. Mais chaque matin je suis gagnée par un sentiment d'urgence : vite, il faut que j'aille voir mes filles.

Ça me prend un temps fou. Où est passé ton fauteuil ? a demandé Pierre le matin suivant. Tu ne peux pas marcher toute seule, si ? Pierre est allé vérifier au box des infirmières que mon fauteuil avait bien disparu, et depuis on n'a jamais pu remettre la main dessus. Alors, malgré ce sentiment d'urgence, je suis obligée de marcher très lentement, à tout petits pas, le bras appuyé sur celui de Pierre.

À peine arrivée à l'ascenseur, la douleur est déjà si forte que je suis chaque fois surprise que mon abdomen ne s'ouvre pas en deux pour laisser mes entrailles se répandre à terre. Nous tombons un jour sur les journalistes télé, qui nous barrent le chemin avec leurs grands sourires et leurs parfums écœurants. Accepterions-nous d'apparaître nous-mêmes, tous les deux, dans leur film documentaire ? À les voir si douces et persuasives, je suis sûre qu'elles ont dû en apprendre plus à notre sujet. Je ne leur en veux pas trop d'insister, je sais que ça ferait une bonne histoire, le coup des jumelles prémas à deux étages différents, mais c'est toujours non – n'oublions pas que je suis là, en jogging informe, à me tenir le bas-ventre en me dandinant, et bientôt je prie pour qu'elles dégagent sinon je vais hurler tellement j'ai mal. Désolé on n'a pas le temps, trop d'enfants à voir, lance Pierre, tandis que les portes de l'ascenseur se referment sur leurs visages déçus.

Il faut encore compter une bonne dizaine de minutes pour sonner à l'interphone, passer au vestiaire – sac-poubelle, blouse, sur-chaussures, double lavage des mains – et avancer péniblement dans les longs couloirs. Pendant ce temps-là, je me récite mon mantra : Tant qu'on ne m'appelle pas, tout va bien.

En néonat', Éléonore est le plus souvent endormie, mais elle ouvre parfois de grands yeux gris tour à tour curieux ou brumeux. Avec elle, j'ai l'impression troublante de devoir tout réapprendre. L'infirmière de jour, Martine, nous a enseigné comment effectuer nous-mêmes ce qu'on nomme ici les petits soins, à savoir le nettoyage des yeux, de la bouche, du cordon, le change de la couche. Elle nous a montré comment débrancher et rebrancher les fils et les capteurs, comment replacer correctement le masque à oxygène quand on la prend contre nous. Au début, quand je la tenais, j'osais à peine bouger, j'avais peur de coincer un tuyau ou d'arracher un tube, ou de la faire glisser et de la réveiller. Mais progressivement je me suis habituée à son poids, incroyablement léger – elle ne pèse qu'un kilo huit cents. C'est comme tenir un petit paquet de farine. J'étudie avec ravissement son visage en me répétant intérieurement : C'est ma petite fille, c'est Éléonore, c'est la mienne, elle était dans mon ventre, parce que j'ai longtemps besoin de m'en convaincre.

Deux ou trois fois, une infirmière de nuit m'apprend au matin qu'Éléonore a beaucoup pleuré, alors elle a mené quelques tests qui n'ont rien donné. Comme d'un autre côté l'interne m'a assuré que ma fille allait bien, je ne sais pas comment réagir : suis-je censée venir ici la nuit la réconforter, ou bien s'agit-il d'un reproche déguisé vis-à-vis du peu de temps que j'ai à lui consacrer en général ? J'avance : Peut-être pleure-t-elle d'être séparée de sa jumelle ? L'infirmière hausse les épaules à cette hypothèse et repart en me laissant avec un sentiment aigu d'impuissance. J'ai beau savoir que je n'ai pas d'autre choix que de confier Éléonore au personnel soignant, je ne peux m'empêcher de repenser aux paroles des psys sur le sacro-saint lien mère-enfant, si important dès la naissance. Mais comment fait-on quand on est séparée de son bébé la plupart du temps ? Et qu'en plus il y en a un deuxième à un autre étage ?

J'envie d'abord l'autre maman, présente toute la journée au chevet de son fils, avant d'apprendre que son arrivée ici a fait suite à un accouchement mouvementé dans une autre maternité. Pire, le personnel soignant là-bas s'est montré odieux. Elle me parle de son bébé, Marcel, je lui parle d'Éléonore et Diane. Nous échangeons nos impressions sur les médecins et les infirmières, trouvons que Martine est très bien, mais que l'infirmière de nuit manque cruellement de tact. Quant à Paul, l'interne, il est génial : il nous fait penser à Carter, un personnage d'*Urgences*, aussi doué dans ses diagnostics que pour parler à ses patients.

La nuit je fais des rêves intenses emplis de catastrophes, de gouffres, de vagues immenses prêtes à m'engloutir. Parfois je suis prise d'un affreux doute : n'avais-je pas un enfant dans les bras, et que j'aurais perdu ? Me voilà tout en haut d'un building de verre, d'où je contemple le vide avec horreur. Je tombe. Dans ma chute, passé le haut-le-cœur vertigineux, je parviens à me rassurer : ce n'est qu'un rêve, je vais me réveiller. D'ailleurs je suis réveillée. Je suis à la maternité. La chambre se dessine progressivement autour de moi, grise, un peu trouble, vaguement familière et pourtant étrange. Quelqu'un s'approche, me dit que les filles sont toujours dans mon ventre. Ce n'est pas pour maintenant, dit la voix. Pourtant je vois un bébé qui se tord dans une couveuse. Il est énorme et grisâtre, avec un visage plissé par la douleur, et il se met à pleurer. Il est à moi aussi celui-là ? Je ne comprends pas les réponses que l'on me fait. Je serais bien tentée de faire semblant de ne pas le connaître, il est si repoussant. Mais alors, même si je l'abandonnais, je saurais qu'en fait c'était le mien. Pourrais-je vivre avec cette trahison, cette lâcheté ?

Lorsque je me réveille pour de bon, que la fenêtre retrouve son emplacement et que les murs se déplient pour reprendre leurs dimensions habituelles, je me récite mon mantra : Tant qu'on ne m'appelle pas, tout va bien.

27

J'avance tout doucement dans le couloir de la réa, avec un fort sentiment d'irréalité, comme lorsqu'on nage sous l'eau. Je distingue du coin de l'œil des machines qui bipent, une forme bleue étendue sur un lit. Surtout ne pas regarder, ne pas chercher à savoir. Ce n'est pas la réalité, ce n'est pas la vraie vie. Ça ne peut pas exister, ces limbes peuplés d'enfants opérés, malades, mourants.

Je m'arrête lorsque je suis face à la bonne porte, et soudain un immense frisson me parcourt le corps.

Diane est morte.

Sinon pourquoi avoir recouvert l'incubateur d'un drap ?

Affolée, je me rue vers la boîte et soulève un pan de tissu bleu. Elle est bien là, vivante, branchée. Autour de moi les boîtiers clignotent, les écrans sont allumés, on entend le léger bruit de soufflerie habituel.

Encore sous le choc, je m'écroule dans le fauteuil, le ventre douloureux, et j'observe ma fille. Diane n'est pas morte, mais son état paraît avoir empiré. Le pansement a les bords suintants et jaunâtres. Sa couche n'a pas été refermée, sans doute parce que tout le haut de ses cuisses, ainsi que sa vulve, sont rouge vif. On lui a retiré son petit bonnet et je découvre son crâne, violacé, bosselé, bizarrement plissé à l'arrière, presque sans cheveux car on lui a rasé la moitié de la tête pour lui poser des électrodes. Je me demande si elle aura un cerveau normal. Avec l'hémorragie qui a pu la priver de sang pendant un moment, comment savoir ?

À l'infirmière qui arrive pour faire les soins, je demande timidement pourquoi on a mis un drap sur la couveuse. C'est pour protéger Diane de la lumière, pour qu'elle soit plus tranquille. Déjà qu'on la dérange tout le temps avec les soins et les prises de sang. L'infirmière aspire les tuyaux, prélève un peu de sang, essuie les yeux et la bouche avec des compresses, change la couche sans la refermer. Voilà Diane, dit-elle doucement, je t'embête encore un peu mais c'est bientôt fini. Ça me plaît qu'elle s'adresse ainsi à mon bébé directement, tant pis si elle est moins aimable avec moi. Et qu'est-ce qui s'est passé pour que la peau soit si abîmée en haut des cuisses ? Elle m'apprend que Diane a fait une réaction allergique à un produit désinfectant, on lui laisse la couche ouverte afin que la peau se répare. Je me sens accablée. Vraiment, jusqu'où ça va aller, à ne pas avoir de bol, comme ça, au tout début de sa vie ?

Avant de partir, l'infirmière me dit qu'en réa on ne donne les infos qu'aux parents, pas aux grands-parents, que ce n'est pas la peine que mon père rappelle ici. Les joues rouges, je bredouille : Pardon, je ne savais pas que mon père avait téléphoné. Elle s'en va en recommandant de bien remettre le drap sur l'incubateur quand je partirai.

Je regarde ma petite fille en essayant de ne pas trop penser à ce que mon père a pu dire d'embarrassant au personnel de la réa, et puis tout d'un coup je réalise : si Diane peut être gênée par la lumière, c'est donc qu'elle doit percevoir des choses de son environnement. Elle peut donc sentir que je suis là, moi aussi, d'une façon ou d'une autre. Il faut que je m'en convainque, parce que passer tout ce temps avec l'impression que ça ne sert à rien, c'est juste déprimant. Je traîne le lourd fauteuil le plus près possible de l'incubateur et je m'assois juste au bord, de façon à pouvoir glisser une main à l'intérieur de la boîte. Je sais que je ne pourrai pas garder cette position très longtemps car j'ai déjà très mal au ventre, mais je me dis que je vais essayer de rester comme ça le plus possible. Je respire l'odeur âcre qui sort de la couveuse, ce mélange de médicaments et de chair tiède, et je murmure :

Diane, ma Diane, mon petit cœur.

Qu'est-ce qu'on t'a fait subir, ma pauvre cocotte.

C'est pas de chance, tout ça. Mais tu ne t'en sors pas si mal, tu sais.

J'ai envie d'ajouter qu'après tout, elle a survécu à son opération, mais j'ai trop peur de tenter le diable en disant ça à voix haute.

Je ne sais pas trop quoi dire de plus, alors je reste là, à lui caresser le front du bout de deux doigts. Je remarque que ses oreilles ont une forme étrange, un peu pointue, qui fait penser à celles des lutins ou des elfes. Ça me rappelle ces légendes celtiques qui racontent que les fées s'amusent parfois à voler les enfants humains pour les remplacer par les leurs, des êtres petits et malingres, souvent méchants. Les gens croyaient que si leur enfant était difficile ou se comportait mal, s'il était souffreteux, trop petit, différent, c'était sans doute un enfant-fée, un enfant échangé à la naissance. Peut-être qu'il était plus facile pour eux de se dire qu'ils avaient un enfant-fée plutôt que de devoir admettre qu'ils avaient donné naissance à un bébé si loin de ce qu'ils avaient espéré.

Je repense au bébé du rêve, ce bébé grisâtre, énorme et informe, le bébé dont je ne voulais pas. Est-ce que c'était une image de Diane ? Est-ce que mon inconscient est traversé d'horribles fantasmes d'abandon ? Non, ce n'était pas Diane, si petite, et toute rose. Certes, je ne l'ai pas vue tout de suite sur l'écran du cabinet de l'échographiste, mais dès que je l'ai vue je l'ai voulue, et ça j'en suis absolument certaine.

Je m'approche encore un peu plus d'elle et, par-dessus les bips incessants des machines et le bruit de soufflerie du respirateur, je lui dis, un peu plus fort cette fois-ci :

Ne meurs pas, Diane, ma cocotte. Ne meurs pas. Accroche-toi. Il faut que tu guérisses, tu comprends ? Tu es mon deuxième bébé, celui que je n'attendais pas. Deux pour une. De l'amour en plus. Ma cerise sur le gâteau. Alors ne meurs pas, parce que, je ne te l'ai pas encore dit, Diane, mais je t'aime. Je t'aime très fort. Dès que je t'ai vue je t'ai aimée et je t'ai voulue. Quand

Peter Sellers nous a dit qu'il y avait huit chances sur dix que tu ne voies pas le jour, eh bien je n'ai pas renoncé, j'ai tout de suite misé sur les deux chances restantes. Je savais que tu allais vivre. Donc ne meurs pas maintenant, Diane, d'accord ?

Je continue, d'une voix de plus en plus ferme : Ne meurs pas, Diane, parce que j'ai besoin de toi. Je sais que c'est très égoïste de ma part de te demander ça, en un sens, mais vois-tu, je sais qu'on ne se remet jamais vraiment de la mort de son enfant, que c'est un deuil impossible. Donc ne meurs pas, s'il te plaît. Fais-le pour toi, et pour moi. Même si tu ne vois pas très bien l'intérêt, là, pour le moment, ne meurs pas.

J'ajoute encore, avec une pointe de colère : Ne meurs pas, parce que c'est pas ça, la vie, Diane, la vie c'est pas encore ça. La vie, c'est pas être enfermée dans une putain de boîte en plastique qui pue avec des tubes partout et des opérations qui foirent et des machines qui sonnent et des piqûres qui font mal. Ça c'est juste un moment merdique, mais après ce sera vraiment bien, crois-moi. Ne meurs pas, et je viendrai te sortir de là, c'est promis. Quand tu n'auras plus toutes ces saloperies de tuyaux accrochés dans ta chair et dans tes veines, je te prendrai dans mes bras pendant des heures et tu n'auras plus jamais mal. On quittera cet hôpital et on sera ensemble avec Éléonore, avec Arthur et papa, et même cet imbécile de chat, et on sera à la maison, tu comprends, la maison c'est un endroit quand même beaucoup mieux qu'ici, même si ici les gens s'occupent bien de toi. Nous on sera ta famille, et une famille c'est fait pour vivre ensemble dans la joie et dans l'amour.

Alors je t'en supplie, Diane : ne meurs pas.

Ne meurs pas ne meurs pas ne meurs pas ne meurs pas ne meurs pas.

28

À côté de la réa, la vie paraît si facile en néonat'. Paul, l'interne, nous livre chaque jour un compte rendu clair et précis. Nous rencontrons aussi deux médecins, une grande brune aux cheveux souples et une petite brune aux cheveux raides, qui nous apportent des informations complémentaires sur Éléonore. Nous comprenons que notre fille se débrouille bien. Au bout de quelques jours elle n'a plus besoin que d'une *PEP* pour respirer, un système de ventilation mécanique beaucoup plus léger que l'*infant flow*, et va pouvoir être nourrie par sonde gastrique. J'en viens à me dire que si c'est ça, avoir un bébé préma, ce n'est pas si terrible tout compte fait. S'il n'y avait qu'Éléonore, il suffirait de rester ici toute la journée dans un fauteuil, le bébé contre soi, en attendant qu'elle grossisse assez pour pouvoir la ramener chez nous.

De jour en jour je manipule avec plus d'aisance son petit corps mou, à la douceur soyeuse, encore couvert de lanugo. Même si au début je n'osais pas trop, à cause des infirmières et de Florence, l'autre maman, je lui chante des chansons et je lui parle en lui faisant les petits soins. Je lui donne des nouvelles de sa sœur et de son frère, je lui indique quand son père viendra la voir, et lorsqu'elle est réveillée, ses grands yeux gris fixés sur moi, j'ai l'impression qu'elle comprend tout ce que je lui dis. Je ne manque pas de la féliciter chaque jour pour ses progrès et de lui dire que je l'aime. Puis je la prends contre moi, directement contre ma poitrine dénudée. Martine nous a appris que le peau à peau s'était d'abord développé en Colombie, où il y avait une pénurie de couveuses, et où l'on s'était aperçu avec surprise que les bébés qui étaient tenus au chaud tout contre leurs parents faisaient des progrès plus rapides que ceux qu'on laissait dans les incubateurs.

En réa le temps passe lentement, aussi immobile que le bébé qui gît dans sa boîte. Je ne croise jamais aucun médecin, seulement des infirmiers ou des infirmières. Pierre est retombé deux ou trois fois sur une sympathique jeune médecin qu'il a surnommée Maldives parce qu'il trouve qu'elle a l'air de revenir de voyage de noces. Maldives lui a donné des nouvelles ni rassurantes ni alarmantes. En résumé, j'ai appris que la tension artérielle de Diane était souvent basse et qu'on avait dû augmenter la dopamine ; qu'on lui avait posé une sonde urinaire ; que la glycémie posait problème, donc elle est toujours sous insuline ; que les chirurgiens sont passés pour refaire le pansement et réintégrer une partie du foie ; qu'ils ne savent pas encore quand on pourra la réopérer pour refermer à cause de cette histoire de tension. Ce sont beaucoup d'éléments précis, bien sûr, mais qui dessinent un tableau que je n'arrive pas à comprendre : Diane va bien, ou ne va pas bien ? C'est grave d'avoir une tension basse et une glycémie anormale, ou bien ce sont des petits soucis ? Je vis avec la peur cramponnée à mon thorax que Diane meure. Pierre, lui, se montre optimiste, comme toujours, ou alors inconscient, je ne sais pas. Il écrit des mails à nos proches où tout semble se passer à merveille, dans lesquels il dit qu'on attend, qu'il faut être patient.

Un après-midi, dans la chambre de Diane, une des machines se met brusquement à sonner. Quatre notes aiguës qui rompent le silence bourdonnant. Qu'est-ce que ça signifie ? Un danger ? Je m'attends à voir quelqu'un débarquer en courant. Personne. Et si tout le monde était accaparé par le sort d'un enfant en train de mourir et qu'on ne pouvait pas se déplacer pour ma fille ? Et si l'infirmière était partie pile à ce moment-là prendre sa pause et n'entendait pas ? J'essaie de me raisonner : il y a forcément quelqu'un au poste de contrôle. Mais la sonnerie retentit de nouveau. Et si Diane avait vraiment besoin d'une dose de médicament alors que moi je suis restée là, à la regarder sans rien faire ? Quel genre de mère laisserait son enfant mourir sous ses yeux ? Je décide d'aller chercher quelqu'un, le cœur battant. Je tombe sur un infirmier, dans le couloir, qui perçoit mon désarroi et m'accompagne dans la chambre de Diane. Il m'explique qu'il faut recharger la cartouche d'Hypnovel, le médicament qu'on lui donne pour la sédater. Mais je vous rassure, quand ça se met à sonner comme ça on a encore largement le temps, il y a un deuxième signal qui se déclenche quand ça devient vraiment urgent. Il met des gants, pioche du matériel dans des tiroirs, manipule les tuyaux, ouvre un des nombreux boîtiers qui entourent la couveuse de Diane, insère une cartouche. Voilà, c'est fait, dit-il en notant quelque chose sur une grande feuille collée au mur. Je vous laisse, ma collègue ne devrait pas tarder à venir pour les soins de quinze heures.

Après l'avoir remercié mille fois, j'examine les écrans et les machines autour de Diane. Il y a beaucoup trop de boîtiers et de signaux pour que je puisse m'y retrouver. Ça m'énerve, je voudrais tellement comprendre. Sur un écran les lettres FC s'affichent en vert, avec deux chiffres qui apparaissent en plus petit, 195 et 100, et en face, en plus gros, le chiffre 138 clignote. En dessous en bleu est indiqué SpO2, avec deux chiffres, 100 et 90, et le chiffre 92 clignote. FC doit vouloir dire fréquence cardiaque, et les chiffres indiqués – 195 et 100 – sont sans doute les valeurs de référence. Quant à SpO2, j'imagine que c'est l'oxygène, et qu'il ne faut pas que ça descende en dessous du pourcentage de 90. Je sais que les boîtiers disposés les uns sur les autres et qui donnent à la chambre ses allures de ville futuriste contiennent chacun un médicament que l'on injecte à Diane en ce moment même. Je me relève pour aller lire la feuille affichée au mur, qui indique dans la case Traitement : *parentérale, medialip/vitalip, dopamine, morphine, Hypnovel, Norcuron, insuline, albumine,*

Claforan. Ça fait beaucoup de produits, mais c'est peut-être normal d'en avoir autant, qui sait. Voyons les choses du bon côté, c'est une chance que tous ces médicaments existent. Il y a cinquante ans, Diane serait sans doute déjà morte. Je ne sais pas si cette pensée me réconforte ou m'effraie davantage.

29

Dernier soir à l'hôpital. Après avoir tiré mon lait, je redescends voir Diane. Il est déjà dix-huit heures, et j'ai dans l'idée de ne rester qu'une heure avant de remonter manger et de me coucher tôt. Je regarde cette petite chose inerte gisant sans défense sous ses tiges de métal, dans son odeur de sang coagulé, et j'éprouve comme à chaque fois une bouffée de découragement. La main passée à travers le rond de l'incubateur, je lui donne sans grande conviction des nouvelles d'Éléonore, tout en effleurant une parcelle de joue barrée d'un scotch. Je sens progressivement le Plexiglas s'enfoncer dans mon poignet, et mon ventre qui tiraille douloureusement. Je change de bras, une fois, deux fois, et puis je finis par refermer l'incubateur pour me renfoncer dans mon fauteuil. Diane est non seulement endormie mais complètement paralysée. C'est idiot de penser qu'elle peut sentir ma présence. Ce ne sont que des illusions dont on se berce pour ne pas voir la réalité en face, à savoir que si je reste une minute ou trois heures ça ne fera absolument aucune différence.

L'infirmière venue faire les soins m'apprend que le chef de service est en train de faire sa tournée, si je veux l'attendre. Les minutes s'écoulent, interminables. J'ai épuisé tout mon répertoire de berceuses. De temps en temps, j'ouvre la couveuse, je caresse pensivement la tête de Diane, je referme. Plusieurs fois je me demande si je ne vais pas laisser tomber.

À un moment j'ouvre de nouveau la couveuse et je raconte à Diane tout ce qui me passe par la tête. Je lui explique pourquoi elle est là, pourquoi on la soigne, son opération qui s'est mal passée, son foie dans le pansement. Puis je lui retrace son histoire depuis le jour de la première écho. J'évoque aussi des choses banales, le déménagement, sa future chambre, le temps qu'il fait, les longues semaines d'hiver qui ont précédé sa venue au monde, le petit matin printanier où je suis allée au yoga sans penser que j'allais accoucher le jour même. Au bout d'un moment, je ne trouve plus rien à dire, alors je chante de nouveau. Comme je n'en peux plus des berceuses, je fredonne les Beatles, Feist, Keren Ann ou Fiona Apple. Pierre me dira plus tard qu'il n'a jamais autant chanté de Radiohead. Pour ma part, de vieux standards de jazz me reviennent tout à coup facilement en mémoire. Aller voir Éléonore c'est un peu comme écouter Ella Fitzgerald, avec sa voix dorée, lumineuse et pleine d'espoir, alors que Diane, ce serait plutôt Billie Holiday – elle a une voix incroyable et terriblement émouvante, et on est heureux qu'elle existe, mais enfin il faut bien admettre qu'au bout d'un moment on a toujours un peu le cafard.

Il est presque vingt-deux heures quand j'entends des voix résonner dans le couloir. Entre alors un grand type aux grosses lunettes carrées et aux faux airs de Cary Grant, accompagné de quelques internes. Il me salue avec un large sourire, puis lance d'une voix forte : Bien, bien, bien, bonjour Diane. Je crois que c'est la première fois que je vois quelqu'un sourire en réa. Il se met ensuite à tripoter des tuyaux tout en me décrivant tranquillement l'état de santé de ma fille, à l'aide de termes techniques, sans se soucier de savoir si je les comprends. Mais je ne lui en veux pas, non seulement parce que je m'aperçois que je saisis presque tout, mais aussi parce que j'apprécie qu'il parle d'une voix sonore et confiante, et non en chuchotant à moitié comme le font tous les gens ici. Il évoque bien le problème de la tension artérielle qui chute trop souvent, et que l'on doit faire remonter, si on veut pouvoir réopérer Diane le lendemain – or on ne peut pas lui donner trop de dopamine non plus, vous comprenez, c'est une histoire d'équilibre –, mais il ajoute aussitôt qu'on va trouver une solution. On pourrait lui administrer une molécule, l'HSHC, qui permettrait de maintenir la pression artérielle à un niveau correct. Il me regarde droit dans les yeux et me dit, toujours souriant : On va lui faire confiance. Jusqu'à présent, elle ne s'en est pas trop mal tirée. Oui, je trouve aussi, je réponds timidement. Bon, on continue comme ça, Diane ? conclut-il de sa voix forte et amicale. Et il referme l'incubateur après lui avoir tapoté doucement le bras.

Lorsqu'il quitte la pièce, je regarde de nouveau ma fille : je me sens fière d'elle. Fière de ce tout petit bout de chair qui a bravé tant d'épreuves. J'ouvre l'incubateur, et à ce moment-là j'ai la certitude que malgré le Norcuron et l'Hypnovel Diane entend tout ce que je lui dis. Et même qu'elle m'écoute très attentivement. Tu as entendu le médecin, Diane, tu t'en sors très bien. C'est bien, ma cocotte. Je te félicite, bravo, tu es super forte. Maintenant, ma Diane chérie, il faut que tu remontes ta tension. C'est très important pour qu'on puisse t'opérer demain et te ramener vite à la maison. Je lui chante une dernière berceuse, deux doigts posés au creux de sa minuscule main gauche, je lui redis que je l'aime et je replace le drap bleu sur l'incubateur. Cette fois-ci, en repartant, j'ai le cœur empli non plus de pitié, mais d'un immense amour. Je n'ai fait que lui parler, et évidemment elle n'a absolument pas réagi, et pourtant c'est un peu comme si j'avais fait sa connaissance. Si tout s'arrêtait maintenant, ce ne serait plus du tout pareil qu'avant, quand je ne savais pas à quel point elle était brave et héroïque. Je me sens heureuse de lui avoir donné ce prénom fort, celui d'une déesse courageuse et libre. Elle ne peut plus mourir, à présent.

À cet instant je le sais, je le sens au fond de moi : Diane va vivre.

30

Je devrais être contente de rentrer chez moi, personne n'aime l'hôpital. Et pourtant je quitte à regret ma chambre, dont j'appréciais le côté épuré, débarrassé du superflu, comme à l'hôtel – ou comme dans cette nouvelle de Yoko Ogawa, *Une parfaite chambre de malade*, dans laquelle la narratrice raconte de façon étrangement paisible le déclin de son frère atteint d'un cancer. Elle décrit minutieusement sa chambre d'hôpital : tout y est fonctionnel, très propre, rangé de façon géométrique. Comme le jeune homme a de plus en plus de mal à tolérer certains aliments, après chaque visite elle jette le sac-poubelle empli des restes de nourriture qu'il n'a pu avaler. La chambre retrouve alors sa netteté, sa propreté immaculée, ce qui provoque chez elle un contentement particulier. Pour elle c'est un lieu rassurant, à l'opposé de celui, chaotique, où elle a grandi.

Je m'aperçois en repensant à cette histoire que moi aussi, malgré l'angoisse, j'éprouvais à l'hôpital une forme de paix, liée à la simplification de mon existence. Repas préparés pour moi, visites des soignantes, lait à tirer à intervalles réguliers. Chaque jour j'ai avalé consciencieusement la totalité des plateaux-repas que l'on m'apportait sans me faire le moindre commentaire sur la qualité de la nourriture. Manger était devenu simplement une tâche à accomplir, pour ne pas avoir faim plus tard et prendre des forces. Cela faisait un contraste bizarre avec tous ces mois où je m'interrogeais sans cesse sur ce que j'avais le droit d'avaler, ou sur ce qui tromperait mes nausées sans me faire prendre trop de kilos.

En rangeant mes affaires, je ressens la petite boule noire, familière. Vais-je réussir à affronter le retour à la vie quotidienne ? Mon cœur se serre à chaque fois que je pense à mes bébés qui vont devoir rester ici, sans moi. Jusqu'à présent, chaque fois que je quittais l'une de mes filles pour aller voir l'autre ou pour remonter dans ma chambre, je me consolais en me disant que je n'étais pas loin, que je pouvais revenir quand je voulais. Mais maintenant, si on me dit : Il faut que vous veniez tout de suite, combien de temps mettrai-je pour arriver ?

Il me reste une dernière chose à faire avant de quitter l'hôpital. À plusieurs reprises, en me voyant parfois si désemparée, les soignantes ont mentionné le nom de la psy de la réa, une certaine Alison Cruz. Avant de frapper à sa porte je passe quand même un accord avec moi-même : si elle me demande de lui parler de mon père, je me barre.

Cheveux noirs, visage délicat, bouche ourlée et grands yeux sombres, la psy porte une paire de lunettes à monture sévère, celle dont on affuble les jolies filles dans les films pour nous faire croire qu'elles sont moches. À côté d'elle je me sens affreuse, mais l'entretien se passe bien. Peu à peu, je me détends. Quand j'en viens à l'accouchement, j'arrive à avouer que, même si ça paraît absurde, j'ai l'impression que tout est de ma faute. C'est à ce moment-là que je fonds en larmes. Il y a une boîte de mouchoirs sur le bureau, qu'Alison Cruz me tend avec un regard compatissant. Cette fois-ci, contrairement à la fois où j'avais éclaté en sanglots devant Ferrand, je n'ai pas honte. Ça fait des semaines que je n'ai pas pleuré et je sens soudain que c'est le bon moment, le bon endroit. Alison Cruz me laisse un instant pour sécher mes larmes puis, avec tact et sensibilité, elle me rappelle que ce sentiment de culpabilité est quasi omniprésent chez les mères d'enfants prématurés, a fortiori quand le bébé doit se faire opérer. Elle ajoute simplement : Vous n'y êtes pour rien, bien sûr, mais il est parfois plus difficile d'admettre que ce qui arrive n'est la faute de personne, et que c'est dû entièrement au hasard.

Dehors le soleil brille, radieux, et mon manteau, celui que je portais le jour où j'ai accouché, est devenu beaucoup trop chaud. Dans la cour de l'hôpital, les parterres de primevères et de pensées exhalent une odeur de terre fraîche. C'est une drôle de sensation, de marcher ici avec mon sac de voyage sur le dos, et plus de bébés dans mon ventre. J'ai l'impression qu'une éternité s'est écoulée. Comme si j'avais été subitement engloutie par l'hôpital, et que je revenais enfin à l'air libre.

Chez moi, le chat m'accueille par un concert de miaulements furieux. Oui, oui Orphée, je suis désolée de t'avoir abandonné comme ça. Je vais dans la cuisine et j'ouvre une boîte de thon dont le chat engloutit quelques miettes, avant de revenir vers moi, visiblement satisfait de mon geste généreux. Quelques gratouilles plus tard, il ronronne, signe qu'il me pardonne. J'espère sans trop y croire que les choses seront aussi simples avec Arthur, mais quand je repense à nos rapports compliqués avant mon départ, et à ses crises quand il est venu me voir à l'hôpital, je doute que des caresses et une boîte de thon suffisent. En guettant l'heure de son retour de la crèche, je ressens une certaine appréhension. Au dernier moment j'ai eu la présence d'esprit de demander à Lucie, la sœur de Pierre, d'aller le chercher. Je n'aurais pas eu le courage d'endurer les questions du personnel sur la santé des bébés. Et puis, je sais qu'elle ne me jugera pas si ça se passe mal avec Arthur.

Tout à coup j'entends la porte s'ouvrir et une petite voix qui fait : Elle est là maman ? puis Lucie qui répond Oui je crois, va voir, normalement maman rentrait de l'hôpital aujourd'hui. J'accours dans l'entrée en m'exclamant : Hey mais c'est mon petit garçon, comment ça va mon cœur ? Arthur vient se blottir contre moi. Tu m'as manqué tu sais, dis-je en embrassant ses cheveux fins de bébé. Je veux l'étreindre plus fort, mais déjà Arthur s'éloigne, esquivant mes baisers. Bon, dis-je à Lucie, ça va, on dirait que je ne lui ai pas trop manqué. Lucie me répond gentiment : Oui, je crois que ça allait, il n'avait pas l'air malheureux du tout. Après, il m'a quand même demandé tous les jours : Elle est où maman ?

Le soir, je donne le bain à Arthur, puis nous dînons ensemble, Pierre, Lucie, Arthur et moi. La soirée est agréable, même si en pensant aux bébés j'éprouve chaque fois une dissonance, une sensation diffuse qu'il me manque une partie de moi-même. Nous bavardons de choses et d'autres, de l'appartement encore en chantier que je pensais avoir largement le temps d'aménager avant la naissance. Je confie mon envie d'un espace tout blanc, simple, épuré. Comme à l'hôpital ? demande Pierre, amusé. Tu plaisantes, tu l'as vu comme moi, l'hôpital c'est le royaume des couleurs criardes et mal assorties, comme au lycée. Les hôpitaux, il n'y a que dans les films que c'est tout blanc, et c'est bien dommage. C'est tellement reposant, le blanc.

Le lendemain, Pierre et moi mangeons un sandwich sur les marches de la maternité pendant qu'on prépare Diane pour le bloc. Nous sortons tout juste de la réa, où l'infirmière nous a appris que l'HSHC, le médicament prescrit par Cary Grant, avait fait effet, et que les médecins avaient pu diminuer la dopamine. C'est grâce à nous tout ça, dis-je à Pierre en plaisantant à moitié, Diane nous a bien écoutés et elle a remonté sa tension. Après tout, qu'est-ce qu'on sait de ce qui se passe vraiment dans son cerveau ? À ma grande surprise – je pensais qu'il allait se moquer de mes élucubrations –, Pierre hoche la tête : Oui, qui sait ? Je pense qu'elle nous entend.

Je fais observer à Pierre les petits groupes d'externes en blouse blanche qui discutent, non loin de nous, sur les marches, l'air si jeunes, de vrais gosses. Avec leurs bonnes têtes de premiers de la classe, commente Pierre, sarcastique. Moi je les envie, dis-je en mordant dans mon beignet au Nutella. Pourquoi ? demande Pierre. Je ne sais pas. Tout savoir sur le corps humain, ne pas être dans cet état pénible d'ignorance et d'impuissance... Je crois que pour ça j'aurais aimé être médecin. Pierre rétorque : Pas moi. Être toujours mal habillé, en blouse et en Crocs, quelle horreur. Je pouffe de rire, manquant de m'étrangler avec mon beignet, puis je confie à Pierre qu'étrangement je ne me sens pas inquiète pour l'opération. Pierre me répond que lui non plus, pas du tout. Tout à l'heure, dans le vestiaire de la néonat', nous avons croisé Florence, la maman de Marcel, et son mari, qui nous ont appris que leur bébé se faisait aussi opérer aujourd'hui, et on s'est souhaité mutuellement bonne chance pour nos enfants d'un ton léger. Est-ce qu'on commence à s'habituer, à s'endurcir ? J'avale la dernière bouchée de mon beignet : Enfin, je ne suis pas inquiète... Espérons quand même que cette fois-ci personne n'ira lui sectionner une veine hépatique.

Je monte en néonat'. Tandis que j'explique à Éléonore que Diane est en train de se faire réopérer, Marie-Claire, l'infirmière du jour, me glisse : Je vais demander à la réa d'appeler ici pour vous prévenir quand Diane sera remontée du bloc.

Tandis que je somnole avec Éléonore en peau à peau, Marie-Claire m'informe en chuchotant que l'opération s'est bien passée. Vous ne pouvez pas aller la voir tout de suite car ils sont en train de l'installer dans un nouvel incubateur, mais les chirurgiens paraissaient contents. Et quand les chirurgiens sont contents, c'est bien, ajoute-t-elle avec un clin d'œil. Aussitôt j'attrape mon téléphone pour envoyer un message à Pierre, avant de me relaver soigneusement les mains au gel hydroalcoolique, parce que Florence m'a dit l'autre jour qu'on trouvait plus de bactéries sur l'écran d'un téléphone que sur le siège des toilettes publiques.

Je reste encore un long moment à caresser le dos d'Éléonore, lovée contre moi à l'endroit où la petite boule noire a relâché imperceptiblement son étreinte, et je me dis que oui, peut-être, nous voilà enfin sorties de toute cette période affreuse.

Le soir, Pierre et moi confions Arthur aux bons soins de Lucie pour retourner voir Diane. On nous indique une nouvelle chambre, de l'autre côté du couloir à droite. Je remarque immédiatement que le mur de médicaments a rapetissé. À l'intérieur de l'incubateur il y a Diane, son ventre enfin refermé, recouvert d'une simple couche de gaze rectangulaire scotchée par des sparadraps. Elle a toujours le haut des cuisses et la vulve brûlés, et son visage paraît encore souffreteux derrière tous ses tuyaux, mais je trouve qu'elle fait un tout petit peu moins de peine à voir. Bravo ma chérie, dis-je à Diane en ouvrant sa couveuse et en lui touchant la main. Tu l'as fait. On a refermé ton ventre sans problème. C'est très bien, continue comme ça, on est très fiers de toi.

Lorsqu'une infirmière arrive pour les soins de vingt et une heures, elle nous propose de les faire nous-mêmes. Je passe doucement un petit carré de compresse imbibée de sérum physiologique sur les yeux de Diane en me disant : Ça y est, c'est un vrai bébé, elle est vraiment là, on peut la toucher et s'occuper d'elle. Quand est-ce qu'elle va se réveiller ? demande Pierre à l'infirmière. Dès l'arrêt du Norcuron. On va essayer de le diminuer progressivement, en faisant des fenêtres, pour voir si elle tolère bien. Ça va prendre combien de temps ? Je ne peux pas trop vous dire. On va la laisser faire à son rythme. Pour le moment elle a surtout besoin de repos.

Avant de partir je murmure : Prends tout le temps qu'il te faut, ma Diane, mais sache qu'on a vraiment hâte que tu te réveilles.

31

Le lendemain soir, Pierre m'apprend que Diane a commencé à moins bien respirer dans la journée, qu'on a dû la brancher à une machine spéciale appelée HFO. Ça s'est passé vers quinze heures, juste avant qu'Annie et lui n'arrivent. Annie, revenue spécialement à Paris, qui se faisait une joie de rencontrer l'une de ses petites-filles... Pierre m'explique que l'HFO est un système de ventilation par oscillation qui envoie de l'oxygène à haute fréquence pour favoriser l'absorption du gaz par les poumons. Il a beau parler calmement, je le sens attentif à ce que je ne panique pas. Peut-être veut-il aussi ménager Annie, qui a l'air très éprouvée. Je te préviens, ça fait un peu comme un bruit de mobylette, on s'entendait à peine parler, fait Pierre en esquissant un sourire. Mais qu'est-ce qu'on t'a dit, tu as vu un médecin ? Pierre hausse les épaules : J'ai vu Maldives, elle n'avait pas l'air spécialement inquiète. Elle a dit que ça allait aider Diane à récupérer après tout ce qu'elle avait eu. Et combien de temps ça va durer, ce respirateur ? Je pose la question mais je sais d'avance que personne n'a la réponse.

Soudain, de nouveau, la sempiternelle petite boule noire m'agrippe le plexus et me coupe la respiration. C'est sans fin. Je n'en peux plus. Dès que je crois que ça va mieux, je retombe dans l'angoisse. Jusqu'à quand vais-je tenir ainsi ? Et pour quoi ? Pour découvrir que Diane va vraiment mal ? Qu'elle va nous lâcher maintenant, après tout ce que nous avons enduré ? J'essaie de faire résonner mon mantra dans ma tête en faisant la vaisselle du soir. La première fois je me dis que c'est stupide, mais je m'obstine, et à force de me répéter *Tant qu'on ne m'appelle pas, tout va bien* en frottant mes casseroles, je me sens un tout petit peu mieux.

Je me précipite auprès de Diane le lendemain, ayant laissé à Lucie et Annie le soin de déposer Arthur à la crèche, car contrairement à ce que j'ai promis à la psy de la réa à ce sujet, je me repose beaucoup sur la famille de Pierre venue en renfort. Dans la chambre de Diane résonne un bruit assourdissant. D'énormes tuyaux s'enroulent autour de mon minuscule bébé comme des tentacules prêts à l'étouffer. On lui a ôté le pansement qui lui recouvrait le ventre et je découvre pour la première fois sa cicatrice : une longue balafre du haut du pubis jusqu'au sternum, tel un serpent rayé et sinueux. Ça fait des creux et des bosses, comme si on avait dû tirer la peau au maximum pour refermer son ventre. Je sens ma noiraude m'obstruer la gorge pendant que j'essaie péniblement de chanter une berceuse que j'entends à peine. J'abandonne. Quand même, les choses ne sont pas simples pour toi, ma pauvre chérie. Il faudrait que tu te mettes à mieux respirer maintenant, ok ? Tu peux le faire, non ? J'ai envie de pleurer, mais les larmes ne viennent pas. Tant mieux, il ne faut pas que je me laisse abattre. Diane n'a pas besoin d'une mère qui chiale à son chevet. Je finis par me lever, et je demande à quelqu'un qui passe dans le couloir si je peux voir un médecin. Je reconnais l'infirmier qui avait gentiment changé la seringue d'Hypnovel. Il me demande : Qui est le médecin de votre enfant ? Sa question me laisse perplexe. Aucune idée, je ne savais pas qu'elle avait un médecin en particulier. J'essaie de lui décrire Maldives : Vous voyez, une jeune femme brune, cheveux au carré, avec une bonne mine, comme si elle revenait de vacances. L'infirmier fait en riant : Ah bon, on a ça chez nous, des gens qui ont bonne mine ? Il m'accompagne dans la chambre de Diane, vérifie quelques données sur la feuille affichée au mur : Je vois qu'on lui a un peu augmenté son oxygène hier soir, et l'HFO a l'air de bien fonctionner. Je surprends un regard de compassion pour ma petite fille, ce que j'apprécie, même si je ne tarde pas à me demander si c'est parce que Diane fait vraiment pitié et qu'elle va peut-être mourir. Vous pouvez passer voir l'interne de garde, suggère l'infirmier, normalement il y a toujours quelqu'un dans le petit bureau à l'entrée.

Lorsque je repars, j'aperçois plusieurs hommes qui discutent avec animation. Je me dis que je ne vais pas les déranger. Si la situation était grave, on viendrait certainement me voir pour m'en informer.

En arrivant dans la chambre d'Éléonore, surprise : son incubateur est inondé d'une lumière bleu électrique. À l'intérieur, Éléonore est allongée sur le ventre, de petites lunettes blanches sur les yeux. Mon cœur s'emballe. Qu'est-ce qu'elle a ? Martine me répond : Oh, elle fait juste une jaunisse du nourrisson, on la soigne avec de la photothérapie. C'est grave ? Pas du tout. C'est très fréquent, et elle sera guérie dans quelques jours. Florence me sourit depuis son fauteuil où elle berce Marcel, revenu de sa petite opération. Elle est si souvent là, bien plus souvent que moi, qu'elle peut même me dire à quelle heure on a mis Éléonore sous la lumière bleue. Regardez comme elle a l'air bien, votre fille, on dirait qu'elle bronze, fait Martine en partant d'un grand éclat de rire. Oui mais j'imagine que je ne peux pas la prendre en peau à peau, c'est ça ? Martine hoche tristement la tête : Les soins seulement. Allons bon, qu'est-ce que je vais faire en attendant ? Et je me tourne vers Florence, désemparée, pour lui confier : Le pire, c'est qu'avec Diane je devrais avoir l'habitude d'être là à ne rien faire. Si seulement je pouvais aller bronzer au soleil, moi aussi… Ou au moins ouvrir cette fenêtre. J'ai l'impression d'être coincée dans un aquarium. C'est tout à fait ça, dit Florence. Moi je rêverais d'aller faire un golf. Alors que je ne joue même pas au golf, c'est dire. Nous éclatons de rire. Il devrait toujours y avoir des golfs à côté des hôpitaux, dit Florence. J'ajoute : Et des spas.

Au moment où je m'apprête à aller chercher Arthur à la crèche, on m'informe que mon lait a été refusé par le laboratoire. C'est cette infirmière qui était de nuit au début qui m'en fait part, cet oiseau de mauvais augure qui m'avait déjà rapporté qu'Éléonore pleurait la nuit. Apparemment on a trouvé trop de bactéries nocives dans les flacons que j'ai apportés. Vous vous êtes lavé correctement les seins avant, comme on vous a dit ? demande la fille d'un air irrité. Je bredouille que oui, bien sûr, enfin je crois. Elle repart et je l'entends dans la salle d'à côté dire quelque chose à ses collègues à propos de bactérie E. Coli. Accablée de honte, je me demande comment des traces de matières fécales ont pu être retrouvées sur mes seins et passer ensuite dans mon lait. Ça ne devrait sans doute pas m'affecter autant, et pourtant en repartant ce jour-là j'ai encore la sensation d'avoir mal fait les choses.

Les jours suivants, aucune amélioration de l'état de Diane, qui fait aussi de l'œdème et gonfle un peu plus à chaque fois que je lui rends visite. La première fois je lui avais trouvé un air remplumé qui m'avait fait plaisir, avant de comprendre que c'était un problème. Je n'arrive toujours pas à obtenir un compte rendu clair de son état de santé général. Pierre m'apprend un soir qu'une médecin lui a appris presque au détour d'une phrase que le deuxième encéphalogramme était beaucoup plus engageant que le premier. C'est-à-dire, le deuxième, a demandé Pierre, elle en avait déjà passé un ? La médecin a répondu que oui, mais que le premier n'était vraiment pas terrible. En un sens, a conclu Pierre, c'est mieux qu'on ne nous ait rien dit à ce moment-là, tu ne penses pas ? Mais alors je me mets à douter : les médecins nous cachent peut-être d'autres informations. Peut-être que l'état de Diane est beaucoup plus dramatique qu'il n'y paraît.

J'ai pris l'habitude de confier mes angoisses à Alison Cruz, la psy de la réa. C'est ce que vous a vraiment dit l'infirmière, que votre lait n'était pas *bon* ? Je confirme, et elle secoue la tête en soupirant : Dire que votre lait n'est pas bon, c'est vraiment… Disons que c'est une formulation parfaitement inadéquate. Votre lait est *très bon*. Vous savez que lorsqu'un bébé tète le sein de sa mère, il avale toutes les bactéries qui se trouvent sur sa peau, et que c'est bénéfique pour lui. Mais là, on est dans une situation spéciale, avec un dispositif médical particulier, puisqu'il s'agit de nourrir un bébé prématuré par sonde. En somme, on demande à votre lait d'être comme un médicament. Alors que c'est quasiment impossible. Elle secoue de nouveau la tête, visiblement agacée, et ajoute : Il ne faut pas vous laisser faire, d'accord ? Les infirmières ont beaucoup de travail, et elles n'ont pas toujours le temps de s'adresser correctement aux parents, mais elles ont le devoir de ne pas vous démoraliser. Vous avez quand même deux bébés hospitalisés. Comme j'évoque aussi les médecins fantômes de la réa, Alison Cruz m'interroge : Vous voulez dire qu'en réa aucun médecin ne vient jamais vous voir quand vous êtes là ? J'ai vu une fois le chef de service, il était gentil, dis-je en repensant à Cary Grant. Peut-être que je ne reste pas assez longtemps, je ne sais pas. Ou que je ne viens pas au bon moment. Pierre vient le soir après son travail, il voit plus souvent des gens, lui.

La psy reste songeuse un instant, puis me demande : Vous ne vous mettez jamais en colère ? Sa question me surprend. Je ne sais pas, pas trop. Enfin, si, je m'énerve contre mon fils, hélas, d'ailleurs beaucoup trop souvent, le pauvre. La psy reprend : Je voulais dire, vous ne vous mettez jamais en colère contre le personnel médical ? Contre les médecins qui ne viennent pas vous donner des informations sur l'état de santé de votre fille ? Ou contre cette infirmière qui vous a dit que votre lait n'était pas bon ? Je souris, puis, un peu mal à l'aise : Je suppose que non, je ne m'énerve pas. Je me dis qu'elles ont beaucoup de travail, qu'elles font ce qu'elles peuvent. La psy se lève et, en me serrant la main, me glisse de manière entendue : Je pense que ce serait bien que vous vous mettiez un peu en colère, maintenant, pour voir.

32

Après cette séance je m'aperçois que je ressens constamment de la colère, mais que je ne l'exprime pour ainsi dire jamais. Je ne me fâche pas contre les médecins ni les infirmières, mais à l'intérieur je bouillonne. Je commence à comprendre qu'il faudrait que ça sorte un peu, d'une manière ou d'une autre, parce que c'est en train de me tuer à petit feu, et de transformer désagréablement mes rapports avec les autres. L'autre jour par exemple, au Monoprix, au moment où je vérifiais les tailles des bodies naissance pour bien prendre le modèle préma quarante-sept centimètres, une dame s'est avancée vers moi et s'est exclamée avec un grand sourire : Oh là là madame, ne prenez pas trop petit, ça grandit tellement vite les bébés vous verrez. Je me suis retournée d'un bond et je lui ai répondu d'un air exaspéré qu'au contraire tout me paraissait *immense* pour mes jumelles prématurées de même pas deux kilos. Ça lui a cloué le bec. Après j'ai eu honte parce que je savais que la dame ne pensait pas à mal, mais en la voyant bafouiller des excuses et battre en retraite j'avoue que j'ai aussi ressenti une sorte de satisfaction sadique. Quelle personne suis-je en train de devenir ?

Un jour, en quittant la réa, je prends mon courage à deux mains et je m'arrête devant le box des internes. Un jeune type en chasuble bleue pianote sur le clavier d'un ordinateur. Je suis la maman de Diane, en salle 7, je voudrais avoir des nouvelles. L'interne cherche dans les dossiers, fouille dans un tas de papiers. Je précise : Elle est sous HFO parce qu'elle ne respirait pas bien, je voulais savoir si ça allait mieux. Le type finit par trouver et me répond, avec un accent étranger : Non, la respiration, d'après ce qui est marqué là, ça va bien. Le problème c'est que depuis cette nuit elle pisse pas. Pardon ? Il répète : Depuis cette nuit elle pisse pas, donc il faudrait régler le problème. Je crois qu'à ce moment-là je suis moins perturbée par ce qu'il m'annonce que par son utilisation du verbe *pisser*. J'ai envie de lui apprendre qu'en français, même si c'est le mot que les internes doivent utiliser entre eux, on ne peut pas dire *pisser* à la mère d'un bébé préma, qu'il vaudrait mieux dire *faire pipi* ou *uriner*. On lui a donné des médicaments, mais maintenant il faudrait qu'elle pisse, récidive l'interne. Et vous savez pourquoi elle ne fait pas pipi ? je demande, en espérant que par mimétisme il reprendra mon expression. On a appelé les chirurgiens, répond l'interne en se carrant dans son fauteuil, ils disent que ce n'est pas lié à la chirurgie. Je demande : Ok, donc, si ce n'est pas lié à la chirurgie, ce serait à cause de son rein malformé par exemple ? C'est là que je me rends compte que depuis la naissance je n'ai plus jamais entendu parler des reins. J'imagine que toutes les investigations commencées en anténatal sont en pause, supplantées par d'autres problèmes plus immédiats. On va voir, on va lui faire des examens, reprend l'interne. On attend de voir s'il faut lui redonner un autre médicament. Mais elle a déjà *beaucoup* de médicaments, ajoute-t-il d'un air embêté. D'accord très bien merci, je conclus, pressée de mettre fin à cette conversation qui a fait remonter mon anxiété d'un cran. Vous pourrez dire au chef de service que son père et moi on reviendra ce soir, et qu'on voudrait le voir ? Si vous nous dites à quelle heure, on s'arrangera pour être là. D'accord, répond l'interne, le chef fait sa tournée entre dix-huit et vingt-deux heures. Je soupire : Bien, alors on sera là entre dix-huit et vingt-deux heures.

Je pense souvent à ce qu'est devenue notre vie, à Pierre et moi. Avant, le samedi soir, on prenait une babysitter et on sortait, ou bien on recevait des amis à dîner. Maintenant on se retrouve à naviguer d'un étage à l'autre d'un hôpital pour aller voir des bébés. Nous avons de la chance, Cary Grant ne tarde pas à passer et nous fait un compte rendu détaillé. Il voudrait voir les chirurgiens de la viscérale pour en apprendre un peu plus sur les reins de Diane, et va aussi recontacter l'ortho pour cette histoire d'hémivertèbres. Qui aviez-vous vu ? demande-t-il. Je donne à regret le nom du chirurgien du lycée en repensant à mes histoires d'adolescence mal digérées. Bon, Diane, c'est pas si mal tout ça, conclut Cary Grant de sa voix confiante. Je regarde Diane, toujours parfaitement immobile dans sa petite boîte, m'interrogeant sur ce que je ressens : inquiète, pas inquiète, rassurée, pas rassurée ? Je ne sais même plus quoi penser. Si seulement elle pouvait se réveiller et ouvrir les yeux.

Pierre, qui trouve ce bilan très positif, me propose d'aller boire un verre. Ça fait tellement longtemps que ça ne nous est pas arrivé qu'en entrant dans un bar rue Amelot je suis prise d'une sorte de vertige. Tous ces gens qui parlent fort et qui rient, insouciants et heureux... Avec Pierre, nos conversations tournent tellement autour de nos enfants que soudain c'est comme si nous n'avions rien à nous dire. Nous essayons tant bien que mal d'autres sujets, les révolutions du printemps arabe, le mariage prochain de William et Kate, la nouvelle série dont tout le monde parle – un truc d'héroïc fantasy avec des clans qui se battent pour un trône, et qui ne me tente pas du tout. Rien n'a le moindre intérêt à mes yeux. Sauf la Syrie, mais c'est intenable. Les milliers de morts, les hôpitaux bombardés, les familles qui fuient la guerre, tous ces gens dont la vie est bien pire que la mienne... Je n'arrive pas à ajuster les proportions de ce drame avec ce que je vis, et j'ai honte d'angoisser pour seulement deux petites filles alors qu'un pays entier a basculé dans l'horreur. Au désespoir impuissant qui m'envahit se mêle aussi une colère absurde envers toutes ces personnes autour de nous qui boivent tranquillement des bières. Non, décidément, même si c'était tentant au premier abord, je ne suis pas prête à quitter l'aquarium pour réintégrer la vie d'avant.

Le lendemain, à notre arrivée en réa, miracle : l'HFO a disparu. Tout est calme dans la chambre de Diane. On entend simplement le murmure habituel des tuyaux et le doux tintement des machines quand elle désature. L'infirmière nous apprend que ça y est, on a arrêté le Norcuron, que Diane va se réveiller bientôt. Elle nous prévient aussi que le lendemain elle doit passer des examens toute la matinée. Quels examens ? demande Pierre. Une écho cœur, un EEG, une écho rénale et une écho des fontanelles. Diane sera de retour vers quatorze heures. N'hésitez pas à téléphoner demain matin pour avoir des nouvelles. Je demande, étonnée : Ah bon, ça ne vous dérangera pas ? L'infirmière réplique : Mais non, pas du tout. Vous savez, on préfère quand les parents nous dérangent un peu trop que quand ils ne nous dérangent jamais. Je ne sais pas si elle a dit ça pour nous, mais sa réflexion me vexe un peu. J'aurais bien aimé qu'on m'apprenne plus tôt que je pouvais aussi téléphoner pour avoir des nouvelles de Diane.

Lundi matin, neuf heures, j'appelle la réa. Après quelques minutes d'attente, on me passe l'infirmière qui s'est occupée de Diane pendant la nuit : Bonjour, je viens d'aller voir Diane, elle va bien, et elle a ouvert les yeux.

J'ai un temps d'arrêt.

Pardon ? Quoi ? Elle a ouvert les yeux ? Vous êtes sûre ?

J'entends l'infirmière rire à l'autre bout du fil : Oui, oui je vous assure. Je lui ai fait les soins, et tout le temps que ça a duré elle avait les yeux grand ouverts.

À quatorze heures pile, je suis en réa. En m'approchant de l'incubateur, j'espère le cœur battant que Diane aura les yeux ouverts.

Oui.

Oh Diane, enfin.

Premier échange de regards.

Bonjour ma puce, je suis ta maman. Comme je suis contente de te voir. Ma voix s'étrangle et une grande bouffée de joie me monte au visage.

C'est comme une seconde naissance, deux semaines après la première.

Tout le temps que l'infirmière passe à aspirer les tuyaux, je reste debout à côté de Diane, mon regard planté dans ses grands yeux étonnés et inquiets. Mon cœur se serre quand je pense qu'elle doit maintenant être vraiment consciente de tout ce qu'on lui fait. Ça y est Diane, j'ai fini, dit l'infirmière, qui ajoute pour moi : Elle désature toujours un peu aux aspis mais elle récupère de mieux en mieux toute seule. Lorsque j'ouvre l'incubateur pour lui prendre la main, l'infirmière m'arrête : Prenez-lui plutôt la main droite, la gauche c'est celle où on lui fait les prises de sang. Le petit visage de Diane s'est déjà contracté très légèrement, comme si elle allait se mettre à pleurer, tandis que je repose sa main constellée de petits points qui sont autant de traces laissées par les aiguilles. Elle anticipe la douleur, dit l'infirmière. Oh Diane, je ne savais pas, je suis désolée… Je caresse doucement du pouce son crâne ébouriffé et je m'empresse de rectifier : Diane, moi je suis ta maman, je ne vais pas te faire de prise de sang. Je voulais juste te faire une caresse, ma pauvre chérie. Je lui fais les petits soins en lui parlant, et Diane a l'air de m'écouter avidement sans décrocher son regard du mien. Je tiens sa main minuscule, la droite, celle qui est en partie plastifiée par la perf', et à un moment je sens comme une pression. Diane a remué les doigts. C'est comme si elle me disait : Ok maman, j'ai compris qui tu étais.

33

Aller voir un bébé avec les yeux ouverts, c'est quand même autre chose qu'aller voir un bébé endormi et paralysé. Je partage la nouvelle avec la terre entière à coups de sms et de mails, et je m'empresse de l'annoncer aux infirmières de la néonat', à Paul, à Florence, et bien sûr à Éléonore : Ta sœur a ouvert les yeux, ma cocotte, c'est pas génial, ça ?

Durant quelques jours les bonnes nouvelles se succèdent, et mes visites en réa deviennent presque agréables. À présent, quand une machine se met à sonner, je ne m'interromps plus, je continue à parler à Diane en cherchant ce qui sonne. Si elle est en train de désaturer, je l'encourage à remonter tranquillement son niveau d'oxygène. Si c'est un médicament à changer, je lui explique que quelqu'un va bientôt venir pour le faire, et j'essaie de trouver une chanson qui se marie bien avec les sonneries. Quand un bip se met à résonner en continu, ce qui arrive rarement mais se produit quand même de temps en temps, j'ai trouvé la parade : je chante la *Pavane pour une infante défunte*, de Ravel, parce que sa tonalité en *mi* mineur se combine très bien avec le *si* aigu de la sonnerie – qui imite le *si* tenu très longtemps, au milieu du premier solo de cor. Je fais bien sûr abstraction du titre, car je n'ai plus l'énergie de m'embarrasser d'angoisses aussi vagues que le nom d'un morceau de musique que je jouais quand j'étais jeune.

On change Diane d'incubateur, opération impossible avant car elle n'était pas stable. On commence aussi à la nourrir par sonde gastrique. Je peux lui apporter mon lait, qui, depuis que je m'essuie les seins avec des mouchoirs en papier plutôt qu'avec une serviette de bain, passe systématiquement les contrôles. Dorian, l'infirmier sympa, m'apprend que Diane ouvre souvent les yeux pendant les soins. Je me dis que c'est bon signe, qu'elle est avide de contacts, qu'elle ressent bien notre présence. Un matin, Dorian soulève la partie supérieure de l'incubateur afin que je puisse embrasser la main de Diane. C'est le premier baiser que je donne à ma petite fille.

Un jour de pluie, je suis en train de manger un sandwich sur le palier, devant la réa, quand j'aperçois Cary Grant. Après m'avoir donné quelques infos sur Diane, il me reparle de contacter les chirurgiens orthopédiques au sujet des hémivertèbres. Prise d'une impulsion soudaine, je fais : Justement, à ce propos, c'est un peu délicat, mais… Le chef de service hausse un sourcil, intrigué. Je tousse un peu pour m'éclaircir la gorge : Est-ce que ce serait possible de changer de médecin ? Je ne remets absolument pas en question les compétences de celui que nous avions vu, mais c'est juste qu'il vient de la même ville que moi, et, bon, je n'ai pas envie, à chaque fois que je viens ici… Cary Grant lève la main pour m'arrêter : Je comprends, aucun problème. Je réponds merci, soulagée de la simplicité de l'affaire. Je ne suis plus cette adolescente mal dans sa peau qui s'ennuyait pendant les voyages scolaires. Je suis une adulte et une mère de trois enfants. J'ose m'imposer face aux médecins. Évidemment, ça aurait été mieux si deux secondes après je n'avais pas fait tomber un bout de tomate dans ma bottine, mais c'est déjà un bon début.

Quelques jours plus tard, je rencontre en réa une femme blonde aux cheveux courts qui se présente comme la médecin attitrée de Diane. J'ai beau me creuser la cervelle, je ne l'ai jamais vue avant. Elle s'assoit tranquillement sur un tabouret et m'annonce d'un air embêté : On a essayé d'extuber Diane la veille pour la mettre sous *infant flow* mais ça n'a pas marché, ce qui est regrettable car ses poumons sont fragilisés par sa longue intubation. La dernière écho du thorax a aussi montré que le canal artériel n'était toujours pas refermé. Je dois enfin vous dire que Diane a été mise sous antibiotiques pour soigner une infection. Elle m'égrène ce chapelet de mauvaises nouvelles sans aucune parole rassurante, et lorsqu'elle se lance dans des explications sur un ton nonchalant je suis à deux doigts de l'interrompre pour lui dire : Ok, j'ai compris, mais ménage-moi un peu s'il te plaît, ça n'a pas été facile jusqu'à présent. Lorsque j'apprends finalement qu'on peut refermer facilement le canal artériel avec de l'ibuprofène ou, en dernier recours, par un geste chirurgical, je me dis : Eh ben pourquoi tu l'as pas dit plus tôt, connasse. En revanche je n'obtiens pas plus d'infos sur l'infection dont souffre Diane – qui s'avérera être un staphylocoque doré. À la fin, la médecin m'interroge sur les malformations détectées en anténatal, me fait une remarque sur ses oreilles, et quand je lui demande pourquoi, qu'est-ce qu'elles ont ses oreilles, elle me rétorque avec un petit sourire : Ah, vous n'avez pas remarqué ? On dirait qu'elles ne sont pas percées. Il y a peut-être un défaut du canal auditif.

En arrivant à l'hôpital le lendemain, je suis d'une humeur de chien. Je n'arrête pas de ruminer : si Diane est incapable de respirer toute seule, qu'elle a une infection et tout un tas de problèmes, quand est-ce que ça va vraiment aller mieux ? Dans l'ascenseur je croise Florence : elle non plus n'en peut plus, chaque fois c'est une nouvelle chose pour Marcel, et personne n'est capable de leur dire clairement ce qui ne va pas. Ces médecins qui se révèlent incapables de communiquer correctement avec des gens malgré leur douzaine d'années d'études, n'ont-ils pas un module de psychologie à valider ? s'agace Florence. Oui, dis-je, ça s'appellerait *Parler aux parents de bébés hospitalisés*. Je propose à Florence d'aller boire un café pour discuter de tout ça mais elle n'a pas le temps, et d'ailleurs à la réflexion moi non plus.

C'est Dorian qui s'occupe de Diane ce jour-là. Dès que j'arrive je m'affale dans le fauteuil sans même dire bonjour à ma fille. Dorian, qui s'apprêtait à partir, me demande si ça va, et je réponds : Non. Il croise les bras et fait gentiment : Allons bon, qu'est-ce qui ne va pas ? Je le regarde à mon tour et je prends une grande inspiration.

J'en ai marre de venir ici tous les jours et de voir ma fille allongée dans une boîte en plastique. J'en ai marre des mauvaises nouvelles, un coup ça va, un coup ça va pas. J'en ai marre de ne jamais voir de médecin, et finalement, quand j'en rencontre une, elle n'est même pas capable de me parler avec un minimum de compassion et sans me faire passer pour une idiote. J'en ai marre d'avoir une fille ici, une fille en haut, et un fils à la maison, et d'avoir l'impression de ne pas réussir à m'occuper correctement d'aucun des trois. J'en ai marre parce que j'en vois pas le bout, de tout ça, que j'ai tout le temps peur pour Diane, et que je suis fatiguée. Et j'en ai marre parce que ça fait presque trois semaines qu'elle est née et que je ne l'ai toujours pas prise dans mes bras.

Je m'arrête là, surprise d'avoir balancé tout ça. Dorian me fait en souriant : Bon, alors, pour tout ce que vous avez dit, je comprends parfaitement, et je ne suis pas sûr de pouvoir beaucoup vous aider… À part pour la dernière chose, évidemment, ça, ça peut s'arranger. Il se frictionne les mains au gel hydroalcoolique puis ouvre la couveuse. Salut Diane, je vais te déranger un peu. On va aller voir maman. Quoi, vous allez me la mettre dans les bras ? je demande, incrédule. Eh bien oui, fait l'infirmier.

Mais je croyais que ce n'était pas possible de la bouger pour le moment, qu'elle désaturait trop à chaque fois qu'on essayait de la changer un peu de position… On va essayer, ok Diane ? Si elle désature trop, on la reposera. Mais il n'y a pas de raison qu'elle ne se sente pas bien dans les bras de sa mère, vous ne croyez pas ? C'est juste que ça demande un peu de patience.

Dorian débranche des tuyaux, déplace des perf', dévisse des tubulures, ce qui lui prend dix bonnes minutes en tout car il doit faire en sorte que tous les fils qui passent habituellement à travers les orifices de l'incubateur soient à l'extérieur. Pendant ce temps-là, j'ai le cœur qui bat à cent à l'heure d'excitation et d'inquiétude. Je tressaille quand Dorian débranche le respirateur qui se met bien sûr à sonner, et je suis en train de me demander si cela valait vraiment la peine de priver Diane d'oxygène pendant ces longues secondes, mais c'est le moment où Dorian la soulève à la fois très délicatement et très rapidement pour me la déposer au creux des mains. Mettez-la contre vous, dans votre T-shirt, tournée face à moi, dit Dorian, et immédiatement il relie les tuyaux qui lui sortent du nez au respirateur. Les bips cessent, bientôt on n'entend plus que le souffle habituel de la machine, et me voilà avec ce tout petit bébé niché contre moi, aussi léger qu'une plume.

Je suis émue, mais je n'ai pas envie de pleurer. Au contraire, je me sens heureuse, tellement heureuse que je pourrais rire aux éclats, et je n'arrête pas de remercier Dorian qui contemple le résultat avec satisfaction.

Vous voulez que je vous prenne en photo ? propose-t-il. Je lui indique où trouver mon téléphone dans le sac-poubelle et Dorian prend quelques photos qu'il me montre pour savoir si je suis satisfaite. Oui, c'est parfait, merci. J'ai vraiment l'air radieux de la jeune maman qui vient d'accoucher. Merci, merci encore, si vous saviez. Je reviens dans une demi-heure, dit Dorian, profitez-bien de votre petit moment toutes les deux.

Je caresse la petite tête de Diane, sa joue, ses bras, sans oser bouger, comme si je tenais une poupée de porcelaine très fragile. Elle est tellement minuscule que ses pieds n'atteignent pas mon nombril. Parfois j'ai un peu peur qu'elle se mette à mal respirer et qu'on soit obligé de me la reprendre, mais je vérifie régulièrement les écrans et les chiffres, et rien ne bouge. Évidemment, lorsque Dorian revient, c'est un arrachement d'un genre nouveau. Cette fois-ci, je le vois refaire tous les branchements en sens inverse en sachant que d'un instant à l'autre il va me l'enlever pour la recoucher dans sa boîte en plastique. Ça y est, elle n'est plus là. À sa place, mon T-shirt un peu béant laisse entrer un air froid, et je réalise à quel point elle était chaude et douce contre moi.

34

Crèche, néonat', réa, néonat', réa, crèche. Bonjour, je suis la maman de Diane. Bonjour, je suis la maman d'Éléonore. Bonjour, je viens chercher Arthur. Sac-poubelle, blouse, sur-chaussures, lavage des mains, relavage des mains. Dans un sens, dans l'autre. Je me sens constamment coupée en deux, en trois, en mille morceaux. Un jour, après avoir sonné à l'interphone de la réa, *Bonjour, je suis la maman d'Éléonore*, grand silence. Une voix, méfiante : Il n'y a pas d'Éléonore. Je reste interdite un moment, avant de corriger : Non, pardon, je ne suis pas la maman d'Éléonore, je suis la maman de Diane. Attendez, vous venez voir qui au juste ? fait la voix, encore plus suspicieuse. Diane. Je suis la maman de Diane. Éléonore est au-dessus, en néonat'. Ouvrez-moi, bon sang, je me suis juste gourée d'étage.

Un matin, j'entre dans la chambre d'Éléonore en m'apprêtant à saluer Florence et Marcel, mais c'est un autre bébé dans le berceau. Un grand monsieur barbu somnole dans le fauteuil à côté. Où est Marcel ? Marie-Claire m'apprend qu'il a dû se faire réopérer en urgence et qu'il a été admis en réa. C'est comme un grand ébranlement. On peut donc passer des soins intensifs à la réa, comme ça, du jour au lendemain ?

Je croise Florence et son mari à la terrasse de la cafèt' quelques jours plus tard. La mine défaite, ils m'apprennent que Marcel a sans doute une maladie rare, que les médecins ne parviennent pas à identifier avec certitude, mais les hypothèses émises pour le moment sont toutes plus terrifiantes les unes que les autres. J'écoute, abasourdie, en songeant : C'est affreux, quelle injustice. Les jours suivants, j'attends anxieusement d'en apprendre plus, de découvrir que les médecins se sont trompés, qui sait, mais je ne croise ni Florence ni son mari. Lorsque je demande des nouvelles aux infirmières de la néonat', je vois bien qu'elles esquivent.

Je regarde Diane, ses grands yeux plongés dans les miens, et je me demande inlassablement : Pourquoi Marcel et pas elle ? Pourquoi Marcel qui va peut-être mourir et elle qui va vivre ? Cette question me hante. Je sens les larmes couler sur mes joues. Une infirmière me demande ce qui ne va pas. Je lui parle de Marcel. Elle commente : Oui, il y a parfois des drames ici, c'est triste. Pourtant elle ne paraît pas si triste que ça. Habituée, peut-être. Mais je suis à peu près sûre qu'il y a des infirmières qui pleurent aussi parfois, le soir.

Florence me manque. J'aimais discuter avec elle, on partageait nos expériences du monde médical, et surtout on riait beaucoup. L'autre père passe sa journée dans le fauteuil à regarder son bébé d'un air inquiet, et de temps en temps la mère est là, en chaussons et en robe de chambre, l'air hagard. Ils se parlent entre eux uniquement, m'adressant à peine un regard. En réalité, ça me va très bien comme ça. On ne peut pas tout partager. Au début, j'étais surprise que certains parents ne prennent même pas la peine de me saluer dans les vestiaires de la néonat'. À présent je comprends mieux. Chacun son malheur.

Une médecin de la réa apprend à Pierre que d'après la dernière écho du thorax le canal artériel s'est finalement refermé tout seul, sans médicaments. L'infection a diminué, Diane répond bien au traitement par antibiotiques. En revanche elle est toujours labile, sa tension varie encore beaucoup et ses besoins en CO_2 restent très fluctuants. On envisage quand même de l'extuber prochainement. Pierre ajoute en souriant : Les infirmières ont noté de plus en plus de signes d'énervement pendant les soins, Diane serre fort ses poings dès qu'on commence à la manipuler. Je soupire : Tu m'étonnes qu'elle serre fort les poings, elle aussi en a ras-le-cul de la réa. Devant ma mine déconfite, Pierre est obligé de préciser : Ce sont de bonnes nouvelles dans l'ensemble. Je sais, je sais… Le lendemain il est prévu que ma mère aille voir Diane et ça me stresse horriblement. Elle est entre deux chimios. Je n'ai pas envie qu'on ait une mauvaise surprise, comme Annie avec l'HFO.

Mon Dieu, que c'est impressionnant, murmure ma mère en entrant dans la chambre de Diane. Tous ces médicaments pour ce tout petit bébé… Oh, là ça va, il y en a beaucoup moins qu'avant, dis-je en ouvrant immédiatement l'incubateur. Bonjour Diane, c'est maman, et aujourd'hui il y a aussi ta grand-mère. Je me tourne vers ma mère : Vas-y maman, tu peux la toucher pour lui dire bonjour, mais ne caresse pas sa main gauche parce que c'est là qu'on la pique tous les jours. Ma mère hoche la tête en silence puis retourne se frictionner les mains au gel hydro-alcoolique, bien qu'elle l'ait fait deux minutes avant dans le vestiaire. Elle s'approche de la couveuse : Un si petit bébé… et puis cette énorme cicatrice… Oui, tu as vu, sacrée blessure de guerre, dis-je pour plaisanter. Mais ma mère a l'air bouleversé. Je ne m'attendais pas à ce qu'elle le soit autant, elle a travaillé aux urgences durant ses études de médecine, elle a vu mon oncle juste après son accident de voiture, et a même probablement sauvé la vie de mon cousin préma en prenant la décision d'ôter le tuyau avec lequel il avait été mal intubé. Aujourd'hui on dirait que c'est elle la novice et moi l'habituée. Heureusement qu'elle n'a pas vu Diane les premiers jours avec sa tête d'oisillon tombé du nid. Je trouve d'ailleurs que pour cette visite exceptionnelle Diane se met bien en valeur : elle nous regarde intensément avec ses grands yeux profonds, en esquissant parfois des mouvements de succion avec la bouche. Pendant les petits soins, elle parvient même à bouger un peu ses mains et ses pieds. Et puis, je suis contente que ce soit Juliette son infirmière du jour, une petite jeune qui vient d'arriver dans le service et qui est toujours de bonne humeur – peut-être parce qu'elle n'a pas encore eu trop de situations horribles à gérer. Juliette nous annonce joyeusement que Diane tolère très bien l'alimentation et qu'on va pouvoir augmenter le gavage à deux milligrammes par heure. C'est bien, pour ma mère, ça fait des bonnes nouvelles.

De retour dans le vestiaire, je demande : Ça va, maman ? parce que ma mère est très silencieuse. Pendant deux secondes j'ai peur qu'elle se sente mal, et je sais qu'il n'y a rien pour s'asseoir ici, j'en ai fait l'amère expérience quand je pouvais à peine marcher après ma césarienne. Oui, oui, moi ça va, répond ma mère, c'est juste qu'un si petit bébé qui doit vivre tout ça… Je ne sais pas trop quoi répondre, alors je me contente de l'aider à enlever ses surchaussures et sa blouse. Tu jettes tout ? demande ma mère en me voyant ouvrir la grosse poubelle. Eh bien, oui, c'est pas très écolo je sais, mais c'est comme ça. Donne, dit ma mère, ça nous fera des blouses pour peindre les lits de tes filles, je comptais m'y mettre pendant que tu vas voir Éléonore. Mais non maman, repose-toi, les lits c'est pas urgent, on ne sait même pas quand les filles vont pouvoir rentrer à la maison… Mais si, ça ne me dérange pas, répond ma mère, je peux bien faire ça pour vous. Je me demande avec une pointe de malaise ce que je fais, moi, pour aider ma mère. J'aurais tellement aimé qu'elle puisse rencontrer Éléonore, ça l'aurait sûrement réconfortée, mais à la différence de la réa, en néonat' seuls les frères et sœurs des bébés sont admis, à condition d'obtenir l'accord de la psychologue du service. Comme si elle lisait dans mes pensées, ma mère demande soudain : Et au fait, Arthur a pu aller voir Éléonore ? Je secoue tristement la tête : Non. On a contacté mille fois la psy de la néonat', mais elle n'a jamais donné suite. Et ton père ? Non plus. Je lui ai indiqué les jours et les horaires, mais apparemment ça ne colle jamais avec son emploi du temps.

35

Éléonore a dépassé les deux kilos et devient chaque jour plus adorable : son visage s'arrondit, ses membres autrefois tout flasques sont à présent tout potelés, et on peut l'habiller, pour la plus grande joie des infirmières qui piochent tous les matins dans les tenues tricotées par ma mère. Dans ses gilets taille poupée, ses chaussons minuscules et ses bonnets assortis, le tout gansé de rubans Liberty, Éléonore est de loin le bébé le plus chic de toute la néonat', comme le dit Marie-Claire en examinant avec admiration les différents points de tricot utilisés. Vous avez de la chance d'avoir une mère aussi experte, moi je n'en suis pas encore à ce niveau-là. Et vous, vous tricotez ? Eh non, je n'ai pas ce talent.

En revanche je me sens devenir chaque jour plus experte en soins aux nourrissons, grâce aux infirmières qui partagent avec nous leurs techniques. J'ai appris les bains enveloppés, qui consistent à plonger doucement Éléonore dans l'eau chaude, emmitouflée d'une fine serviette, ou la façon de calmer ses pleurs en regroupant ses quatre membres dans une main. Ou encore l'astuce qui consiste à bien appuyer la tétine du biberon contre le palais pour stimuler la succion. Avec Pierre parfois on se demande comment on a fait pour y arriver avec notre premier enfant, pourquoi personne ne nous a appris tout ça plus tôt.

J'adore ces moments passés auprès d'Éléonore. Chaque fois c'est trop court, et je la quitte toujours à regret. Mais je commence tout doucement à accepter le fait qu'avec des jumelles je ne pourrai jamais être dans une fusion totale avec mon enfant, comme je l'ai été avec Arthur. Avec des jumelles, quand on a un bébé dans les bras, même si on essaie d'en profiter à fond, on pense toujours à l'autre.

En réa, l'ambiance autour de Diane s'allège de jour en jour. Dorian, qui passe régulièrement discuter avec moi, me glisse une fois en souriant : Juliette m'a encore volé Diane au triage ce matin. Et en effet c'est presque toujours Juliette que je retrouve, alors qu'avant je rencontrais chaque jour des personnes différentes. Ça me fait plaisir de me dire qu'à présent on confie ma fille à la petite novice. C'est donc que Diane doit être une patiente facile, hors de danger. Je suis rétrospectivement reconnaissante envers toutes les infirmières qui l'ont soignée pendant les premiers jours d'horreur muette. Je les trouvais froides et trop silencieuses, mais peut-être étaient-elles juste concentrées sur leur travail et habitées par la crainte de devoir m'annoncer le pire.

Un beau jour, Diane est extubée et mise sous *infant flow*. Lorsque j'arrive ce jour-là pour les soins de quinze heures, comme elle n'a plus de tube dans la gorge, je l'entends pour la première fois émettre des sons. J'en suis toute retournée. Diane pleure. Ça fait tellement bébé normal que je m'en réjouirais presque. Oui, ses cris ressemblent à ceux de n'importe quel bébé – même si en réalité, comme je l'ai découvert en arpentant chaque jour le long couloir de la néonat', chaque bébé a son pleur, unique et reconnaissable.

À compter de ce jour on nous autorise à lui mettre un bonnet et des chaussons, et ces accessoires la rendent immédiatement moins vulnérable. On a même le droit de déposer un doudou dans sa couveuse, alors je lui apporte son lapin à grandes oreilles, le même que celui déposé dans le berceau d'Éléonore, un étage plus haut.

C'est Pierre qui m'apprend un vendredi soir qu'on parle de transférer Diane en néonat'. Je lui demande dans combien de temps, mais il l'ignore. Est-ce que ce sera l'affaire de deux ou trois jours, d'une semaine ? Plus ?

Le lendemain, en sonnant à la porte de la réa, on nous annonce qu'on est précisément en train de préparer Diane pour la monter à l'étage supérieur. Je me précipite au troisième tandis que Pierre reste au deuxième pour accompagner Diane pendant son transfert. Je fais les soins à Éléonore tout en lui parlant avec excitation : Diane arrive, ma cocotte, tu vas revoir ta sœur jumelle. Je n'arrête pas de faire des allers-retours à la porte pour guetter son arrivée.

Tout à coup je vois s'approcher un chariot qui roule vers les soins intensifs. Diane ici, c'est à peine croyable. Les infirmières se précipitent pour la saluer comme une star : Enfin, la voilà, la jumelle ! C'est Pierre qui prend Diane dans ses bras et qui doucement la rapproche du berceau d'Éléonore, qui dort. D'ailleurs Diane aussi dort, et on aimerait pouvoir les réveiller toutes les deux afin qu'elles profitent de cet intense moment d'émotion, mais non, Éléonore ouvre vaguement un œil avant de le refermer. Nous nous contentons de les prendre en photo ensemble, sous le regard attendri de toute l'équipe. Martine me souffle alors, avec un clin d'œil : Nous on voulait les mettre dans la même chambre, parce que des jumelles dans deux chambres différentes c'est juste une aberration, mais bon… Demain c'est dimanche. Les médecins ne sont pas là, on verra ce qu'on peut faire.

À notre arrivée, le dimanche, les infirmières chuchotent d'abord entre elles, puis nous font : Allez chercher Éléonore. On dépose délicatement Éléonore à côté de Diane, dans son petit berceau en Plexiglas, et tout à coup les voilà, les deux bébés qui dorment sur le drap bleu. Vous ne le direz pas aux médecins bien sûr, recommandent les infirmières, penchées au-dessus du berceau. Donc Paul il ne compte pas, c'est ça ? fais-je en riant, parce que Paul est là, juste à côté de nous. Ah, mais Paul c'est pas pareil, tant qu'il est interne il est encore de notre côté, dit Martine. Oui, il sait qu'il peut nous donner des ordres, mais pas trop non plus, ajoute malicieusement Joëlle, une infirmière au rire communicatif, qui porte toujours de beaux foulards colorés dans les cheveux. Ah, l'immense pouvoir de l'interne, conclut Paul en souriant.

Le lundi, nous apprenons que Diane a de nouveau une infection : impossible de la laisser faire la sieste avec sa sœur. Et comme Éléonore doit quitter dès le lendemain les soins intensifs pour rejoindre la partie médecine de la néonat', il n'est plus question de les mettre dans la même chambre. Éléonore part avec les félicitations de toute l'équipe – les médecins sont absolument ravies de son impeccable petit parcours de bébé préma – et je suis moi-même heureuse, mais je ne peux m'empêcher d'être déçue de savoir que mes filles seront de nouveau séparées. Les retrouvailles auront été de courte durée.

36

Je me dis que je tiens bon, sans voir que je m'épuise, lentement, silencieusement. Je fais ce que j'ai à faire sans me poser de questions. Je m'occupe d'Arthur, des courses, de la maison. Pierre a repris le travail, et il enchaîne directement avec l'hôpital, le soir, après avoir avalé un sandwich dans le métro. De temps en temps, des amies m'invitent à dîner, mais je décline : trop fatiguée. En dehors de ma famille, je ne vois personne. Les gens me demandent : Tu vas voir tes filles tous les jours ? Je ne comprends pas cette question. Que pourrais-je faire d'autre ? Ma vie entière est à l'hôpital, dans l'aquarium. Je ne porte plus aucun bijou, je ne me maquille plus, je m'habille n'importe comment. Mes mains sont constellées de petits boutons à force d'être enduites de gel hydroalcoolique. J'ai le souvenir d'un printemps radieux, mais en dehors des sorties au parc avec Arthur je ne prends jamais l'air, je ne vais jamais me balader. Je ne déjeune jamais ailleurs qu'à la cafèt' de l'hôpital, bien qu'on m'ait indiqué plusieurs restaus sympas dans le coin. J'enchaîne les allers-retours en métro le plus rapidement possible, le nez collé à ma montre afin de caler mon horaire d'arrivée sur celui de la tétée d'Éléonore. Ne pas oublier de la peser avant et après, de façon à noter le plus précisément possible la quantité de lait absorbée. Ne pas la laisser s'endormir en plein milieu, la réveiller si besoin en lui frottant les joues ou en lui froissant le lobe de l'oreille, comme les infirmières me l'ont montré. J'ai toujours un peu de peine lorsque je dois la poser sur la balance alors qu'elle est toute chaude, déjà prête à se rendormir, mais c'est comme ça. Je fais ce qu'il faut faire. J'essaie de ne surtout pas approfondir le douloureux sentiment d'abandon que j'ai chaque fois en la quittant, puis en quittant Diane. Une sorte d'émiettement du cœur, que je ressens en les laissant seules dans leur petit berceau, mais que je préfère ignorer, parce que c'est insoutenable.

J'ai mes petites habitudes. Chaque jour, je mange une salade de la cafèt' et un beignet au Nutella accompagné d'un café, assise sur les marches de la maternité, et j'observe les gens. L'hôpital est un monde en soi. Personnel médical en pause cigarette, groupes de jeunes médecins qui déjeunent ensemble, ambulanciers qui amènent le prochain patient. Femmes enceintes à divers stades de leur grossesse, parents inquiets avec leur enfant, proches venus célébrer la naissance d'un bébé – des personnes de toutes origines, de toutes religions, de tous milieux sociaux. Une fois j'ai vu tout un groupe de gens avec des ballons, des femmes, des hommes, plein d'enfants, et même un ou deux chiens. Je me suis demandé si on les laisserait tous entrer, rendre visite à l'enfant malade, ou à la mère et son nouveau-né. Je me suis dit que c'était beau d'arriver ainsi au monde et d'être accueilli comme ça, par toute une communauté.

Maintenant que Diane est en néonat', je vois très souvent les médecins. Les deux femmes brunes, la grande et la petite, viennent régulièrement s'assurer de sa bonne adaptation. Elles m'expliquent qu'on va récapituler tout ce que l'on sait sur son état de santé et son syndrome, puis faire de nouveaux examens pour voir si on peut en apprendre plus. Ça y est, je vais de nouveau angoisser à l'idée que mon bébé ait une maladie monstrueuse, et puis je décide que non, ça ne sert à rien. On verra bien.

Avec l'autre maman de la chambre d'Éléonore, on se salue poliment, mais on ne se dit pas grand-chose. J'apprends simplement que son petit garçon de trois mois, Isaac, a été opéré d'une malformation cardiaque. Il fait beaucoup de bruit en respirant, et j'ai beau dire à la maman que ça ne me dérange pas, pauvre petit, elle continue régulièrement à s'en excuser. J'aime quand elle lui chante des berceuses en hébreu, et je m'aperçois rapidement qu'elle fait en sorte de me laisser l'unique fauteuil de la pièce pour allaiter sans que j'aie besoin de le lui demander. Elle a compris que je ne pouvais jamais rester très longtemps de toute façon, que j'avais une autre fille au bout du couloir.

On nous annonce qu'Éléonore atteindra bientôt deux kilos cinq. Ce n'est qu'une question de jours avant qu'on puisse la ramener chez nous. Joie d'en avoir une à la maison, tristesse de devoir laisser l'autre à l'hôpital.

Le départ d'Éléonore me cause un petit stress car on me défend de lui faire prendre le bus ou le métro. Il me reste le taxi, mais je ne possède pas de siège auto. Comme on me suggère d'investir, j'explique que je n'ai ni voiture ni permis, révélation qui occasionne comme d'habitude des exclamations étonnées, amusées, voire carrément apitoyées de la part de certaines infirmières. Je finis par emprunter une nacelle à l'hôpital grâce à l'aide de Michèle, la secrétaire de la néonat', qui me montre patiemment comment accrocher l'engin et y ficeler mon minuscule poupon, et cela pendant un temps si long que je me demande s'il n'aurait pas mieux valu que je rentre à pied avec mon bébé calé dans mon coude.

Même s'il est chaque fois plus difficile de quitter Diane après mes visites, je suis contente d'avoir Éléonore avec nous à la maison, et rassurée, car elle a l'air de s'acclimater très bien à sa nouvelle vie. C'est un bébé facile, qui pleure très peu, mange à heures fixes, dort bien et grossit bien. Des infirmières de l'HAD, l'hospitalisation à domicile, passent la voir tous les deux jours et paraissent très satisfaites. Néanmoins, son arrivée entraîne une gymnastique domestique complexe. Une dame d'une association que l'on m'a recommandée à l'hôpital vient garder Éléonore quelques heures pour que je puisse rendre visite à Diane. J'ai sans cesse l'œil sur ma montre car il faut aussi libérer cette dame à temps. Il ne me reste guère que deux heures et demie par jour avec Diane. C'est horriblement peu. Mais je vois davantage Pierre, qui n'a plus qu'une fille à visiter, et qui rentre vers vingt-deux heures. Parfois je dors déjà, alors nous nous parlons la nuit, lorsqu'Éléonore se réveille en geignant faiblement parce qu'elle a faim. J'alterne sein et biberon, ce qui s'avère bien pratique car Pierre ou l'aide à domicile peuvent aussi la nourrir. Éléonore s'accommode parfaitement des deux. Je regrette de ne pas avoir adopté cette méthode d'allaitement mixte pour Arthur, ce qui m'aurait sans doute évité beaucoup de fatigue et de douleurs. Dire qu'on m'avait assuré que si le bébé prenait des biberons il ne voudrait plus du sein. On m'avait dit la même chose pour les tétines, que c'était très mauvais de façon générale, alors qu'en néonat' on en donne à tous les bébés. Ça aide à les calmer, ça leur apprend à téter, et surtout, dès qu'on doit leur faire une prise de sang, on imbibe l'embout d'un peu de saccharose liquide pour faire passer la douleur.

À mon grand soulagement, Arthur se montre adorable avec Éléonore. Avec moi en revanche, même si l'on vit de bons moments, les crises perdurent. Maintenant que j'ai un petit bébé dans les bras et encore moins d'heures de sommeil, je lui en veux davantage de me faire subir ça. Ce n'est pas de sa faute, ce n'est pas de ma faute, mais alors que faire ?

Le jour où Arthur fait tomber le tire-lait électrique pendant que j'ai le dos tourné, je lâche tout à Alison Cruz. Non, ce n'est pas juste le stade des deux ans, dit-elle posément, l'air soucieux. Pendant un moment, je me sens parfaitement démoralisée. C'est de ma faute, je ne sais pas comment m'y prendre avec mon propre enfant. Alison Cruz balaie ça d'un revers de main et me pose une question précise : Comment lui avez-vous annoncé que vous étiez enceinte ? À ma grande surprise, je ne sais pas quoi répondre. Je finis par avouer que je n'en ai aucun souvenir. Au moment où Pierre et moi avons annoncé ma grossesse à Arthur, il était sans doute déjà au courant, probablement depuis l'enterrement de ma grand-mère, quand mes cousins ont deviné ma grossesse. Je revois tout le monde me féliciter joyeusement, mon grand-père lever son verre à ma santé en disant que c'est la vie qui continue, que ça aurait fait plaisir à Mamie. Et Arthur, où était-il à ce moment-là ? Certainement non loin, à fureter entre nos jambes. Il a dû se sentir terriblement mis à l'écart. Une vague de culpabilité grandit en moi et me submerge. J'ai tout raté. Alison Cruz sourit : Mais non. Vous allez le lui dire maintenant. Vous allez lui reparler de l'enterrement de votre grand-mère, mais aussi de la découverte de votre grossesse. Vous lui raconterez toute l'histoire jusqu'à l'accouchement. Je proteste : Mais il ne va rien comprendre, il est si petit encore. Utilisez des mots simples, dit Alison Cruz, vous verrez bien.

Le jour même, je m'exécute. Pendant que je lui parle, Arthur s'amuse à faire rouler ses petites voitures et fait semblant de ne pas m'écouter. Quand j'ai fini, je dépose un baiser sur son front en lui disant que je l'aime, et je m'en vais.

Le soir, l'atmosphère est différente. Le bain se passe bien, le repas se déroule sans heurts, le coucher est apaisé. Les jours suivants, les colères ne disparaissent pas complètement, mais leur nombre diminue de façon spectaculaire. Lorsque je revois Alison Cruz, je lui dis : Merci, c'est miraculeux, c'est incroyable, ça a tout changé. Même si j'aurais bien aimé entrevoir cette solution beaucoup plus tôt, je suis heureuse que quelqu'un ait enfin trouvé une réponse adaptée à ce problème qui durait depuis des mois. Est-ce que vous avez un cabinet, en dehors de l'hôpital, où je pourrais venir vous voir ? Alison Cruz m'apprend que oui, mais c'est un peu loin. Ce n'est pas grave, je réponds, je suis prête à traverser tout Paris s'il le faut. C'est en banlieue, reprend-elle, un peu embarrassée, ce à quoi je répète : Ça me va, je vous assure. Vous avez une voiture ? Non, je n'ai même pas le permis. Alors il faudra prendre le RER, dit Alison Cruz. Eh bien, je prendrai le RER. Ça ne peut pas être pire que le bus.

37

Arrive le mois de mai, et avec lui la grande transhumance des internes, comme nous l'apprennent les infirmières sous la forme d'un petit discours préventif : Attention, demain, les internes changent de service, alors surtout ne demandez rien aux nouveaux et aux nouvelles. Ils risquent de vous raconter n'importe quoi. Si vous avez des questions, vous venez nous voir. Mais, du coup, ça veut dire que Paul s'en va ? fais-je tristement. Ah ça, nous aussi on l'aimait bien, Paul, soupire Martine. Oui, ça faisait longtemps qu'on n'avait pas eu un interne comme ça, renchérit Marie-Claire. Vous voulez dire qu'ils ne sont pas tous comme lui, les internes en soins intensifs ? Les infirmières éclatent de rire : Comme Paul ? Non, Paul, c'était une perle rare. Il va nous manquer. Vous verrez demain, on vous aura prévenus.

Au cours des jours suivants, plusieurs jeunes gens en blouse et en baskets viennent voir Diane. C'est presque amusant de constater que j'en sais parfois plus qu'eux.

L'un confond omphalocèle et *laparoschisis*. J'ai envie de lui expliquer la différence, mais je comprends que les internes ont leur petite fierté. Globalement, il leur suffirait d'aller poliment demander toutes les infos dont ils ont besoin aux infirmières, mais ils préfèrent se débrouiller tout seuls. Écoutez, dis-je une fois à un jeune gars, je pense que l'infirmière de Diane sait certainement mieux que moi la quantité de lait prise au dernier repas, vu que je viens d'arriver. Un jour, une autre m'annonce froidement, entre deux portes, qu'on a constaté une anomalie de la colonne vertébrale chez Diane pouvant entraîner des paraplégies. Je lui réponds que Diane bouge les jambes. Je repars quand même vaguement épouvantée, en m'efforçant de ne pas paniquer car je sais à présent comment les diagnostics vont et viennent. Le lendemain, je me lance à sa recherche pour en apprendre plus, et elle me répond tranquillement que non, finalement il n'y a pas d'anomalie vertébrale à cet endroit-là. Et si je n'étais pas venue la voir aujourd'hui elle ne m'aurait rien dit, vous vous rendez compte ? je fais à Nathalie, l'infirmière qui s'occupe de Diane ce jour-là. Nathalie lève les yeux au ciel : Oui, celle-là elle a un peu de mal à communiquer, je peux vous dire qu'avec nous c'est pas terrible non plus.

J'apprends de plus en plus à me passer des infos des médecins. Je me dis que plutôt que médecin, c'est infirmière que j'aurais voulu être. Ce sont elles que je côtoie vraiment, avec les aides-soignantes, et je finis par les connaître presque toutes. Il y a bien sûr Martine, avec son grand rire tonitruant qu'on entend du bout du couloir. Marie-Claire, la tricoteuse, dont j'aime les grands yeux bleus pétillants. Joëlle, toujours de bonne humeur, avec ses foulards colorés, qui a fait de l'humanitaire au Soudan du Sud et qui trouve la néonat' reposante à côté. L'infirmière oiseau de mauvais augure, que je croise de loin en loin, qui a annoncé récemment qu'elle était enceinte. Et puis il y a Nathalie, Kadidia, Alexandra, Fabienne… Il y a aussi Michèle, la secrétaire, qui est toujours prête à me rendre service malgré ses airs bougons. Que des femmes, contrairement à la réa, où l'équipe est mixte. J'en fais une fois la remarque à Joëlle, qui répond en ricanant : C'est parce que les hommes aiment jouer les héros. En réa on donne plein de médicaments, il y a des tas de machines à tripatouiller, on sauve des vies, vous comprenez. Ils ont l'impression que nous, en néonat', on ne fait que pouponner.

Diane fait quelques progrès, mais beaucoup plus timidement qu'Éléonore. Elle a guéri de son infection et n'a plus rien attrapé depuis. Elle respire de mieux en mieux, même si elle fait encore souvent sonner les machines. C'est difficile de distinguer nettement son visage derrière les tuyaux et les scotchs qui lui barrent les joues, mais sans m'appesantir sur mes impressions je lui trouve quand même un air un peu étrange, avec ses yeux étirés et ses sourcils toujours froncés, et puis son crâne à moitié rasé qui accentue son front proéminent. Elle a toujours un petit côté souffreteux qui me chagrine – rien à voir avec la douce rondeur du visage d'Éléonore – et, sans oser me l'avouer, je m'inquiète parfois de ce que penseront les gens en les voyant l'une à côté de l'autre.

Le biberon est toujours un moment redouté, car je ne sais jamais si Diane va réussir à le garder ou non. Elle n'avale que de très petites quantités et n'a pas droit au sein car elle doit ingérer du lait ultra-enrichi destiné à la faire grossir. On est obligé de la maintenir en permanence accrochée dans son lit à un angle de quarante-cinq degrés, suspendue dans une espèce de culotte. Parfois, je l'ai à peine reposée dans son lit qu'elle se met à tout régurgiter et il faut que je la change entièrement. Je repars souvent de l'hôpital très en retard, avec des habits pleins de vomi dans un sac en plastique.

Mon moment préféré est celui du bain, que je lui donne dans une baignoire spécialement creusée dans le plan de travail, à côté du lavabo. La première fois que je plonge dans l'eau chaude son petit corps emmailloté, je sens Diane se détendre presque instantanément. Ses sourcils se défroncent, son regard se fait plus clair, sa bouche se décrispe. Même chose la fois suivante. Diane adore les bains. Je n'ai pas beaucoup d'autres instants aussi précieux, puisque le nourrissage est toujours compliqué, et que je n'ai que deux heures et demie par jour à passer avec elle, alors je me mets moi aussi à adorer ce rituel.

Pendant une semaine, Diane a pour voisin un adorable bambin aux cheveux noirs, prénommé Mohamed, qui a avalé un peu trop de méconium avant sa naissance. En vieux briscard de l'hôpital, j'explique à la maman ce que signifient les différentes inscriptions sur les écrans et les sonneries qui retentissent – là c'est son cœur qui ralentit un peu, là c'est l'oxygène, il n'y a rien d'inquiétant tant que ça ne descend pas trop. Comme la maman sait que je ne peux jamais rester longtemps, elle me laisse le fauteuil dès que j'arrive. Elle paraît effarée d'apprendre que je viens ici depuis deux mois. Je balaie ça d'un revers de main : il y a bien pire que moi. Je pense à la maman du petit Isaac, avec ses malformations cardiaques, ou encore à ce couple de très jeunes parents que je croise souvent, dont le bébé est né à vingt-cinq semaines. La maman, à peine plus âgée que mes lycéennes, m'a confié une fois dans les vestiaires qu'à sa naissance Ethan pesait sept cents grammes. Et puis je pense à Florence, à qui j'ai fait mes adieux en la serrant fort dans mes bras, le jour où elle a quitté l'hôpital avec Marcel sans savoir combien de temps il lui resterait à vivre.

Après le départ de Mohamed, dont la maman m'a laissé un émouvant petit mot d'adieu, les bébés et leurs parents défilent dans la chambre, restent deux jours, repartent. Une fois, le moment du bain de Diane est entièrement gâché par une femme qui n'arrête pas de sangloter bruyamment et à qui j'ai envie de hurler d'aller faire un tour pour me laisser profiter tranquillement de ma fille. Impossible d'éprouver la moindre compassion pour elle – son bébé n'est pas en réa, bon sang – et je me fais l'effet d'être devenue un monstre. Deux jours après elle a disparu, laissant la place à quelqu'un d'autre.

Un autre jour, je demande à un père de bien vouloir me libérer le fauteuil pour que je puisse donner le biberon à ma fille, et lui, très surpris, levant les yeux de son téléphone, me répond : Mais il n'y a pas un autre siège que vous pourriez aller demander quelque part ? J'éclate d'un rire sarcastique : C'est l'hôpital public ici, il n'y a qu'un fauteuil par chambre, et si ça ne vous ennuie pas je le voudrais bien. L'homme n'entend pourtant pas céder, prétextant que lui non plus ne peut pas rester longtemps, et c'est Marie-Claire, que j'appelle à la rescousse, qui est obligée de lui expliquer que les mères qui nourrissent leur bébé ont la priorité sur les pères qui regardent leur téléphone.

38

Ça dure encore plusieurs semaines comme ça, et un beau jour Diane peut enfin nous rejoindre à la maison. La veille, un homme est venu chez nous et a déroulé dans tout l'appartement des mètres de câble vert, qu'il a reliés à une énorme bonbonne d'oxygène. Il a branché une machine capable d'enregistrer les données de la respiration qui seront envoyées directement à l'hôpital, et nous a expliqué qu'il faudrait faire des fenêtres d'une heure chaque jour. À la fin, il nous a remis une bonbonne d'oxygène plus petite, pour les sorties, et pendant tout ce temps je n'arrêtais pas de me demander comment j'allais faire pour trimballer mes deux filles trois étages plus bas, toute seule, sans ascenseur, et les installer dans leur poussette.

Quand Arthur rentre de la crèche avec Manon et moi, ce jour-là, j'ai les larmes aux yeux en pensant qu'après plus de deux mois d'attente je vais enfin pouvoir couver du regard mes trois enfants ensemble. Arthur voit les deux bébés sur le canapé à côté de Pierre et dit : Oh, il y a deux *Rolore.* Je corrige doucement : Non, regarde, elle, c'est Éléonore, que tu connais déjà, et elle c'est Diane. Diane est guérie, elle vient de rentrer de l'hôpital. Pierre explique qu'il a pris l'ambulance avec elle, et sans surprise l'ambulance intéresse beaucoup plus Arthur qu'une deuxième petite sœur.

Le soir, pour la première fois, nous dînons tous les cinq dans la cuisine, avec les deux petites filles installées auprès de nous dans leurs transats, qui ne nous lâchent pas des yeux. C'est impressionnant, leur regard fixé sur nous, et moi je n'arrête pas de les fixer aussi comme pour vérifier qu'elles sont vraiment là, que je ne rêve pas. Je leur dis : Voilà, mes chéries, c'est ça que je vous avais promis quand vous étiez là-bas, à l'hôpital, maintenant vous êtes chez vous, et c'est nous votre famille. On va vivre toutes et tous ensemble, désormais. J'ai cette pensée étrange : J'espère qu'elles ne seront pas trop déçues.

Les jours suivants, j'ai du mal à réaliser que c'est fini. Ça me fait tout drôle de ne plus avoir à me dépêcher pour arriver à l'heure à l'hôpital. Arthur est encore plus déboussolé que moi car il me demande à plusieurs reprises : Tu vas voir Diane à l'hôpital ? Je lui réponds : Mais non, mon chéri, Diane est là, elle est avec nous maintenant. Toute cette période a dû être terriblement confuse pour Arthur. Qu'en a-t-il compris, au juste ? Alors je reprends mes explications, patiemment, et peu à peu ses questions cessent.

Tous les deux jours, une infirmière nous rend visite. Elle vérifie et ajuste le traitement de Diane, qui consiste en une dizaine de doses quotidiennes de différents médicaments, à donner à heures fixes. Certains médicaments doivent être pris un quart d'heure avant le biberon, d'autres pendant, d'autres en dehors des heures des repas. Je suis toujours sur le qui-vive, avec la peur d'en oublier un, la peur que Diane vomisse les vingt millilitres de son biberon, ce qui arrive fréquemment, la peur qu'elle s'étouffe dans son sommeil, la peur qu'elle se mette à perdre trop de poids et qu'on me la reprenne. Mais malgré ses vomissements fréquents, Diane grossit et semble bien se porter. La nuit, les filles dorment dans notre chambre, Diane dans un lit à barreaux, Éléonore dans un couffin. Nous donnons le dernier repas vers onze heures ou minuit, puis nous nous couchons en attendant que le réveil sonne au milieu de la nuit : pas question d'attendre que les bébés se réveillent d'elles-mêmes, il faut impérativement qu'elles mangent toutes les quatre heures. Les nourrir successivement toutes les deux m'occupe une heure, pas moins. C'est là que je prends l'habitude de compter à voix haute les cuillères de lait en poudre, car je ne sais plus compter mentalement jusqu'à quatre, je m'embrouille avant. Le week-end Pierre se réveille aussi, et nous prenons chacun une fille dans nos bras en bavardant un moment, ensommeillés, avant de nous rendormir d'un sommeil léger, rapidement troublé par les gazouillis matinaux d'Arthur et les miaulements du chat.

Qu'est-ce que vous devez être contente d'avoir enfin vos jumelles à la maison ! me dit-on souvent. J'acquiesce, bien sûr que je suis contente, comment en serait-il autrement, c'est mieux que d'aller tous les jours à l'hôpital. Mais le rythme est infernal, et une fois que Pierre a pris ses onze jours de congé paternité, qu'il gardait patiemment en réserve, je n'ai plus une minute à moi. Je suis fatiguée en permanence à force de sectionner mes nuits, et mes journées sont trop denses et trop stressantes pour y puiser quelques instants de repos ici et là. Je profite de la sieste des filles pour rattraper un peu de sommeil, et le reste du temps je m'occupe d'elles : je change leurs couches, je les habille, les baigne un jour sur deux, les fais jouer, les nourris, et lorsque la dame de l'association vient les garder, je vais refaire le plein de couches, de sérum physiologique et de médicaments, le seul loisir que je m'autorise étant les flâneries au rayon bébé du Monoprix. Ma mère et Annie viennent chacune leur tour nous rendre visite, mais malgré toutes leurs bonnes intentions, leur arrivée provoque chez moi un stress supplémentaire parce que je veux que l'appart' soit rangé et le frigo plein. Et puis il faut montrer que je gère, que je m'occupe bien d'Arthur, ne pas m'énerver parce qu'il n'y a plus de bavoirs ou de biberons propres, ni m'effondrer après que Diane a encore tout régurgité.

J'ai finalement trouvé l'astuce pour descendre les trois étages avec mes bébés et la bonbonne. Je descends d'abord avec Diane dans les bras et l'oxygène dans un sac, j'installe rapidement Diane dans la double poussette, en faisant bien passer les tuyaux au bon endroit pour qu'ils ne se bloquent pas dans les roues, et pendant ce temps-là Éléonore m'attend chez nous, dans l'entrée, attachée dans son transat. Je remonte la chercher en courant, parce que j'ai trop peur que pendant les trente secondes où les filles sont toutes seules il ne se passe un truc affreux. Je préférerais à la rigueur les laisser seules ensemble, parce que ça me paraît moins probable que quelqu'un me kidnappe les deux à la fois, partant du principe qu'il faudrait vraiment être fou pour avoir envie de s'occuper de jumelles. Bien sûr, l'idéal serait que je ne les quitte jamais vraiment de vue, mais je me suis aperçue une fois, à mon grand désarroi, que si je prenais la bonbonne dans un sac et les deux bébés en même temps je n'avais plus de main libre pour fermer ma porte à clé. Quand Éléonore est devenue suffisamment grosse pour tenir dans le porte-bébé, ça m'a dégagé un bras, et alors tout m'a paru beaucoup plus facile.

Dans la rue, les gens n'arrêtent pas de nous regarder parce que Diane a deux canules qui lui sortent du nez et qu'elle est beaucoup plus petite qu'Éléonore. Certaines personnes m'arrêtent carrément pour me demander ce qu'a le bébé. Je réponds : De l'oxygène, et en général ça suffit. Mais j'ai parfois droit à : C'est un garçon et une fille ? parce que deux bébés de taille différente, ça veut forcément dire que l'un d'eux est un mâle, apparemment.

Quand je réponds : Non, ce sont deux filles, on me fait systématiquement : Ah, mais c'est drôle, il y en a une plus petite que l'autre. Une ou deux fois, je n'ai pas pu m'empêcher de répliquer : Ah tiens, c'est vrai ? J'avais pas remarqué.

À l'hôpital, en neurologie, nous tombons un jour sur les parents d'Ethan, le petit préma né à vingt-cinq semaines. La jeune maman me confie dans la salle d'attente qu'elle n'en peut plus des questions des gens, n'importe où, dans le bus, au supermarché : Quel âge il a ? Ça y est il se retourne ? Est-ce qu'il a des dents ? Ah bon il ne tient pas encore assis, un grand bonhomme comme ça ? La jeune fille ajoute, presque sur un ton d'excuse : Comme il est grand, on croit qu'il peut déjà faire tout ça, mais en fait, quand on calcule en âge corrigé… J'ai de la peine pour elle, et je lui dis d'envoyer chier tout le monde. À la fin on est tombées d'accord : il devrait exister une loi qui interdirait aux gens de faire le moindre commentaire sur les bébés des autres.

39

Diane a gardé l'oxygène pendant un mois et demi, et puis la pneumologue, la même qui était là le jour de sa naissance, nous a annoncé lors d'une consultation que les résultats étaient bons et qu'elle n'en avait plus besoin.

C'était l'été. Nous sommes partis en vacances avec notre fils de deux ans et demi, nos filles de quatre mois, et une gigantesque trousse à pharmacie. Nous avons trimballé nos enfants chez ma mère, chez la mère de Pierre, chez mon grand-père, où ma tante est venue nous rejoindre pour nous donner un coup de main. Nous avons donné des bains, des biberons, des médicaments, maniant avec de plus en plus d'habileté les couches, les tétines, les pipettes et les compresses. Nous nous sommes réveillés la nuit, à l'aube, nous avons fait la sieste dès que nous le pouvions, nous nous sommes écroulés de fatigue. Nous avons essayé de nous adapter au rythme des personnes chez qui nous étions en respectant l'emploi du temps des bébés, ce qui était possible à condition de ne pas espérer avoir une minute à soi. Quand ça arrivait, c'était miraculeux, et j'en profitais pour lire. J'avalais des polars, que j'appréciais pour leur côté haletant et efficace. Moi qui avais vécu tant de mois dans l'incertitude, j'éprouvais une satisfaction particulière à voir les preuves s'aligner, le coupable identifié, le mystère enfin résolu.

Pierre et moi avons ri, beaucoup, nerveusement, de la vie qui nous avait quand même joué un drôle de tour. Nous avons trouvé que nous formions une bonne équipe. La nuit, nous jouions à chi-fou-mi pour savoir lequel de nous allait se lever pour réconforter le bébé qui pleurait, ou bien nous faisions des paris : c'est Diane qui pleure, non c'est Éléonore. Les filles ne se réveillaient jamais l'une l'autre, ni même Arthur, et j'estimais que pour ça nous avions de la chance. Elles ont rapidement trouvé un rythme régulier, l'habitude de l'hôpital sans doute où l'on mange à heures fixes et où l'on dort dans les bruits des pleurs d'autres bébés. Elles ont fait leurs nuits très vite, ce qui ne m'a pas empêchée d'avoir l'impression de vivre désormais sous une chape de plomb, hébétée de fatigue.

À la fin de l'été, j'ai arrêté l'allaitement. D'une part c'était contraignant et fatigant, et d'autre part je trouvais ça triste que seule Éléonore puisse en bénéficier. Diane n'avait le droit d'absorber que ce lait ultra-enrichi que nous devions commander spécialement pour elle à la pharmacie. J'avais Éléonore contre moi et j'aspirais sa délicieuse odeur de petit beignet sucré, pendant que Diane me regardait intensément. Ça me gâchait un peu le moment.

Les mois qui ont suivi j'ai parfois pleuré, mais le plus souvent j'essayais de rester forte, vaillante, résistante. Je jouais avec mes bébés, je leur chantais des chansons, je leur racontais des histoires. Tous les après-midi nous allions chercher Arthur à la crèche, puis nous rentrions à la maison, où je m'occupais des bains, des repas, du coucher. Malgré la fatigue, j'étais souriante et enjouée. Je voulais être une bonne mère.

Je n'ai pas repris le travail la première année. Les filles ne pouvaient pas être admises à la crèche en raison de leur grande prématurité, et de toute façon, avec tous les rendez-vous à l'hôpital, j'avais un emploi du temps extrêmement chargé. On surveillait les malformations rénales de Diane, sa cicatrisation et sa digestion en chirurgie viscérale, on observait ses hémivertèbres en orthopédie, on vérifiait ses poumons et sa respiration en pneumologie, on étudiait son développement psychomoteur et cérébral en neurologie. Enfin, on emmenait nos deux filles en consultation de néonatalogie pour effectuer une synthèse de tous ces éléments. Diane était plus petite et un peu plus maigrichonne qu'Éléonore, mais avec leurs petits visages tout ronds, leurs fossettes et leurs yeux rieurs, elles étaient toutes les deux aussi mignonnes l'une que l'autre.

Diane ne s'est jamais tournée sur le ventre, comme le font presque tous les bébés. Je ne m'inquiétais pas, je savais que c'était un endroit sensible. Après tout, elle avait vécu une semaine avec son foie en dehors de son abdomen ouvert, ça me paraissait normal qu'elle ne veuille pas s'y appuyer. Une fois par semaine, je l'emmenais dans un centre d'accueil médico-social pour l'aider à développer sa motricité avec une kinésithérapeute, parce que son côté droit était beaucoup moins mobile que le gauche. À la maison elle est longtemps restée sur le dos, étendue sur son tapis, à se tourner vaguement du même côté, tandis qu'Éléonore s'asseyait, rampait à quatre pattes, et bientôt se tenait sur ses deux jambes. L'une partait en exploration, appuyait sur les boutons des appareils ménagers, ouvrait des tiroirs, tandis que l'autre restait sagement à l'endroit où on l'avait posée. Éléonore et Arthur ont pris l'habitude d'aller chercher des jouets pour Diane, et je les ai vus plusieurs fois lui rapporter gentiment l'objet qui avait roulé trop loin.

J'ai attendu, patiemment, que Diane tienne assise. Je voyais qu'elle suivait son rythme, qu'elle faisait quand même des progrès, qu'elle était de plus en plus dynamique. Je constatais qu'elle souriait beaucoup, et qu'elle avait l'air de comprendre aussi bien qu'Éléonore le monde qui l'entourait. Toutes deux se sont mises à babiller mystérieusement entre elles, et c'était Arthur qui jouait les traducteurs, pour nous, les parents. Rien n'est plus rassurant que de voir deux bébés du même âge jouer ensemble, se parler, se regarder fixement, puis soudain éclater de rire à n'en plus finir. J'étais parfois même exaspérée par leurs fous rires à l'heure de la sieste parce qu'elles m'empêchaient de dormir.

L'été suivant, nous sommes partis à la mer avec Lucie et son fils Nino. Tous les jours Nino, quatorze ans, portait

Diane sur le sentier jusqu'à la plage. C'est là que Diane s'est tenue assise pour la première fois, dans le sable. Elle avait presque un an et demi. Sans doute avait-elle envie de voir l'océan, l'horizon.

Peu de temps après, alors qu'Éléonore marchait depuis un mois ou deux, Diane a trouvé comment se déplacer : elle glissait sur les fesses en se poussant des deux mains. Elle pouvait atteindre des vitesses impressionnantes. Je la posais sur son tapis dans le salon et une minute après elle était à côté de moi dans la cuisine. À deux ans moins deux jours, elle a fait ses premiers pas. Ce jour-là, j'ai poussé un soupir de soulagement longtemps contenu. Mes deux petites filles se sont alors mises à trottiner ensemble, et dans la rue elles se donnaient parfois la main, pour la plus grande joie des touristes qui n'arrêtaient pas de les prendre en photo. On me demandait souvent de confirmer qu'elles étaient bien jumelles. Quand des parents apercevaient Diane, minuscule, filer à toute allure sur sa draisienne, ils faisaient, surpris : Mais à quel âge on peut commencer la draisienne ? Diane paraissait avoir à peine un an et demi. C'était comme si les choses étaient inversées et qu'elle était précoce. J'en ressentais une curieuse fierté.

Malgré mes fréquentes visites à l'hôpital, je n'ai jamais recroisé Ferrand, ni Louise de La Vallière, ni Marie Delormeau. En revanche, deux ou trois ans plus tard, un jour où nous avions rendez-vous en néonatalogie et que nous attendions sous les posters de Winnie l'Ourson, la porte s'est ouverte sur les parents d'Isaac.

Ça alors, la maman d'Éléonore ! s'est écriée la mère avec un grand sourire, ça me fait tellement plaisir de vous voir. Comment vont vos filles ? Très bien, et comment va Isaac ? Très bien aussi, tout va bien, regardez... Isaac courait partout, en pleine forme. La maman d'Isaac s'est précipitée vers moi : Tenez, je suis tellement heureuse de vous voir, il faut que je vous embrasse ! Et, alors qu'en néonat' nous avions toujours été d'une immense retenue, nous nous sommes embrassées en nous serrant dans nos bras comme deux amies proches. Nous avons échangé encore quelques nouvelles sous l'œil complice de Michèle, la secrétaire, et je me suis dit que nous étions un peu comme des vétérans qui se retrouvent par hasard, des années plus tard, et qui se racontent leurs souvenirs de guerre.

ÉPILOGUE

Durant quelque temps, après la naissance des filles, j'ai cru naïvement qu'un jour mon existence allait reprendre son cours normal. Je pensais que les choses allaient se calmer, que j'allais retrouver mes marques et pouvoir me mouler à nouveau dans les empreintes de ce que j'avais construit avant le drame. Il m'a fallu du temps pour réaliser que je ne récupérerais jamais ma vie d'avant.

Avec les allers-retours incessants à l'hôpital, je reste encore longtemps plongée dans l'aquarium. Si cela trouble mon image du monde alentour, cela déforme aussi la mienne propre. Lorsque je passe devant les miroirs ou les vitrines des magasins, il m'arrive de tourner la tête pour vérifier que je suis toujours là, que je n'ai pas complètement disparu derrière la mère dévouée et inquiète dont toute la vie se concentre sur ses enfants, sur les rendez-vous à prendre, les médicaments à donner. En dehors de ce personnage-là, que je m'épuise à vouloir jouer à la perfection, je n'ai plus d'autres facettes. On m'a retiré toutes les autres pièces du jeu. Je me dis parfois : C'est drôle, avant j'étais aussi ça et ça et ça, et maintenant je ne sais plus. Je ne sais même plus comment m'habiller. Ma garde-robe, avec ses vieux vêtements bon marché et ses ridicules robes en soie importables, me semble appartenir à quelqu'un d'autre. Je ne connais plus mes goûts. Je n'écoute plus de musique, je ne sais plus quoi lire hormis des polars, je regarde des films que j'oublie aussitôt. Il me faut tout réapprendre, tout réinventer.

Longtemps, je porte en moi quatre fléaux qui m'envahissent et me rongent : la Colère, l'Angoisse, la Culpabilité et la Fatigue – mes quatre cavaliers de l'Apocalypse. Je suis en colère contre tout et tout le monde pour des raisons que j'ignore. Je suis déçue par les autres, les gens en général, le monde entier. Je me brouille d'abord avec ma sœur Clémence, pour une histoire d'anniversaire auquel je ne veux pas aller parce que je suis épuisée, puis je finis par me fâcher avec à peu près toute ma famille. Peut-être suis-je devenue trop égoïste et trop accaparée par ma vie incroyablement dense, mais pour moi personne ne comprend, personne ne se rend compte de ce que j'ai traversé, personne ne compatit assez. Les autres continuent à se comporter comme si rien de traumatique n'avait eu lieu, comme si j'avais juste eu deux bébés et que j'étais un peu débordée. Leurs réunions de famille, leurs problèmes, leurs questions inquiètes sur Diane qui redoublent mes angoisses, ou même leurs conseils bienveillants, tout m'insupporte.

Clémence accouche d'une fille l'année suivante. La naissance est mouvementée, mais heureusement le bébé récupère vite. Une semaine après, la petite est chez elle. J'ai l'espoir que cet événement nous rapprochera, Clémence et moi, que ma sœur comprendra un peu mieux ce que j'ai enduré, mais c'est finalement l'inverse qui se produit. Clémence est tout entière tournée vers son bébé, et accapare ma mère. Même si ça me blesse, je comprends qu'il est plus facile pour ma mère, guérie mais encore fragile, de passer du temps avec ma sœur et son bébé en bonne santé plutôt qu'avec mes trois enfants et moi, mon inquiétude gigantesque, ma fatigue permanente et ma patience très limitée.

Chaque semaine, je vais décharger ma colère dans le cabinet d'Alison Cruz, qui m'aide à en identifier les causes. Je prends conscience que je me laisse marcher sur les pieds parce j'ai du mal à dire non, alors je dis souvent oui, de peur de déplaire, puis je m'en veux, j'en veux aux autres, je m'embrouille, je n'identifie pas mes propres désirs, je n'exprime pas ce dont j'ai besoin, les membres de ma famille ne comprennent pas pourquoi je refuse des choses que j'ai si longtemps acceptées, et j'ai un mal fou à m'affirmer sans fâcher les gens. Un long travail s'amorce.

Lorsque j'ai enfin le courage de la regarder et de l'observer attentivement, la culpabilité me fait l'effet d'une vieille amie solidement installée en moi. Elle n'est pas facile à déloger parce qu'elle revêt des formes multiples et changeantes. Ce n'est qu'après de longues années de thérapie, relayée ensuite par une pratique régulière de la méditation, que j'ai réussi à chasser pour de bon cette amie toxique. J'ai éprouvé une immense culpabilité vis-à-vis de chacun de mes enfants. Je pensais sincèrement que j'avais gâché la vie d'Arthur avec mon désir d'un deuxième enfant, et parce que je n'avais pas su lui parler correctement pendant la grossesse. J'avais rompu le lien sacré, et c'en était fini à tout jamais de notre belle complicité. Pour Éléonore, j'étais persuadée qu'elle se sentait négligée, qu'elle m'en voudrait un jour pour ça, et qu'elle me le montrerait en ne me m'aimant pas. D'ailleurs, n'y a-t-il pas eu quelques nuits étranges où elle pleurait sans raison, comme en écho à ses premiers sanglots en néonatalogie ? J'allais la voir et je passais un long moment avec elle à la consoler. Une nuit, je lui ai demandé pardon d'être aussi occupée par son frère et sa sœur pendant la journée, je lui ai promis que je ferais toujours bien attention à elle, et ses pleurs ont cessé. Quant à Diane, je croyais dur comme fer qu'elle me reprocherait son syndrome, ses infirmités, sa cicatrice, son opération ratée. Tout était de ma faute. Je n'arrivais pas à m'ôter de la tête que j'avais dû faire quelque chose d'affreux pour que ça se passe aussi mal. Toutes ces interminables recommandations aux femmes enceintes concernant la santé de leur bébé finissent par peser sur l'inconscient.

Parallèlement à mon combat contre la culpabilité, j'ai longtemps mené une lutte féroce contre l'angoisse. J'avais l'impression que je ne pourrais absolument rien faire contre la catastrophe imminente qui allait s'abattre n'importe quand : la bibliothèque qui s'effondre sur les bébés, la chute fatale au parc, la mort subite pendant la balade. J'étais habitée par une peur terriblement imaginative, capable d'écrire en quelques secondes des scénarios convaincants à la conclusion cynique : Tout ça pour ça. Je me battais aussi en permanence avec la peur sourde du syndrome mystérieux de Diane, redoutant les anomalies qui pourraient se révéler au fil des rendez-vous médicaux de contrôle ou des apprentissages. Après tout, il y avait eu la menace du retard mental, brandie par Ferrand avec la possibilité d'une ISG, et qui avait redistribué toutes les cartes : peut-être que Diane ne saurait pas bien communiquer, lire, écrire, sauter à la corde, faire du vélo. Chaque visite à l'hôpital réactivait les peurs de l'anténatal. À chaque fois, j'avais beau tout faire pour me calmer, j'anticipais l'annonce fatidique d'un nouveau problème. Même si rien de terrible ne venait jamais, l'odeur du gel hydroalcoolique suffisait à me submerger d'une vague de réminiscences. En un instant je revivais tout : le bébé en réa, l'odeur âcre et écœurante de chair chaude et de médicament, l'ambiance bleutée de l'aquarium. Le stress engendré par ces rendez-vous était tel qu'au retour je m'écroulais dès que je pouvais pour dormir le plus longtemps possible.

De toute façon, je passais mon temps à essayer de dormir. Avec trois enfants en bas âge, j'étais constamment abrutie de fatigue. Je sortais rarement le soir, car j'avais toujours peur de passer la journée du lendemain dans un vertige cotonneux, à regretter cet écart. Dès dix-huit heures j'attendais de pouvoir me coucher, et vers vingt-deux heures je sombrais dans le sommeil avec un sentiment d'urgence. Je ne savais jamais à quelle heure j'allais devoir me réveiller pour nourrir les bébés, puis plus tard consoler un enfant d'un cauchemar, changer des draps pleins de pipi ou de vomi, donner du Doliprane. J'ai souvent crié sur mes enfants tellement j'étais épuisée, et je me suis sentie mauvaise mère un nombre incalculable de fois. Il m'est arrivé de regretter d'en avoir eu, non pas parce que je ne les aimais pas, mais parce que je ne me trouvais pas à la hauteur.

Contre l'angoisse, la fatigue, la colère et la culpabilité, la méditation m'a aidée de façon spectaculaire, à tel point qu'après il m'a été difficile de ne pas dire à tous les gens que je rencontrais : Tu devrais essayer, c'est génial. J'avais l'impression d'être un cliché ambulant, comme lorsque je disais que le yoga m'avait permis de régler définitivement tous mes problèmes de dos, mais c'était vrai. Pour moi, la méditation a été un formidable outil. Elle m'a d'abord permis de prendre conscience de ces quatre fléaux, donné le courage de les observer, et elle m'a offert petit à petit, à force de pratique, la possibilité de les tenir à distance. Quand je sentais monter la colère, par exemple, je la voyais désormais arriver *avant* qu'elle ne jaillisse et ne me fasse déborder de mots, voire de gestes, que j'allais ensuite regretter amèrement. Au lieu de me laisser emporter par les flots sans comprendre, je pouvais, en une milliseconde, choisir de l'accueillir avec une certaine posture mentale. Cette milliseconde a tout changé : je reconnaissais mon état, et je réalisais que mes enfants étaient simplement des enfants, et que moi j'étais simplement très fatiguée.

En me débarrassant progressivement de mes quatre fléaux, j'ai mesuré à quel point il avait pu être difficile pour mes proches de trouver leur place dans cette nouvelle vie qui était la nôtre. Je n'avais pas su bien exprimer mes attentes. Je pensais que les membres de ma famille, parce qu'ils m'aimaient, sauraient exactement ce dont j'avais besoin. Après quelques tâtonnements prudents, nous avons fini par renouer des rapports, par cicatriser nos blessures.

Évidemment, au moment où le quotidien a paru faussement s'alléger parce que les rendez-vous à l'hôpital se sont espacés et que les filles sont entrées à l'école, les choses se sont compliquées avec Pierre. Notre relation s'est tendue au point que je me suis demandé si nous allions résister à cette tempête. Nous avions été trop longtemps des parents suroccupés et angoissés pour savoir encore comment être un couple. Les batailles se sont succédé, moroses ou âpres, le plus souvent silencieuses et pleines de ressentiment, et finalement, ce qui tient presque du miracle, nous les avons remportées ensemble.

Un soir, il y a bien longtemps, quand Diane était encore en néonat', Pierre et moi sommes allés au cinéma voir *La guerre est déclarée*, de Valérie Donzelli. Le film parle d'un couple dont le petit garçon de deux ans est atteint d'une tumeur au cerveau, mais ce n'est pas un film triste. Évidemment, ce n'est pas un film comique non plus, même si on rit parfois franchement. On y voit l'hôpital, les consultations avec les médecins, les opérations, la réa, les tuyaux qui sortent de la bouche du gamin et les gros pansements. Au bout de dix minutes de film, à l'annonce du diagnostic, des larmes ont coulé de mes yeux, abondamment, et ça a continué comme ça jusqu'à la fin sans que je puisse m'arrêter. Tout faisait vrai, tout sonnait incroyablement juste, jusqu'au chirurgien qui donne aux parents anxieux des nouvelles de l'opération de la tumeur en poussant un long bâillement sans mettre sa main devant sa bouche. En sortant à l'air libre, la face gonflée et rougie, je me suis sentie délivrée de toutes les larmes que j'avais enfouies en moi pendant des semaines. J'ai pensé à cette femme, Valérie Donzelli, qui avait su faire un si joli film de son histoire personnelle, et je me suis dit que moi aussi j'avais peut-être une bonne histoire à raconter. Ce serait une histoire triste et drôle à la fois, un peu banale et un peu originale, et qui se terminerait bien.

Pendant longtemps, l'écriture est restée quelque chose hors de moi, un désir inavouable, un luxe que je ne pouvais pas m'autoriser. Il y avait tant de choses à faire tout le temps. Passer une heure à écrire alors que je devais m'occuper des enfants, du linge, de la cuisine, corriger mes copies, préparer mes cours ? Cela m'aurait paru comme un gigantesque pas de côté, une extravagance, une excroissance monstrueuse dans ma vie trop remplie. Et pourtant cela m'obsédait. Tous les soirs, avant de m'endormir, j'écrivais mon livre dans ma tête. À un moment, j'ai réalisé que l'écriture, c'était mon omphalocèle à moi. C'était quelque chose qui était là, attaché à moi mais hors de moi, et que je devais à tout prix réussir à intégrer à ma propre vie. C'était vital, il fallait que je puisse vivre avec ça en moi, et non à l'extérieur, car si je négligeais cette chose elle risquait de s'arracher de mon corps et, ce faisant, de me vider de mon sang. Alors, petit à petit, j'ai cherché à amalgamer l'écriture à mon existence, comme le foie de Diane avait été réintégré millimètre par millimètre grâce au système de Schuster. Le plus dur n'était pas d'organiser les vacances chez les grands-parents ou de négocier un planning avec Pierre, qui s'est d'emblée montré soutenant : non, le plus dur a été de vraiment m'autoriser moi-même à consacrer du temps à l'écriture et à mettre cette activité dans mes priorités absolues. Je devais toujours négocier intérieurement entre mon boulot de prof, les enfants, le livre. Je me suis souvent sentie paresseuse, et je me suis beaucoup blâmée de ne pas réussir à tout concilier efficacement. J'ai découvert que je n'avais en réalité rien à sacrifier pour écrire, que j'en devenais même sans doute une meilleure mère, une meilleure compagne et une meilleure prof, parce que j'étais une personne plus épanouie, tout simplement – et une personne assez organisée, contrairement à l'image que je me faisais de moi-même. L'écriture a trouvé sa place dans ma vie, et lorsque je l'imagine faire partie de moi, je visualise toujours cet endroit du corps où l'on pose naturellement la main en disant *moi, en moi, pour moi*, ce pli invisible sous le plexus, près du cœur. C'était là où venait se loger mon angoisse, ma petite boule noire. À mesure que je progressais dans l'écriture de mon livre, je l'ai sentie de moins en moins, jusqu'à réaliser un jour qu'elle avait complètement disparu.

Aujourd'hui Diane va bien. Elle suit plusieurs traitements, elle se rend régulièrement à l'hôpital dans cinq services différents, et si elle rencontre parfois des soucis de santé, elle n'a aucun problème majeur. Comme Arthur et Éléonore, elle réussit bien à l'école, a beaucoup d'humour, est fan de *Star Wars* et d'*Harry Potter*. Elle apprend à jouer de la guitare et adore les Beatles, les Red Hot Chili Peppers et Harry Styles. Elle aime toujours autant les bains, surtout en été, dans une piscine en plein soleil.

Je pense parfois à ce que ma vie aurait été sans elle. Ce creux, peut-être, que j'aurais là. Un vide, un manque. L'enfant fantôme.

À la place, j'ai une fille débordante de vie.

Je me dis que j'ai eu une chance folle.